[俄]德米特里·普列谢茨基 著

张冰 译

阿英格姆
АИНГМ

幻想圈际现实主义

长篇小说

第一卷

新星出版社 NEW STAR PRESS

数百万年以前，曾经有过一个古老而又发达的文明，其边界远远超出了今天人的理性所能理解和人的思维所能涉及的范围，她处于距地球无限遥远的地方，有着非常古老而又英勇的历史。那里的人们过着帝王般的生活，这种生活穿越时间和空间，其精神实质被很好地保存了下来，使文明得以永远繁育下去。

这部著作，正是透视别样维度的一个窗口；书中的字里行间，处处可以让读者触摸到我们生来就具有且目标明确的理性认知能力。

等待着你们的，是一次危险而又迷人的旅行，这本书可以带领你们领略人类未曾实现的、深层的潜在能力。权且让你们的真挚感情和善良心性成为场外指导和可靠助手，来观赏一下宇宙间的这场旷世决斗吧，这是一场从人类最初产生起就开始的，与最古老对手之间的决斗。

摆在你们面前的，是圈际现实主义世界的秘密，她只会接纳那些优选者！

谨以此书献给我的夫人

目录

前言   9

第一卷

第一章◎库安德龙   13
第二章◎注定灭亡的胜利者   73

优选者的容器

第三章◎奇特的人们   130
第四章◎埃格利斯宫殿   162
第五章◎苏联   186
第六章◎亚历山大   214

阿英格姆

第七章◎阿里贡   239
第八章◎穆罗缅茨宇宙发射场   273
第九章◎ CS-50 蟹状星云   309
第十章◎宇宙的放逐者   342
第一卷结尾   377

作者简介   384

前言

宇宙！

多么深邃浩渺、黢黑无底，充满了无穷的谜团。那闪烁而又透明的苍穹透过星星的眼睛，睿智地注视着我们，焕发出温暖而又深入骨髓的光晕。

终于有一次，一道充满生命力的、由全宇宙智慧所产生的火光冲破深深的暗夜，将时间泼洒在物质的空间织体上，从现在创造出了未来；使得造物主精神的种子得以繁育，点燃了全宇宙中至今仍未熄灭的爱的火焰。

曾经有一段时期，在全宇宙生命产生的时候，造物主想要让他的创造力和破坏力之间达到平衡。造物主那时还很年轻，浑身充满了力量和爱，他在完善这个世界的同时也在不断地完善着自己。而作为一个会思考、会创造的生物，他的天性中富有一种因内心矛盾而产生的怀疑精神。有关他所创造的这个世界的诸多不完善的问题，他都在沉思中求助于自身的创造本质。

"对于比重如此不同、规模如此巨大的力量而言，什么才能成为必要且重要的配重物呢？"他问自己，"它们那种独一无二的结构是由什么东西造就的呢？"

这样一种有关全宇宙力量配比的思考，促使他得出一个简单又非常出色的结论。而这，竟然不期而然地成为在上述神性领域里未来生命产生和发展的基础。

"而黑暗勇士那种无穷无尽又无所畏惧的力量会经受怎样的考验呢？"他一而再、再而三地为自己提出这样一个问题。

"无非就是那比光辉闪耀的太阳光线更加炎热灼人的霓裳罢了。"他那创造性的本质紧接着回答。

"可对于光明教徒来说，什么才是真正的考验呢？"他一再追问自己，与此同时，又毫不犹豫、充满自信地回答道：

"无非是那些吞噬了任何光明区域、无边无际的黑暗领域罢了。"

无论黑暗世界还是光明世界都是彼此所需的，而全宇宙的上帝某次走到其所创造的世界深渊边缘，望向那被包裹在黑暗浓雾里声息皆无、深不见底的深渊，一时感到无比震惊，因为里面有无数令人惊讶的，像钢铁一样冰凉的冷光在闪烁。于是，在造物主心里陡然发生了什么，因为他出乎意料地发现，在其所创造的这个无比广袤的世界的照耀下，他的内心世界原来并不完美。造物主心头涌上一种哀伤的感情，一种无法用语言描述的痛苦不可遏止地充满他的胸臆。望着自己这个无生命的造物发出的冷光，他恭顺地低下了头，就像一个苍老的父亲，怀着爱心和抚慰之情俯视着刚刚娩出的婴儿。他不由得悲从中来，再也无法抑制痛苦，哀哀地啜泣起来，继而又想到将来他也还将面临没有出路的境地，于是号啕痛哭起来。

就在此时，广袤的空间里什么东西颤动了一下，一个响雷过后，天居然裂开来了，沸腾咆哮的洪水和温暖的激流飞湍般灌注到他所创造的这个冷漠而又空虚的容器里。

奇迹发生了。在一种无法抑制的创造力的恣肆奔放中，他拥抱了自己刚刚出生的果实，用自己那无边无际的爱的胸怀搂抱着他，俯身悄悄地说了一句什么。转瞬间，全宇宙的创造者便消失了，他永远地消失了，并把自己的精神实质全部彻底地融化在了自己亲手创造的东西中，化身为万千亿和他自己本身一模一样的精神细胞，在其稚嫩婴儿所处的物质环境下获得了各自的意识。

就这样，死亡出现了，无穷被凝缩成为一个点，在万千亿酷似上帝的活物身上获得了自己物质的轮廓，而这些酷似上帝的活物在以一种惊人的速度把可见与不可见的一切驱赶进宇宙空间。正在那时，这些分属于不同极点的坚不可摧的力量便开始紧紧跟随在他的身后，并且很快就融化进他那已被赋予灵气的创造物的深渊里去。

在无限浩渺的天宇上，一些新的、更加明亮的星星涌现了出来，而生命也在这时出现了。在宇宙演化的过程中，随着时间的迁移，在银河的边缘地带，那个人出现了。他一诞生就受到了对立本质的影响，这种影响足以使造物都担忧他在宇宙中的力量。

也正是在那时，一切智者中最伟大的智者，和一切睿智者中最伟大的睿智者以和他一样的活物为材料，创造了另一个天才，同时也把这种相互对立的本质灌注到了天才的身上。于是一场神祇之间的争斗便开始了，这场争斗随着时间的迁移逐渐遍及全宇宙。直到今天，其令人震撼的一场争斗开始逼近地球神圣的边界。

第一卷

第一章◎库安德龙
巴尔塞龙纳 耶稣诞生纪元二三一二年

※※※

十一月末的深秋季节，天气热得出奇。发出灰白光线的太阳爱抚着海边的沙滩，被风沙和海潮冲刷雕刻的千奇百怪的玄褐色礁石一块块从海底凸现出来，时而有几只火红色的白顶鹭点缀其间。从北美沿岸抵近的高气压已经一连几周在吉勃拉尔塔尔上空徘徊不去。夜晚的天宇明净如水，上面散布着无数彼此间十分相像的群星和发光体，像是造物主用他的巨手在画布空间上亲手所画一般。明亮闪烁的星光齐刷刷地向大海投射而去，为的是能够来得及在海浪的波峰浪谷间，将其最重要的路标镌刻在其上。

在黢黑的天幕上，忽然有什么东西颤动了一下，一个从岸上隐隐约约看得到的小小发光圆盘开始自西向东快速切割着地平线,很快这个圆盘明显有所增大,几分钟后就变成一艘飞船,正以极快速度抵近地球。彼列涅耶夫悬崖出现在它的北面,而从它的南面,显现出了杰别尔－穆萨山吉勃拉尔塔尔湾狭长的入口。赫拉克勒斯[①]立柱——从古至今人们一直这样称呼这个地方,它将大西洋和地中海连接起来。

飞船在着陆区域上空绕了几圈以后,小心翼翼地在如镜面般的水面上实施了软着陆,紧接着便改为海船模式,继续沿着欧洲大陆北部省份方向前行。

今天一大早,罗诺就得到一个奇怪的消息,他的亲叔叔亨利·莫乌迪先生要他马上赶到巴尔塞龙,详情见面再谈。大约一小时后,在北美城市波士顿一幢占据在方圆一点五公里的私人摩天大楼里响起了敲门声,原来是格列格上校——"爱拉"宇宙军事公司保卫部门最资深的侦探之一。格列格向罗诺口述了亨利先生的命令,并以最快的方式陪伴这位少年走进"奥林匹克拜访者号"上搭载的有五个座位的密封舱里。几分钟后,样

---

①赫拉克勒斯——希腊神话中的英雄,宙斯和凡女阿尔克墨涅之子。他力大无穷,建树许多功勋;最著名的是有关他的12件功勋的传说;此外,他还解救出普罗米修斯,战胜了安泰,同马人战斗过。——译者注

子酷似金龟子幼虫的密封舱顺利地把他们送上了奥林匹克拜访者号"的甲板。船长一秒钟也不敢耽搁,立即发动引擎开往地中海区域。在路上,罗诺从格列格口中得知一小时前'奥林匹克拜访者号'刚摆脱了军队巡逻艇的跟踪。在整个太阳系里,只有两艘多功能飞艇的速度和防护能力要比军队战舰强,其中之一就是"奥林匹克拜访者号"——它是最完美的人类智慧的结晶,是"爱拉"公司根据亨利·莫乌迪的个人指令生产的独一无二的科技精品。

从格列格那里听到这样一个消息,令罗诺感到万分震惊。这个年轻人记得很清楚,早在半年以前,在哈佛大学即将完成学业时,亨利先生就给他派了两名寸步不离的保镖,因而引起了同班同学们毫不掩饰的愤怒和讥嘲。这事看上去的确很讨厌,可要他和叔叔争辩——对此罗诺是再清楚不过了——绝对是徒劳之举。而校长也处于同样的境遇中:他内心缺乏足够的力量让他敢于反驳地球联合政府前任首相的建议。况且,即使亨利·莫乌迪现在已经自愿退休了,但仍然是地球政治天宇上最明亮的明星之一。有些政客戏称他是灰衣主教,他的观点至今仍然是地球联合政府采取一切重大决断的基础。

亨利·莫乌迪的确是万人崇拜的偶像。关于他,流传着许许多多匪夷所思而又无限夸大的故事和传说，可此刻到底出了什么事呢，对此罗诺毫无头绪。作为安保负责人的格列格上校，总是哪里有事就出现在哪里，而既当主席又兼任"爱拉"公司总裁的亨利先生总会把最困难的任务交给他办。

"叔叔肯定是碰上了有足够理由让他惊慌的事，看来情况不容乐观。"罗诺心念一定，便想着从格列格嘴里尽量多打听些情况，但他对此也并不报多大奢望和幻想，他也知道，上校对他未必会开诚布公。

"看样子，你终于可以离开这个蠢地方了。"罗诺故作轻松地挑起话头。

"先生，我多么想亲眼看一看这些自满的蠢货们那万分惊异的嘴脸啊！'奥林匹克号'完成了一次令人震惊的航行！先生，您要是当时在场那就太好了！它在几秒钟内就从军队好奇的鼻子底下穿了过去。我们的速度是如此之快，巡逻艇甚至都无法确定该到大陆的哪一端寻找我们了！"格列格大声笑着回答道，结果引得他的那些下属们的脸上也浮现出赞许的笑容。

"可他们究竟想干什么？"罗诺好奇地问道，而且他着实在为这个令人不快的消息而生气。这件事——对此他清楚地知道——是不会带来任何好的结果的。

"是啊，鬼才知道呢。"格列格不满地嘀咕道，"他们跟踪我们的飞船已经不是第一次了。您不妨看一看军队巡逻艇右舷上的激光炮。只需稍微想一想就可以知道：如果我们此刻是在别的船上的话，那么，我可以打包票……"说到此处上校偷偷地瞟了少年一眼，随即脸上浮现出扭曲的笑容。上校的话里带着一种讥嘲的口气，似乎丝毫也不怀疑如果换乘别的船，所有船员肯定会命丧黄泉。

这个年轻人在从格列格上校那里得到感兴趣的信息后，也就对继续谈话失去了兴致。想到亨利叔叔的生命正遭受着危险，这令他感到浑身不自在，要知道有人曾用激光炮袭击过他父母所乘坐的私人飞艇……那时他还不满十五岁，不久之后他得知了父母在木星惨死的噩耗。他们的离去使他的心灵备受煎熬，并在这位少年的心里留下了终生无法愈合的创伤。叔叔成了他唯一最亲近的人，在这最艰难的时刻始终支撑着他，他把侄儿像自己的亲生儿子一样接到家里，像父亲一样关怀着他。此刻，在这充满危险的时刻，罗诺才意识到他是多么爱这个人，是多么害怕失去他。格列格上校关于与政府巡逻艇相遇的消息在令他震惊的同时，也使他兴奋了起来。

"我们什么时候到？"他冷冷地问道。

"先生，这个我们并不知道。"格列格平静地说，"因为此刻'奥林匹克拜访者号'是由远距离操纵的，所以我们对于其近期的航行计划可以说是一无所知。而且，遗憾的是，"他仔细地盯着少年的眼睛，像是想要读出他脑子里的想法似的，"我们现在和外界失去了一切联系……直到完成任务以前，联系都无法恢复。"

接下来的几分钟，他们都是在默默无言地观察系统自动航行的过程中度过的。他们所能做的一切只有等待。"奥林匹克拜访者号"正在飞速前进，在飞船住人的隔舱里此刻一片寂静，罗诺的眼神在冷漠地左右逡巡，时而停留在格列格勇敢而又宽大的脸上，时而又毫无意义地死盯着格列格那些年轻士兵们的脸庞，士兵们正在相互悄声细语地嘀咕着什么，随后罗诺的目光又移向别处，冷漠超然地凝视着熠熠发光、貌似是信号板的东西。忽然大屏幕上响起两声短促而又清晰悦耳的叮咚声，隔舱里的空间成像仪轻柔地亮了起来，上面出现了地球上一座巨型都市的领海地域。

黑暗的帷幕已然不再能够掩盖闪烁不定的海岸线了，从远处看上去，海岸线变成一条狭长的发光带，由橙黄明亮的近岸灯火编织而成。世界的首都巴尔塞龙正发出童话般美丽耀眼又恢宏壮丽的光辉,其伟岸的身影也一点一点从闪烁的地平线的阴影里浮现出来。

"注意!注意!准备下潜!"一个单调的男声忽然响了起来。罗诺和格列格飞快地交换了一个眼色,随即又十分困惑地再次瞥了一眼成像仪上的影像。"奥林匹克拜访者号"在没有减速的情况下,一刻不停地变身为潜艇,忽然,它急遽改变航向,转瞬之间就钻进了水底下,入水后它的速度稍稍减慢了一些,但却毫不迟疑地向着城市方向前行着。

"格列格,咱们这是要到哪儿去?"罗诺困惑地问道,他搞不清目前"奥林匹克拜访者号"所在的地点以及其最终的目的地。

"不知道,"上校嘀咕道,"我毫无头绪。"

"在这附近我只知道有两个地方是叔叔可能会请我去,可是那两处没一个是在水底。"少年自言自语道。

"先生,这我也想到了,可现在么……我也是一头雾水啊。"格列格带着担忧的神情说道,眼睛始终盯着成像仪的屏幕。

两个人透过屏幕,观察着潜艇如何逐渐贴近一个巨大的海底悬崖。在悬崖脚下,隐隐现出一个黑糊糊的大洞,与大洞相比,这艘高科技飞艇在罗诺眼里不啻是一个一碰就碎、毫无防护能力的气泡而已。

这个大洞是在大约二十一世纪末,一系列把这个星球搅得天翻地覆的破坏性大地震以后形成的。六级到十二级的巨大震动波从日本经过中亚地区,一直传导到美洲大陆的东岸。在传导过程中,一个个完整的地区和城市全都被破坏无遗,震为齑粉。全世界有一千七百多万人被埋葬在倒塌的废墟里,这成为整个人类史上破坏力最大的一场灾难,牵涉到了地球上的五个大洲。

在悬崖脚下三百米深处,"奥林匹克拜访者号"像是凭借嗅觉似的很快就找到了一个肉眼根本看不出的入口,它急遽地减慢速度,然后钻进一个直径大约只有八米的裂罅里。这个裂罅的边缘并不平整,甚至可以说是犬牙交错、怪石嶙峋,但是被以人工迷彩的方式掩盖住了。潜艇刚在洞穴里消失了身影,其尾部便响起一声响亮而拖沓的嘀嘀声,煞像是一个石头的炉子发出的声音,洞穴的入口又神秘地合了起来。小心翼翼地沿着隧道开了几百米后,一盏强大的紫色探照灯为"奥林匹克拜访者号"照亮了前进的道路,飞艇很快就出现在一个绿灯闪烁的方形闸门上。闸门像一个巨大的吸盘般飞快叼起飞艇,将其小心翼翼地置于水底湖看上去死气沉沉的水面上。

第一章◎库安德龙

就在众人的眼前，飞艇这时又变成一个优雅豪华的拱形构造物，然后无声无息地降落在码头那平滑光洁的地面上。舱门刚一打开，地板上立即响起了黑色军用靴子后跟的笃笃声——正是格列格上校领着他那两个肩宽背阔、身体强壮的士兵跳下飞船，落在了地上。刚一踏上坚实的地面，士兵们就迅疾占领有利地形，严格按照条例的规定，将激光发射器指向有可能出现危险的方向。紧跟在士兵身后，罗诺出现在了飞艇的舷梯上。

呈现在少年及其同伴面前的景致十分阴郁。这是一个坐落在悬崖里的巨大洞穴，从一切迹象看，它应该是在很久以前这个星球上火山活动最为活跃的时期形成的。一度曾经肆虐咆哮、炽热无比的火山岩流在流经悬崖时，留下来一个个空巢和洞穴。在一片昏暗中，飞船的船体发出一种黯淡的微光，像碟片一样平滑的地下湖面和横跨湖面的小桥也都泛着微光。所有这一切在远处空明的暝色中，透过黑暗而又致密的、转着圈上升的雾幛隐约浮现出来。在反映着铅灰色冷光的湖面上，浮现出几个黑糊糊的、充满地底黑暗色彩的东西，全身包裹着轻烟袅袅的衣装。浓雾低低地压在湖水平面那冷冰冰的水面上，就像非洲热雨倾泻时阴郁的雷雨云般黑云压城。在观察着这番景致的人们心中，似乎觉得马上便会响起一道闪电，打起一声惊雷，大地也会因为倾盆而下的天国之水而颤抖不已的。可是，无论是闪电、雷声还是暴雨连个影子都看不到。这规模巨大、黑云压城的景象就像一幅凝定不动的画面一般，固定在旅行者们诧异的眼中。

"或许天主当过摄影师吧！"格列格低沉而又色彩丰富的男低音突然打破了宁静，"我认为天主在此地永久地镌刻下了通往地狱大门的样子。是的，显然返回时他是那么匆忙，以致把这幅全息摄影照片也不小心落到地下了，而那正是我们此刻所欣赏的奇景。"

"要我说这个地方倒是更像地狱里的净界。格列格上校，你难道不觉得我们应该先熟悉一下大家未来的'地狱豪华套间'吗？"罗诺带着几分嘲讽的意味，模仿着上校的语气冒失地说道。

"上帝与您同在，罗诺先生！"格列格惶窘地说着，飞快地在胸前划了三次十字，然后又当着诧异不已的少年，深深地鞠了一躬。

"格列格，我简直不敢相信我的眼睛，您这是怎么了，您难道信教吗？"

"是的，罗诺先生，我一直都是个信徒，而且不光我，您的叔叔也笃信宗教。"

"格列格,您可不要信口开河,您说的是真的吗?我叔叔真的信教吗?"罗诺吃惊地问道,与此同时,和先前一样的嘲讽笑容又浮现在少年的脸上,"格列格,您可真是个老古董,居然还相信着拯救灵魂那套子虚乌有的把戏。相信我,我叔叔是绝不会做诸如此类的蠢事的,哪怕他这么做的唯一原因是他根本没时间弄这些破玩意儿。"

"喂,罗诺先生,现在可不是讨论我的信仰问题的时候。"上校略带责备地说道,"我能确切无疑地告诉您的就只有一点:以您的年龄,思考与死亡有关的问题还早了点儿。谢天谢地,我可不愿意有一天死神把他的目光死死盯在我的身上。"他神情严峻地说道,脸上带着他那真挚和坦率的一贯表情。格列格的话对于罗诺来说本来该是一个拯救的标志,可他却丝毫没有留意到这句话的深意。过后,他会不止一次地回想起自己是如何毫不经意地信口说出那些渎神的恶语。

在和格列格简短的交谈后,罗诺决定穿过湖面。这是一座木头结构的悬桥,一部分靠桥桩支撑着,另有一部分悬挂在钢缆上,钢缆的结扣隐没在黢黑的浓雾中。尽管这座桥看上去至少存在了几百年,但依旧足够结实。可一种缺乏保护的感觉却在这个小队里每个人的心底开始滋生。来自外部的细微颤抖正逐渐破坏着罗诺内心力量的平衡和均势，并迫使着所有人都处于一种神经紧张的状态，而内心的恐惧感伴随着向陌生领域腹地跨出的每一步。除了这种一直在路上干扰着大家的心理困境外，似乎水里也有什么东西在神秘地运动着，而且周围的一切都蒙着神秘、冷漠和充满敌意的色彩。

在走完了大约一半路时，旅行者们发现前面出现了一个巨大的黄白色发光体，此物的轮廓和结构带有一种无法言说的奇幻之美，被包裹在一层黢黑的浓雾中。透过黑色的轻烟，隐约现出一堵要塞的城墙和酷似中世纪堡垒的轮廓，其外形十分独特，甚至还和一些悬浮在雾蒙蒙的空气中的某些轻飘飘的东西混合在一起。建筑物外观的奇特性在于它那不同风格之间非同寻常的组合：一方面，它那柱形栏杆、立柱和浅浮雕乃是中世纪建筑物不可分割的部分；另一方面，它那现代几何造型又赋予其正面线条非自然的流畅感。整体上象牙白的色彩，使得博大精深的结构以其匪夷所思的外形给在场的每个人留下了不可磨灭的印象。

罗诺被震惊了，他的头脑里闪过一个奇特的念头：也许这个巨大的水下怪物并非来自地球。这个从空漠的浓雾里生长出来的当代哥特式城堡越升越高，直抵洞穴那高不可测的穹顶。

看清这座若隐若现的城堡后,格列格上校向士兵发出停止的信号。他向罗诺说出他对以后行动的担忧,可是这位少年却觉得他这是杞人忧天。经过长达五分钟的短暂停留后,一行人又开始继续其行程。走到距发光物体已经剩下不足百米的时候,在众人面前清晰地展现出三座瞭望塔的轮廓,三者相互之间由堡垒墙连接在一起,此外还有一条用小石子铺的小路,直通中央大门。这是一座由规模宏伟的巨型建筑物组成的巨大建筑群,不是亲临现场的人是很难想象的。罗诺小队犹豫不决地停住了脚步,一种仿佛磁铁般的吸力迫使他们停滞不前。他们在惊惶不安中等待着,一种使人浑身冰凉的莫名恐惧感正越来越深入地攫住他们的心灵,并且随着逝去的每一秒钟,这种恐惧感在意识中变得越来越坚固。在这种恐惧感的作用下,就连在战场上久经考验的"不败的老兵"格列格的双腿也叛逆地颤抖了起来,相反,罗诺倒是看上去镇静自如、信心十足,虽然我们不能说他的外表能够完全反映他的内心状态。实际上,他也感觉到一股恐惧的战栗不可遏止地传遍了全身,脑后则有一种沉重而又不快的感觉,仿佛一条冰冷的毒蛇正紧盯着他。

罗诺并不害怕，此刻他正相当镇静地观察着事件的进程。他想起十一岁那年，平生头一次站在市露天游泳池的五米跳台上，一个黑黑瘦瘦的小男孩摆出一副令人生厌的表情，并朝他喊道："罗诺，你也有害怕的时候？！大家快看他呀，狮心王居然胆怯了！他是个胆小鬼！罗诺是个—胆—小—鬼！"小男孩一边说着，一边得意扬扬地用手指着他。当小男孩看出罗诺的惶窘表情时，鄙夷不屑地笑了起来。那时的那种恐惧情结，和现在罗诺竭力想要隐藏在自己体内的那种感受一模一样。可是，其他人也开始和那个小男孩一起嘲笑起这个被吓得慌了手脚的少年来。六月那个阳光灿烂的日子被他永远地铭刻在心里，那一天，极度的恐高心理终于屈服于一个孩子自尊心被伤害后的狂怒，这个外号狮心王的孩子迈出了于他来说是疯狂而又可怕的两步半，他一头扎进水里，冲向自己未来的光荣和凯旋。

"罗诺先生……"格列格压低声音小声对站在他前面的少年低语道，此时他的神经已经紧张到了极点，并且非常激动，以致话都说得有点语无伦次了。"咱们……咱们……犯不着再往前走了。嗯嗯……我觉得这里总有些东西不大对劲儿。"他脸色苍白，在艰难地说出这句话，额头上已经现出了大粒的汗珠，"根据核检测仪的数据，前面什么都没有，嗯嗯……声音倒是有，可是，或许咱们眼前不过是海市蜃楼罢了……是的，夜视仪无法判定前方有任何城堡，放射性也极大超标……先生，您听到我的话了吗？我们必须尽快离开这个地方。"

可是他却没有听到任何回答，这个被眼前奇景所震惊的少年，正默默地打量着这个奇特而又神秘的城堡大门。回忆已然不再能够占据这位狮心王的心灵了，恐惧感也不再能够成为一道不可克服的障碍。

"也许您错会了我的意思，"上校固执地继续说，"我们不能让您冒生命的危险，这……"

"格列格，您往后看一眼，然后告诉我，那座桥还在原地吗？"罗诺不客气地打断了他。

"是的，先生。"惶窘不堪的格列格答道，"当然看得见。"

"湖呢？"

"是的，先生，湖也看得见。"上校肯定道，不知罗诺问此是何意。

"那您知道问题出在哪里吗？您的仪器实际上早已失灵了！"

"先生，即使一台仪器失灵了，那也不至于三台仪器都显示同样结果吧……"

"这么说，所有三台仪器都无法修复了，"罗诺甚至都不等他把话说完，"你知道这里什么最奇怪吗？"他的提问中带着一丝惊诧之意，眼睛一刻也没离开眼前的迷人画面。罗诺的诧异并非由格列格的问题所引发，而是因为浓雾：在他的眼里，迷雾正急遽地失去了其致密性，展现出一个奇妙无比的宏伟建筑物，高高地耸立在延绵的高墙之上。对于罗诺来说，有一点已经变得无可置疑了：展现在他们眼前的，真是一座奇幻至美的城堡，它显然不是地球人所能建造出来的。

"可是，对不起……对我们来说这还是第一次，这……嗯……简直是不可能的！"上校的声音里已经开始带有几分绝望的意味了，因为他从罗诺脸上看不到他所期待的那种反应。格列格上校深信接着走下去是毫无意义的，而且还会有危险。他提议先返回"奥林匹克拜访者号"，稍微等一段时间，然后再进行尝试。按照他的意见，大家没必要匆匆忙忙采取决定，而应当先试着对这一奇特的现象寻求解释。

"您在您过去的生活中可曾遇到过这类景象？"年轻人几乎有些恼怒地问道，心里惊讶于上校居然会提出如此没有说服力的建议。

"没有，没有遇到过，可这不能说明任何问题。"

格列格神经质地咬着牙缝说道。让他分外吃惊的是罗诺现在的状态，他看起来丝毫也不感到恐惧。这种毫无畏惧的优良的品质定是来源于他那强壮有力的亲戚，但在此种条件下，这种勇敢精神却显得毫无必要，甚至带有疯狂的嫌疑：在这里，军人们很难保障亨利先生侄儿的生命安全。从经验丰富的战术专家格列格的立场上来看，继续前进是一个根本不能允许的错误。上校发现自己正置身于一个进退维谷的艰难处境之下，他很清楚靠力量是无法解决问题的，于是，他决定诉诸狡计。他稍稍降低了语调，向罗诺提议采用一种妥协和折中的解决方案，按照他的见解，这个方案能令双方都皆大欢喜。

"先生，您如果不愿回到飞船上的话，那我们至少也该在这里等一等。没有必要着急前进，前面明显是妖魔鬼怪，等雾散去后，我们正好可以仔细看看这究竟是什么怪物……要不然，我无法保障您的安全……"

这时，上校的话却如悬在空中般再也说不下去了：忽然从浓雾中响起一声惊天霹雳，发出仿佛生锈的、未上油的旧绞索发出的铿锵声，在凝固的、屏息静气的寂静中，这声响听上去分外令人感到恐惧。少年先是浑身颤抖了一下，即刻便聚精会神地盯视着前方，立刻发现在城堡大墙上有一道镶嵌着旧艺术雕饰图样的木头门，只见那扇门正慢慢地从里往外打开，现出一个黑糊糊的大洞来。

一种肉眼很难察觉，与透明轻纱十分相像的东西在转瞬之间震撼了所有可见的空间，并扭曲了这个非地球所有的创造物的轮廓和外形。罗诺向前走了几步，但又犹豫不决地停下了脚步。年轻人向黑糊糊的门洞里看了一眼，即刻就因突然刺穿他心脏般的剧痛而浑身战栗，与此同时，他的意识完全被一种莫名其妙而又不可遏止的恐惧浪潮淹没了。这确实是一种极其特殊的恐惧感，它从根本上带有一种非地球所有的野蛮性质，而且当一个人与这种灾难遭遇的话，终究无法驯服它那嗜血的本性，从此以后，只要他还活着，就会成为人质，成为这种狂暴力量的俘虏和奴隶，但也有一些拥有超人般意志的人能够将这种恐惧驯服，罗诺就是其中之一，他的体内有一种超越一切的自我意志，在不知不觉间中止了恐惧对其心理的疯狂毁坏过程。格列格和他手下此时正处于同一种力量的支配之下，他们并没有立刻发现罗诺已经又开始朝城堡走去，他们本应该立即跟在他身后追上去，可恐惧是如此强烈地将他们固定在原地，一步也动弹不得。他们就像一堆石头雕像般，恐惧地看着罗诺如何一个人孤零零地向面前那个海市蜃楼的黑暗里走去。

刚一进入城堡的里墙，少年就感到自己突然丧失了对事物的感知和理解力：一种奇特之极的、非地球所有的重力闯入他心灵的怀抱里，易如反掌地从他躯体上撕裂着灵魂。这是命运的意志，这股伟力把他抛进了空间和时间的相交地段，它在瞬息之间剥夺了他的意识，并将其意识从地球植入到了另外一种时间之流中。人类的大脑很难承受得住这种压力，罗诺的双腿软得直打战，在失去意识的同时，他訇然一声倒在地上。

当罗诺苏醒时，他全然不能理解在自己身上到底发生了什么。他感觉此刻自己仿佛正躺在绵软的羽绒之上，就好像在童年时代，温暖的被窝包裹着他的身体一般温馨。他体验到一种极度的欢愉，一种梦境般的甜蜜感涌遍了他的全身，但人类的感觉很多时候并不准确：在他身上所发生的一切，不幸的是，具有一种全然不同的性质。

周围是一片抚慰人心的宁静，牛奶一般的薄雾悬挂在他所躺的天国的床榻上，柔软的星云轻烟般温柔地包裹着他的意识。臭氧的气味新鲜而又纯净，令他想起冬天严寒夜晚的气息：某天晚上，他站在古代遗留下来的一座公园里的雪地上，强壮的树干都披上了银装，煞像一个个被施了魔法的林间巨人，它们身上的霜雪泛着蓝茵茵的光,月光也在它们身上辉映着,在冰雪难以承受的重压下,这些林间巨人们默默地低下了它们戴着白雪冠冕的头颅,恭顺地期待着第一缕春天阳光的光临。他郁闷地回想着,同时也清醒地意识到自己已然不是在地球上了,而且非常奇特的是,关于地球在他身上留下的就只有这一点冷漠的回忆而已。有什么东西令少年的心头隐隐作痛、怦怦作响,像一只落进标本瓶里的蝴蝶般拼命扇动着翅膀,拍打着死神透明的棺盖。在这只蝴蝶头顶,库安德龙神秘的力量正在肆虐,黑衣天使——死神的信使们在这个逐渐衰弱的牺牲品头上飞翔,并发出颤颤巍巍、如绿宝石一般的一点火光,这火光在暗夜里寂寞地燃烧着,以其神性迷人的温暖召唤着人们,更勾引着宇宙中的吸血鬼们前来。

他感到自己实在是累得够呛,感到自己已经彻底丧失了作为人的任何力量了。把他同地球连接起来的那根细细的线突然中断了,在与肉体割裂的那个瞬间,他的意识颤抖了一下,就像一个孤独而又脆弱的小白帆,在无边无际的海洋上随着浪头颠簸。小白帆踏着时间宇宙的波浪,迎向自己未知的新命运……时间很快就把他对不久以前的回忆给带走了,就好像童年时代人们赠给他的那只金色气球某天从他手中飞得不见踪影一样……他

第一章◎库安德龙

再也无力去抵抗了。

"天主啊,救救我!"这是发自他备受磨难的心灵的呼喊,可与此同时,一个可怕的猜想彻底击穿了他的大脑:是的,他现在的境遇正是因他不经意间顺口抛给上校的那句渎神的话,说什么自己将来会在地狱里有一间豪华套间而造成的。他的灵魂因恐惧而缩紧了。此刻,已经不用再怀疑这句疯狂的话语在其命运中所起的那种狡猾而又致命的作用了。少年忽然听到一串嘲讽的大笑声,这声音在他周围回响着,而且似乎逐渐向他体内传导,从而引发心口一阵阵剧痛。这剧痛非人所能忍受,迫使他的心灵在死神那毫无生趣的注视下卑躬屈膝。

"天主,请原谅我!"他透过僵硬的嘴唇毫无希望地嘀咕道,而这几乎是这个迷途灵魂所能发出的最后的绝望呐喊了。他那失去呼吸的身体已经开始覆盖上了一层永恒的冰结晶体,地狱里的豪华套间正期待着一位新居民的到来。无论这看起来有多么奇怪,这个订单确实被精确地执行了,甚至连付款的收据都无须开出。

可是,从圣经时代以来,人类的天性就善于在善恶之间时常摇摆徘徊,以求寻找平衡。充当诱惑者的蛇关闭了伊甸园的大门,迫使初人的孩子们沿着一条堕天使之路行进，在地球上留下了原罪那血红色的沉重印记，可在这件事上隐藏着一个能宽恕所有世人的绝大秘密，而它只要求人迈出简简单单的一小步，这一小步的名称就叫——忏悔。万能的天主对罗诺·莫乌迪的命运是十分仁慈的，他听见了这位来自地球，失落在空间和时间夹缝中年轻人向他发出的呼唤，于是，立刻便有一个熟悉的声音打破了罗诺那僵死的寂静外壳，将他从永恒的梦境中唤醒了，并激活了他那似乎已然永远冷却了的思想世界。这个声音越来越近，为他正承受的不幸，做着最为真挚的祈祷。

"妈妈！"罗诺发出了微弱的呢喃，"我认出您了……我可爱的妈妈呀，请不要离开……不要把我丢下，我就来……我要跟你在一起……"

凭借着至高无上者所给予的最后一丝力气，少年爆发出了不可思议的力量，聚拢起了他那业已分崩离析的意识碎片，向着那个温柔可爱的声音走去。如果天主被别的事分了心，或是如果天主没有及时前来帮助他的话，谁知道罗诺会落得个什么结果呢。命运对这个在痛苦中挣扎的不幸人儿的灵魂发出了微笑。他终于醒来了，听到的第一句话，正是基督教的祈祷词：

"光荣属于万能的天主！光荣属于你，天主万岁！

罗诺·莫乌迪要做捍卫你的仁慈和善良的仆人。不要让他死去，请给他健康和力量，好让他能够通过您神性的意志而为其安排的所有非地球的考验吧……"

一个姑娘再三地重复着祈祷词，而且，随着生命力逐渐回归到他的细胞和心灵里，罗诺能感觉得出来，这个迷人而又真挚的声音正离自己越来越近。

起先是听觉恢复了，在此之后，他的视觉也逐渐康复。当眼前的黑暗消失后，罗诺发现有一道关注的目光紧盯在自己身上——一双含着泪光的美丽眸子正充满爱意地看着他。这双美目略有些东方人的风韵，透着仁慈和善意，充满了对人的同情和怜悯。

他身处一个不大但很明亮的小屋里，床头上坐着一位陌生的姑娘。烛台点着几只蜡烛，墙上挂着圣像，屋里弥漫着一股细腻而又令人备感愉悦的香气。少年甚至在刚开始的几秒钟内以为自己是在地球上，在家里呢。

很快，就在身边的某个地方响起了一阵快速而又充满信心的脚步声，一个男人威严的嗓音划破了周遭的宁静，这个声音强壮有力，因为事出突然，震得罗诺的意识都有些晕眩，但也使其意识彻底回到了这一新的现实中来：旅行结束了，他来到了库安德龙。

"琳达！"罗诺再次听到那个似乎非常熟悉的声

音。

"是的，亨利先生！"姑娘从床边上欠起身来，朝着来人微微鞠了一躬。

一个年约五十，身材高瘦，鬓角杂有白发的男人健步走进屋里。他穿着一身高贵而又典雅的黑色晚礼服，白衬衫上打着带有黄点的暗黑方格领带，显得十分时髦。他那雪白的衬衫袖口下露出一截瑞士手工制作的名表，而带有金色花体字的袖扣和纽扣上则嵌满了宝石和钻戒。他的左手中指上戴着一枚镶嵌着绿松宝石和裸钻的古老戒指，上面铭刻着它们那个古老而又贵贵的家族族徽，闪耀着烈焰一般的色彩。来人正是亨利先生。

罗诺看得出自己的这位亲戚十分疲乏，甚至可以说是筋疲力尽了。他觉得，亨利叔叔在这一个星期里似乎根本就未曾合过眼。而一个星期，正是罗诺跨过时间与空间之河，来到库安德龙后昏迷的时间。

"我希望在他恢复过来后，健康没有受到任何损害。"亨利先生不无担忧地说道。

"他刚刚苏醒过来！谢天谢地，一切总算是过去了！"琳达带着毫不掩饰的喜悦之情说道，"可他身体还十分虚弱，非常非常虚弱。"姑娘几乎用低语般的声音说完，便轻手轻脚地走出小屋，留下亨利先生和他的侄儿独处。

"罗诺,我亲爱的小男孩!天主啊,见到你我是多么高兴呀!你都想象不到,我们曾为你的命运而背负过怎样的煎熬。我们不停地向天主祈求帮助。谢天谢地,天主总算听见了我们的祈祷!"他欢喜地说道。少年无比惊奇地看见一颗颗泪珠从叔叔那深陷而又苍白的脸颊上滚落下来。这位强悍无比的亲戚头一次在罗诺面前表现出了其内心柔弱的一面。少年觉得亨利先生在这短暂的几秒钟内,似乎已经把他所储备的全部爱意和柔情都赋予了自己。

亨利先生走到罗诺身边,坐在床头,便再也无法抑制自己的感情,他伸出双手搂抱着侄儿,向罗诺倾诉起了满腹的激情。

"我亲爱的小男孩,原谅我……天主!"他感慨地说道。此时在罗诺的脚下,在床边上,坐着的仿佛完全是另外一个人——不不,这当然还是亨利先生,但却又是一个洗心革面的、被疲惫折磨得半死不活的、可怜巴巴的小老头儿——时间并未对他格外垂青,只有他的眼睛仍然炯炯有神,充满了非凡的生命力。见到这样的目光,人们会情不自禁地低下头来,同时丧失话语的能力。

罗诺并不知道叔叔在最近这些日子里是如何地备受煎熬,或许这是他一生中最具有戏剧性的七天,为了让天主给罗诺提供帮助,他情愿付出二十年的生命,以便拯救地球上最古老的莫乌迪家族最后的灵魂人物。

几天后,罗诺的身体基本康复了,浑身再次充满了精力和能量。他和琳达相处得不错,两人甚至有过深入的交谈。这是一个可爱且招人喜欢的金发女郎,在罗诺苏醒的那一天,她是这座城堡里他所见到的第一个用人。让罗诺万分惊奇的是,他头一次从她嘴里得知这座城堡压根儿不坐落在巴尔塞龙,而是在一个他从未听说过的名叫库安德龙的地方。

当琳达从他眼中看到极度震惊的神情时,她才意识到自己也许说漏嘴了,于是,接下来罗诺便再也打听不到有关这座城堡的任何事情了。

亨利先生同样也从过去疲惫的一周中渐渐复原过来了。从他的脸上,已经再也看不出不久前还异常憔悴的半点痕迹,脸上的皱纹也舒展了开来;侄儿的康复似乎也令他奇迹般地恢复了青春。

第二天中午,亨利先生来探望他的继承人时,发现年轻人正躺在床上,大睁着充满幻想的眼睛盯着窗外沿海一带的美景。年轻人似乎察觉到了某些非同寻常的东西，嘴边的唇线时而浮现出一丝笑意。从百叶窗穿透而来的阳光温暖抚慰着他的理性、他的心灵。

"你好，罗尼。抱歉现在才来看你，可是有些事情要求我时时在场，一刻也离不开。"他礼貌地说着，并在病床对面的安乐椅上坐了下来。叔叔的突然拜访令罗诺手足无措，他先是迅猛地起身，接着又坐下来了，因为他看到埃沙勃勒的这位主人轻轻而又果断地一挥手制止了他。其实，他从昨晚起就一直期待着叔叔的到来，急切地想要和叔叔分享一下自己心里积蓄的那些穿越时纷至沓来的矛盾印象。

"我猜想如何来到这里的一系列问题，正在令你寝食难安吧？"沉默了一段后，亨利先生带着几分抑郁说道，"同样，地球上的问题也在折磨着你的灵魂吧？不过请少安毋躁，因为你将要知道的东西并不是简单，而是包含极其庞大信息量的知识。这些知识是你必须去掌握的，而且，今后你得和这些知识一起生活，共存共荣。你现在所身处的这个世界，是不能容忍地球式的轻率的。" 亨利先生说着，脸上浮现出不易察觉的笑容，并瞥了侄儿那惊诧的表情一眼，"你此刻正待在我们家族的城堡埃沙勃勒的领地里，它所坐落的世界并不是你所熟知的地球，而是在一个与之平行的空间里——库安德龙。我们所熟悉的那个地球世界，在这里被叫做马格曼。现在，这座古老的城堡属于我，而在我死后，你便会成为它的主人。因此，我亲爱的侄子，请你不要不好意思，勇敢地察看并熟悉你未来的领地吧。"

"亨利叔叔，"罗诺笑了，他还没有彻底搞清楚叔叔说的是什么意思，"您在地球上辛勤的工作，造就了天文数字般的财富，就是给我十年时间，也不够我熟悉您的遗产的。我想，等到我弄清楚自己到底继承了多少财富的那天，恐怕早已成为了一个衰弱不堪的老头子了。而你在库安德龙的这份遗产，该不会变成一个不堪承受的重负，让我难以承受吧？"罗诺嗓音里略带讥讽和胡闹的火花，说着便大笑了起来。

罗诺还没有意识到自己是在什么地方，竟然把叔叔的话当做是一个玩笑，可亨利很快就清楚了侄子的想法，于是连忙规劝他，要他相信要熟悉这份遗产只需很短时间就够了。说完这番话后，叔侄二人又回忆起他们地球生活中诸多有趣的糗事，大笑了好长时间。看见二人现在的样子，任何人都会以为他们此刻已把两人正身处库安德龙的状况都忘得一干二净了。

当沉默再次到来时，亨利叔叔温柔地对侄儿说：

第一章 ◎库安德龙

"我的孩子,你无法想象,看见你脸上有了笑容我是多么幸福呀。你经受了地球上所能出现的最危险的一次考验:就像一只刚刚出窝的小鸟儿,你现在已经挣脱了地球的束缚——你可以把这当做是你的第二次出生!现在你得学会飞翔,是的是的,你没有听错,而且我会帮你长出一对翅膀的,因为我非常爱你,我为你骄傲,我希望你能理解这一点并且正确对待新生活的考验。"

亨利叔叔站起身拥抱了罗诺,并仔细端详着他的眼睛。"我该走了,但我明天晚上会再回来,一切等那时再说。对你来说,这里将不再会有任何秘密,我向你保证,只是今天没时间了。"他面带忧郁的笑容说道。

走到门口,他又向不曾预料到会有匆忙的会面场合而疑惑不解的少年转过身来,带着规谏的口气说道:"要小心,在库安德龙,思想有一个非常重要的属性,那就是它们能很快物质化。未来的日子并不轻松,所以现在请你多多休息,让你的大脑屏蔽所有不必要的回忆。我知道,正是这些回忆令你无法平静。你的到来并非偶然,对于这个世界来说,你的出现有着非比寻常的意义。"说完这句话,亨利叔叔便走出房间。

"琳达!琳达!你又到哪儿去了?我那充满好奇心的孩子!"好一会儿后,侄儿还能听见叔叔严厉的声音正逐渐远去，接着一切都安静了下来，那个胸部丰满、年纪轻轻的金发女郎又出现在他房间的门槛上。她礼貌周全地告诉罗诺在亨利叔叔不在期间，他可以做什么不可以做什么。她向这位年轻人建议道：或许到城堡周边走一走会是一个好主意，她明天可以陪他一起去。罗诺有些诧异，但最终还是答应了。昨天他就注意到琳达曾用极不体面、不合礼法的目光长时间盯视着他，这令他感到烦闷。这女郎身上有一种让人贵族很难忍受的平民气息，而且，她和罗诺的对话，也总会超出体面的尺度。

"这个仆人好不奇怪！"年轻人心想，"虽然她的相貌和身材是那么妩媚迷人。"琳达身上总有什么东西令罗诺感到不快，可是他暂时还无法分辨到底是什么让他不满。他只能寄希望于在下次见面时，能将对她的印象大大改观。

她随便说了几句不痛不痒的话后，撒娇般笑了笑就出去了。罗诺望着她的背影，心想：大自然有时候是多么不公正呀，它将美丽和无才捏合在一起，从而创造出女性这样一种奇特的生物。她们不善于清晰地表达自己的思想，可是却善于引起男性的赞美，而且男人的注意必然被引导向她美妙艳丽身体上那些最迷人的部位。

"看起来，她在城堡里的作用很明确啊！"一个涉及叔叔私生活的猥亵念头闪过了罗诺的头脑，可他并没有在这个念头上投入多少注意力。当琳达迷人的魅影在门口消失后，罗诺置亨利先生的警告于不顾，又深深地沉浸在危险的思考中，力求搞清楚究竟是什么力量把他的意识带到了库安德龙来。

"我的新生到底是指什么？"罗诺一再问自己道，"叔叔究竟有何种打算？平行空间又是什么？这一切的一切，从旁观者角度看上去是多么地诡异和难以理解呀！"罗诺继续出声地推理道，"穿越平行空间这种怪事怎么能叫人轻易相信？这只不过是一种毫无意义的假设罢了，它根本无法说明任何东西，也无法对我判断这个所谓的库安德龙世界提供任何帮助。"他疲倦地下了这样的判断，然后，像身处深渊般绝望地倒在亨利先生刚才坐过的那把安乐椅上。

今天是罗诺头一次与自己这位天才亲戚那不可思议的内心世界进行接触。此刻，这个对他来说用理性无法解释也无法理解的世界，像一道不可克服的结结实实的障碍物一般横亘在他的道路上。

罗诺的童年岁月被包裹在一种浓浓的浪漫色彩中，这对于他那个时代而言是非常罕见的。那个时代的孩子们都很聪明，极具理性。从很小时候起，孩子们就对自己的未来有着明确的规划。他们会兴致勃勃地听成年人讲述人类社会是如何在科学和理性的带领下攀登到了今日的文明巅峰，并且因此自然而然地相信自己也应该沿着这条道路前进。罗诺之所以成为莫乌迪家族中的异类，是因为亨利叔叔和他的弟弟罗杰在后代教育上截然相反的态度，两人常常就这个话题展开辩论。作为一个经验丰富的政治家，亨利口才极佳，常常把对手辩得体无完肤，而他的对手弟弟也绝非无名鼠辈，他领导着那个时代地球上一个世界级的科学院。亨利叔叔坚持儿童应该有自由选择学习兴趣的权利，而不是要按罗杰所说，必须在成年人的指导下（亨利笑称其为洗脑）走向某个明确的发展方向。而罗诺的母亲西西拉——一位举止优雅的微生物学家，站在了亨利叔叔这一边。

在某次诸如此类的谈话中诞生了一个决定，这个决定对于狮心王来说，带有某种宿命的意义。西西拉完全支持亨利先生的思想，想把罗诺送到一个为天才儿童举办的学龄前培训班。这个培训班是在巴尔塞龙为"爱拉"公司的员工们开办的。这是一个封闭的教学机构，由亨利·莫乌迪亲自监督。也正是在那里，罗诺表现出了对音乐、数学、绘画和哲学的天赋。年仅四岁时，不愿意听从教养员训斥的他，就能自如随意地解释并说明为什么他不愿意这么做，不愿意涉足对于他那个年龄来说过分复杂而又广阔的学习领域。到后来，老师们都被他敏捷的思维和极佳的口才所折服，给予了他最大的自由学习空间，也是由此时开始，罗诺逐渐显露出了他作为领袖人物的潜质。

在学校，他迷上了天文物理学和宇宙哲学，他常常去参加国际奥林匹克竞赛，并且每次参加都能获奖。而对于哲学的热爱最终引导他走进了北美最古老的哈佛大学的大门。或许，他在学业上一直顺风顺水的情况不可能完全排除其具有极大影响力的亲戚们的帮助，但请读者们相信，如果罗诺是个乞丐或一文不名的人的话，他也同样可以单凭自己的能力轻易地走上大学之路的。

而此刻，这位出色地通过了宇宙哲学考试的哈佛大学毕业生却处于极其艰难的处境中。他不得不承认，亨利先生要他解开的这个难题在历年的宇宙哲学考试里可从未出现过。

很快，由于堆积在他大脑里的问题实在太多，使这位固执的少年出现了用脑过度的征兆：他表情呆滞、全身僵直，整个身体突然失去了控制。罗诺急忙按照叔叔的建议，尽其所能竭力摆脱杂念，并通过回忆叔叔传奇的一生来分散自己过度集中的注意力。

亨利·莫乌迪出生于大不列颠。二十七岁时他获得了一笔相当可观的遗产，他立即将遗产抵押给了银行，并用抵押来的钱购买了大量当时毫无名气、实际上已经濒临破产的造船公司"爱拉"的股票。正是从那时起，成功就像一个饥饿的猎狗般跟随着他，这条猎狗终生对主人保持着忠诚，永远恭顺地守护在主人财富的正门口。

在十五年中，他所领导的公司已经达到了世界级水平，成为这个星球上宇宙建设工业的领头羊之一。若干年后，"爱拉"工业公司变成了太阳系内最大的垄断企业，制造出了能在宇宙中翱翔的星际飞船，并通过这些星际飞船，征服了越来越多的星系。

"爱拉"工业公司到底有多庞大？它拥有数百个世界顶级的能源基地、发射中心、原材料加工厂和轻工业工厂，以及其他一系列的附属企业，很难一一列举周全。当罗诺开玩笑说光熟悉亨利先生的遗嘱就得花费未来的许多年时光时，他并没有夸大其词。甚至有一种看法，说亨利·莫乌迪的宇宙商业帝国乃是国中之国，但这些成就在亨利本人眼里却根本不算什么，他真正关心的是人类在太阳系内大量移民的问题，并且就这些问题出版了一系列天才著作。在莫乌迪这个名门望族内部，曾经就有关"统一世界"的理念进行过热烈的讨论，为了实现"统一世界"的理想，亨利·莫乌迪决心走向政坛。在进入政界后很短一段时间内他便声名鹊起，无数的信徒追随其左右，最终，他当上了新成立的"星际地球"全民公投的首位总统，攀上了全人类政治权利的顶峰。相对辉煌的事业而言，亨利先生的个人生活却很不走运，或者也可以换一种说法，就是工作把他整个人都吞噬掉了，况且还有他的性格——他那独一无二的个性使得寻找一个能与他组建家庭的生活伴侣成为一件几乎不可能完成的任务。然后发生了一件事，一件万分奇特的事：尽管亨利先生在人民中具有不可思议的巨大声望，他还是在当上总统三年以后出人意料地退隐林下。世界被震惊了，因为他们一直把他当做自己安全和稳定的担保者。消息一传出，整个世界一团混乱，就像被搅乱的蜂巢。他那些具有巨大影响力的同道者们为了劝说亨利·莫乌迪重返政坛，可以说是用尽了计谋。可一切都是徒劳的，"星际地球"的前总统这一次断然不肯改变他的决定。人们所能做的唯一一件事，就是猜测导致这位非凡人物做出如此举动的原因而已。

在二十四世纪的曙光熹微之际，这个世界所记得的他就是这般特立独行，而罗诺记忆中的他也是这样神秘莫测，但实际上，亨利·莫乌迪向世人展露出来的人生仅仅只是一座巨大冰山露出水面的很小一部分。

罗诺开始慢慢地但却越来越有把握地接近一个简单的真相：那就是他这位强大亲戚隐藏在"水底"部分的秘密，并非在地球上，而是被可靠地掩藏在这座家族城堡埃沙勃勒里，由库安德龙神秘的力量守护着，并且加上了封印。

将保存在记忆中的家族史片段激活后，他的思路又回到了"奥林匹克拜访者号"的甲板上，以便重温一下到城堡去的那条道路，希望从中发现一些自己神奇穿越的线索。罗诺对自己穿越时所发生的事情印象模糊，虽然记忆中残留着一些片段，但他暂时还无法把它们都联系和贯穿起来。可他却对自己和上校一起走过的整条路都记得很清楚，甚至就连在城堡墙外所发生的事也记忆犹新。打开城堡大门，他便稀里糊涂地从地球来到了这个陌生的过度。少年很难想象，按照每分每秒来严格规定生活作息的亨利叔叔，居然在库安德龙还有另外一种迥异的人生，这里竟然还有一个叫埃沙勃勒的自家城堡，而这个城堡又仅仅只是某个公国的一部分，关于这个公国的情况，罗诺只是昨天才从"举止轻佻"的琳达嘴里听到一些只言片语。这位哈佛高才生觉得自己现在真正能搞清楚的只有一点,即其关于对亨利叔叔那行踪诡异的生活,现在终于浮现出了一个异常荒谬的猜想,而这个猜想非但不足以解释一切,反而只会把他搞得更加糊涂。他理性的一面拒绝相信什么平行空间的玄学,而且,他还以其英国人的假斯文习气嘀咕道:"所有这些全都是昏话,是彻底和完全的荒唐无稽的谎言和胡话。你只管睡你的觉,一切全都不过是个十分不愉快的梦而已。

"可是,万一这不是梦呢?那样一来,岂不是说叔叔真过着另外一种让所有人都无法想象的生活吗?"罗诺貌似合乎逻辑地推理道。

"可这却是完全不可能的呀!"头脑中的理性继续抵抗着,"这充其量不过是你的幻想罢了。"想要回避现实的罗诺固执地对自己说道。可惜的是,现实并未站在罗诺那仿佛机器人般理性的头脑一边,一个题为"库安德龙世界"的字谜在他脑中已盘亘了好几个小时,答案却似乎仍遥遥无期,但在狮心王的性格中,是没有放弃二字的:他和他的叔叔一样,都属于那样一些罕见的人,他们目标明确、坚定不移、无所畏惧,只知永远向前,即使这次他也决定决不放弃,而且直觉告诉他自己已经非常接近于游移不定的真相了,坚持钻研才是唯一的出路。

几小时以后,因为罗诺没来吃午餐而感到担忧的琳达小心翼翼地走到他卧室的门口。这时,从亨利先生侄儿的房间里正传出奇特的说话声,罗诺似乎正在和什么人交谈着,谈话的声音很低。她连忙贴在门口偷听起来。

与此同时,在卧室里正在发生一件非常奇异的事件:罗诺正状如疯魔般自问自答着什么。理性的那个罗诺在感性的罗诺所发出的大堆问题的冲击下摇摇欲坠,仿佛就要被剥离出体外似的。如果所有这一切行动都可以在国际象棋棋盘上表现的话,那么,感性想要将理性的军,也就只剩下最后一两步了。

"证明在哪儿?"感性的罗诺大声高叫道,"请给我提供证据,我要求现在马上就给我提供证据!你听见我的话了吗罗诺?你真是个下流卑鄙狡猾的家伙!"

"请别生气,给我一些时间,这个问题很复杂,我需要想一想。"理性的罗诺面带恐慌,嗓音尖细地嘀咕道。

"你已经没有时间了!"感性的罗诺高声威吓道。

理性的罗诺疯狂地思考起来,因为他预感到现在已经到了推理的最后关头,而他想充分利用一切机会和可能，推迟审判。

"请等一等！我知道谁能够提供您所要求的证据。"突然，理性的罗诺兴奋地说道，一扫刚才的垂头丧气，带着希冀的眼神瞥了镜子中满面怒容的自己一眼，"那个要您相信这座城堡是海市蜃楼的人，他的说法也许才是唯一正确的解释！但遗憾的是，您并没有相信他的话。"

"这话是谁说的呢？"感性的罗诺半信半疑地问道，同时费劲地回想着。是的，关于这件事的确有过一次谈话，可关于此事的详情细节，他却无论如何也想不起来了。

"是格列格上校！"理性的罗诺告诉他，希望能通过这个线索稍稍平息一下自己感性一面的怒火，"您应该记得的，他曾执拗地劝说您不要急行动，所有这一切都是海市蜃楼。"

感性的罗诺一听到这个异常熟悉的名字，就立刻火冒三丈。他的脸上布满了红斑，腮帮子也鼓了起来，鄙夷不屑的笑容使他的嘴唇也扭曲了。他头脑中仅存的理性被一双无形的双手死死扼住喉咙，并被抵在一道坚硬无比的无形障碍上，这道障碍，在库安德龙的医学里被称作"拉美尔墙"，亦指智力虚脱。

在这场诡异的争论开始之前,罗诺曾尽可能详尽地回想过最后一次乘坐"奥林匹克拜访者号"的情形,但得出的结论只是胆怯的卫队背叛了他。现在,他很遗憾没有向叔叔详细打听一下关于卫队的相关信息——与亨利叔叔的交谈实在是太过短暂了。

"如果格列格上校此刻还在埃沙勃勒城堡墙外的话,那他也许事先就知道因为自己的谨慎,罗诺·莫乌迪会给予他如何恶劣的评价了,但我相信,此时此刻他已克服了对海市蜃楼的恐惧,正加快自己寻找您的步伐!请千万不要把上校当成叛徒呀。"

"哎呀,你可真是一个令人讨厌之极的骗子!"感性的罗诺咆哮了起来,"你居然敢愚弄我,还敢替大逆不道的格列格巧言辩解!好吧,你以为你们俩能逃脱我的审判吗?!"他庄严肃穆地说道,俨然想象自己就是在对其堂兄弟行刑现场的纳瓦尔大公,正满意地看着对方是如何浑身颤抖,心怀恐惧。

"库安德龙骗局我迟早会揭穿的!"感性的罗诺的眼睛里闪烁着癫狂的光芒,庄严地宣称道。这时一件不知是什么的重物凑巧被他攥在了手心,于是他扬手就给了对方一记重击。

在此期间始终站在门口的琳达,始终难以分辨屋里正在发生什么事情,她好几次想要打电话通报,但不知何故电话一直未能接通,而要她孤身一人走进去,她又没那个胆子。正在这时屋里响起一阵巨大的响动,姑娘决定再也不能犹豫不决了,于是深吸口气,推开了屋门。

罗诺正站在屋子中央,只穿一条短裤,头发像厉鬼般披散在肩后,眼睛正呆呆地盯着刚被他打碎的镜子碎片。房间里犹如刚刚经历了一场惨烈的大战,一片狼藉……

"我想一定是你们地球人野蛮的那一面获胜了吧?"姑娘冷笑着问道。

罗诺身子一颤动,转过头来。

"是你……"发现琳达站在自己面前,罗诺一下子口吃了起来。随后,一种强烈的恐惧感涌上他心头,眼前似乎有什么东西倏忽一闪,姑娘的形象烟消云散了,光也变暗了,罗诺瞬间失去了知觉,倒在了姑娘的脚下。

亨利先生的私人医生被琳达唤来,对罗诺的症状做出了初步诊断。

"意识分裂症,"他断定道,"地球人刚来到库安德龙经常会出现这样的状况,这在'穿越'之后十分普遍,不用过度担心。"

医生要大家不要打搅病人,夜里睡觉时一定保持安静。

"我想明天,"他肯定地说,"明天他便会康复的。"

他继续给姑娘提了若干注意事项,可当谈话即将结束时,医生却又问了几个古怪的问题。

"您到的时候他还有意识吗?"

"是的。"

"那他当时是站着的吗?"

"没错,而且还在看镜子。"

"好吧。好的,"医生沉吟道,"这么说他赢了。"

"毫无疑问。"琳达严肃地同意道。她似乎丝毫也不因医生所提这些非医学性质的问题而感到惊奇。

"琳达女士,请您原谅我旺盛的好奇心,是亨利先生想把这些细节都搞清楚的。"他礼貌周到地说道,"喏,此外还有……"医生沉思了片刻,"在库安德龙,我还从未见过像他这样强壮的人!我真诚地向您表示祝贺,继承人坚韧得超出了所有人预料。"他低低地鞠了一躬,走出房间。

琳达没走,而是继续陪着罗诺。少年躺在床上正在发高烧,说胡话,有时醒来会欠起身,用高烧病人那种茫然的眼神打量着四周,嘴里嘀咕着一些不相连贯的话,随后又重新堕入睡乡。她似乎对他此刻的痛苦感觉感同身受,终于,她坐在他脚下,双手捂住脸,两臂无力地抱着膝盖,无声地饮泣起来。

翌日快到午饭时,罗诺醒了过来。身体还有些虚弱,头略有些晕,但他对此并未在意,在起床洗脸后,便决定吃点东西。医生说得对:那疯狂的一天并未在他身上留下任何痕迹。走进食堂大厅时,他一眼就看到了琳达,但承诺和姑娘一起在城堡散心的事情却被他忘得一干二净。

"今天天气可真好,琳达女士。"罗诺真诚地赞美道,"您真美……"说到此处,他打了嗝,满怀希望地寻找着那种到处可见的俗气的花瓶,因为在地球上,无论是在豪华奢侈的酒店还是在普通食堂里,总会摆放着一些鲜活可爱的花朵,以花朵之美来暗喻女性的姿色,永远都能带给对方愉悦的心情,可他忘了自己并非在地球上——这里可找不到花花草草的,于是他只得把自己的恭维之词大大缩减。

"您真美！"他又重复了一遍，只是这一遍显得更有信心了，因为他找到了虽然简单，但却很适合此处情景的下一句话，"如果您愿意和我一起在这个宽阔的大厅里就餐的话，我会万分荣幸和感激的。您看，从这里我们可以看到如此令人着迷的日升日落的景象！"他充满自豪地一口气说完，接着半躬下身子，优雅地挥舞着手臂做了个手势，邀请女士走向已经收拾得齐齐整整的餐桌前就座，可遗憾的是，年轻人的恭维却只是在琳达脸上引起一丝难以察觉的微笑而已。

她似乎昨晚没睡好，神情倦怠，而且与罗诺不同的是，她对昨天的情形记忆犹新。尽管如此，琳达还是诚挚地对这位举止优雅的男伴的恭维话表示感谢，并热情地接受了他的邀请。罗诺却没有察觉到她的异常：无论是她苍白的脸色，还是她略带沮丧的情绪——可以说罗诺都毫无感觉，他一心扑在食物上，喝着有点像是苹果汁的浅绿色的饮料，同时尽量不失礼貌地关注着女士。

饭后两人自然而然地在埃沙勃勒城堡里散起了步。这座城堡就其建筑风格而言，与地球文明的建筑少有共通之处。城堡延伸很长的走廊呈不规则状，没有转角。墙壁、地板和天花板都以非线性的轮廓为特点，这种外形也许可以比作地球上"边缘融化了的"冰。这个形容词本身就包含着一种充满矛盾的美感,而这种感觉在城堡的建筑上随处可见。你不妨把城堡大厅墙壁想象成一个人工制作的约有五米高的小瀑布,再在此之上加上另外一些小瀑布,并将它们按照任意顺序排列起来。接下来,你可以在思维中将瀑布按照垂直线分割为十多层,让其中的每一层在瞬息之间结冰冻结,然后逐渐把冰冻水的某一层叠加在另一层之上。接着,你会马上看见一个奇美无比的景观:一面透明晶莹、变化莫测,仿佛边缘融化了般的冰墙。而对地板、天花板也可以照此办理,将每一层冰凝水顺着地平线展开,然后从内而外用天然火将其点燃——千奇百怪的火焰花朵和光怪陆离的色彩会向你展示埃沙勃勒真正的美。光的神奇变幻会给你这样一种印象,即你正置身于一个童话般美妙的梦幻王国里。

罗诺感觉城堡是由活生生的微生物所构成的,它们按照他不懂得的法则构成了适于城堡居民生存的自然形态,为他们的生活空间创造了舒适的环境。

罗诺和琳达一路上遇见的人从外表上看与地球人毫无差别,只是他们身上所穿的衣服是用一种富有弹力且会发光的紧密织物所做成的。衣服的颜色繁复无比、五光十色，这种非同寻常的五彩斑斓创造了一种其外表无所不包的梦幻感。

还有一个情况也使罗诺很吃惊：城堡的仆人在走廊里与他们相遇时都会停下来，并恭恭敬敬地站立在一边向他们弯腰致敬。罗诺觉得这很奇怪，而得到的回答更令他感到意外："他们是在欢迎您，罗诺先生。库安德龙人习惯于这样欢迎有爵位的达官显贵。"

"可他们是如何知道我是谁的呢？我身上完全没有任何能表明身份的特征呀，再说我这是头一次来这里，这儿应该没人认得我。"他竭力想要搞清楚这个问题。

"库安德龙人具有非凡的视力，况且其实也并不需要什么特殊的身份证明，"琳达微笑着说，"别忘了，您和亨利先生简直是一个模子里刻出来的。"

罗诺看了她一眼，让他感到惊奇的是，他并没有发现她那时常显露的轻佻神态。

一路上他们好几次走进了有点而像是地球上的反重力井的电梯。借助于这些电梯，他们可以抵达城堡最远的角落。将埃沙勃勒城堡的内部空间与这种奇特装置隔开的不是门，而是一道道酷似全息摄影照片的光幕。琳达率先走进其中一个，罗诺也连忙跟了进来。琳达向罗诺解释说，因为他暂时还没有允许一个人在城堡里自由活动，所以没有其他的人的陪同，他将无法使用堡中的各种设施。当然，只要亨利先生点头，他便可以在城堡中畅通无阻。

罗诺打心眼儿里并不相信琳达的说法，在下一个电梯口他率先冲了进去，不过他马上就后悔了，因为他失足陷入了一大团黏糊糊的发光体里，动弹不得。琳达在身后毫不掩饰地大笑起来。

"琳达女士，能否请您帮我一个忙？"罗诺礼貌地问道，同时竭力掩饰自己的尴尬。可琳达却并不急于把他从困境中解脱出来，相反，她装出一副严肃的表情，用一种尖细而又虚情假意的声音对这位少年说："罗诺先生，您该不会打算独自游览城堡吧？或许您已经散步散累了，想要稍稍歇一会儿，自己独处一会儿吗？"

"当然不想！"罗诺神情沮丧地说，他觉得自己现在的处境既尴尬，又可笑，"我一直幻想着拥有一位像您一样温柔可爱、体贴细心的向导。"罗诺略带讥带讽地回答道，"或许，我会请求您劳驾尽快帮我摆脱困境的！"说到此处他已经多少有些恼怒了。

"马上照办！罗诺先生，听从您的命令。"琳达话未落音，人就迈进了电梯间。紧接着，那些包裹着罗诺身体的黏块儿便消失了,而他也立刻失去平衡,啪的一声摔倒在自己这位救星的脚下,引起女孩儿又一阵笑声。

又考察过几个大厅以后,罗诺声称想要回去了,琳达不恭敬的态度让他情绪恶劣,他急不可耐地想要摆脱琳达的陪护,至少是在近几个小时内。

吃过晚餐后,城堡的主人现身了,而且立刻将侄儿叫到了自己身边。

亨利先生坐在书房的写字台后面,正仔细透过透明的视窗阅读某些文件。他脸色黝黑,情绪似乎有些消沉。侄儿刚一出现在他书房的门口,叔叔的脸上就挂起欢迎的笑容,并向他迎面走来,热情地将他搂在怀里。

"罗尼,很高兴见到你。"亨利先生兴高采烈地说道,"从你的外表上任何人都不敢相信几天以前你刚刚穿越了时间和空间!"他脸上挂着狡黠的笑容,说着还友好地拍了拍侄儿的肩膀,"我看出来了,眼睛下面还有点儿眼袋,脸色缺乏红润、皮肤苍白,神情略有些困惑,而其余方面嘛,我想说的是,一个名为罗诺·莫乌迪的分子组合仍然奇迹般地保存完好。"

"叔叔,"侄儿也笑了,"可这个您称之为'分子组合'的东西,正准备了一大堆问题要问您呢。"

第一章◎库安德龙

亨利叔叔露出一副忍俊不禁的表情。看来，幽默的开场对于继续昨天的谈话来说，应该是一个不错的信号。亨利叔叔向罗诺询问了他的健康状况问题，罗诺带着迷惑的表情讲述了自己感受："今天我醒来的第一个感觉，就是我的身体似乎没有了重量，就要飞走了。我的身体怎么能那么轻盈？我都对它不习惯了，我似乎觉得，它是别人的而不是我的。我知道这样说会令人觉得有多么可笑，可是一切感受正是如此。"

"你的担忧我能理解。在库安德龙，的确会有许多令人感到惊异的事情。"亨利先生平静地说，"你幸运地穿越了地球与其他空间相连的狭窄通道，而且能活下来，就连心理状态也保持完好，这简直就是个奇迹。你原本肉体和从前一样，正在卫兵的陪护下，研究着巴尔塞龙的水下世界，而你的意识——其载体就是你的灵魂——已经穿上了另外一种更加精细的肉体外壳，它就在此处，就在库安德龙，就在我们家族的城堡埃沙勒勒。所有这些事件都是同一时间内发生的，而对于这样的事情，人们都是非常非常难以相信的，人们总认为超越常识的事情便一定是子虚乌有的事情。"亨利先生含讥带讽地说道，"我能想象得到人们的态度，因为你的穿越听起来是那么地不可思议，那么地缺乏说服力，可一切就是这样发生的,千真万确。"

"今天如果我不是亲眼看见你这奇幻无比的领地的话,请原谅我,我当然会以为你只是在开一个蹩脚的玩笑罢了。而且我此时此刻所听来的一切,无论如何也无法与我脑子里的东西协调。我如何能够在同一时间内既在地球上,也在这里,在库安德龙呢?"罗诺惊奇地问道。

"罗诺,人是非常复杂非常神秘的生物,具有无限的可能性。理解自己灵魂的神性本质乃是理解创世之美和真理的途径之一。"

"格列格说你信教,这是真的?"

"是的,我是个东正教徒。"亨利先生自信地回答道,并好奇地观察着侄子的反应。

"这一连串的意外把我的脑袋都给搞糊涂了。"罗诺神经质地说道,叔叔的回答使他很沮丧,"在您的带领下,人类在人工智能、宇航技术等高科技领域获得了巨大的进步,而所有这些您过去一直在坚持的东西,又与被斥之为迷信的宗教有什么联系呢?"

从叔叔嘴里亲口说出信教的事实,让罗诺对其信仰再无怀疑,但这也让他内心强烈的好奇心和求知欲如春潮般汹涌起来:一个前不久还矗立在人类政权巅峰的人，一个倡导科学带来文明昌盛的人，现在居然承认自己是个教徒。而且，亨利叔叔在谈到他信教时候，语言中蕴含的感情是那么地真挚热情，这让少年有一种大脑短路的感觉。

"现在我明白了，为什么你会赠送我各种神秘主义书籍，那些书可是在图书馆里都找不到的。就连我小时候听的那些童话，是都几百年前的古人所作，而和我同龄的孩子们，根本就没有听说过这些艺术作品。"

"是的，我的孩子，我当时就知道终有一天，你必定会找到通往库安德龙的道路，这就是我们的命运。在我们那个一切靠技术统治的文明里，我必须找到一种新方法，好把有关世界及其真正价值的知识灌输到你的头脑里去。至少，我得在你的潜意识里灌输进这样的真理，可如果你的世界里只充斥着那些僵死的公式模板，你又怎么能理解这个世界神性的本质呢。"

"可是，你曾经拥有人类最至高无上的权利呀！"罗诺惊讶地嚷道，"为什么就不能彻底修改大学教学大纲，给那些刚刚开始理解宇宙原理的年轻人讲述这些秘密的、重要的，反映了创世真实图景的知识呢？人们只看到那个召唤大家走向团结的人，在不加任何解释和说明的情况下就擅离了自己的岗位。顺便提一句，不久前我查阅了比奥马季卡①业已公开的档案，其中有无数讨论你为何离去的文章。所有的文章都抱着同样一个疑问：你在自己知名度达到顶点时突然放弃了政治生涯。人民爱戴你，政客们更是把你当做神祇！你还想要什么？"罗诺带着谴责的意味说道，并迷惑地瞥了叔叔一眼。

"只有一点你说得对，"亨利先生依旧保持着平静，他对侄子声音里的责备丝毫不感到惊奇，"即看起来似乎没有什么明显的原因导致我不得不离开，可这种说法并不可信。如你所知，原因是有的，而且，这原因还远比你所能想象的要严峻得多。"

亨利先生并没有再多解释他辞去总统一职的原因，只是说时间不够了，并且答应罗诺以后有时间，一定会给他讲一讲这件事。

"如果你不反对，我现在倒是很想马上就讲讲现在的事，和过去相比，现在发生的事情更加有趣，希望你也能很快确信这一点。"亨利先生继续道。

罗诺还没来得及仔细欣赏一下闪现在叔叔脸上的那一抹笑意，书房里的灯便突然熄灭了。在一片昏暗中，

---

①比奥马季卡：一种与现代因特网类似的媒体。

银河、星系、星球、小行星的影像闪现了出来，它们模样奇特，和在地球上所见的完全不同。此外，还有许多貌似星际飞船般的其他人造物体点缀其间。就这样，宇宙那浩渺无垠的世界以一种奇异的形式闯入了书房大厅，置身于此的罗诺被突如其来的美景震惊了，他慌了手脚，一时连话都说不出来。他感到一种无穷无尽、用语言无法描述的庞然大物正在他的头顶环绕，而他就像是一粒正处于创世的中心地带的微尘，胆怯地凝望着无限邈远的空间。

"这是什么？"他嗓音颤抖地问道，随即一脸惊愕地看向叔叔。眼前的景象让他回想了穿越时的场景，这让他内心惶恐不已。亨利先生明显察觉到了他的内心活动。"别担心，罗尼。"他冷静地说道，"你已经通过了考验。"这句话刚说完，只见宇宙陡然一变，幻化成了书房原本的样子，只是在这个书房写字台的后面，坐着另外一位亨利先生，他身着黑色工作制服，神色疲惫之极。他的浑身上下插满了矛，矛头上都雕刻成了问号的形状。这位前总统神情沮丧，脸上露出痛苦和慌乱的表情。在他身旁，站着半裸的琳达女士，脸上的表情不幸而又惊恐，眼里挂着泪水，嘴唇愤怒地颤抖着，她好像一直在竭力想要对他说些什么，可是却气得连一句像样的话都连贯不起来了。可怜的姑娘脸色泛红，神经质地挥动着双手，绝望地做着各种手势，甚至跪在地上泣血恳求，可是，仍然还是无济于事，于是便站起身来，走到一边。可这还不是全部，还有罗诺的三个保镖，也在围绕着这两个人转来转去，向亨利先生抱怨命运的不幸。每隔一段时间，就有一只五指尖尖的巨手把他们抓起来，排成一排，训斥一番，剥夺奖赏，随后又给他们——洗脑。走完这些程序后，罗诺前保镖们的身体显著缩小，一直缩小到只有一只高尔夫球那么大。格列格和他的两个下属搞不懂在他们身上发生的变化究竟是怎么一回事，所以都被吓得六神无主。而且很快就在所有这一切灾难之外，他们发现自己居然突如其来地出现在一块野草地里。阳光炽热，小鸟啼鸣，人的心情也轻松怡悦，无忧无虑，可是，用其手指不断追逐那些保镖的那个导演对这个剧本并不满意，随即对剧本的结尾做出某些改动，致使在新版剧本中，在一段对于天气的美妙描写之后，是这样一段话："在这个绿荫如盖阳光灿烂的峡谷里，他们所能看见的最后一件东西，是一个巨大的发光的物体，那东西带着低沉而骇人的怒吼声，突然出现在吃惊的众人眼前。"接下来，场景又转换成"爱拉"公司发射宇宙飞船时万众瞩目的一幕，连导演本人也赶来了,所有人都称呼叫这位刚出现的贵族为罗诺·莫乌迪先生。他用得意扬扬、充满鄙视的目光傲慢地向底下可怜巴巴地拥挤成一团的人们瞥了一眼,然后露出了满意的神情。

可怕的表演很快就消失了,代替表演的又是无边无际的星空,星空闪烁着成千上万颗星星,泛着冰凌一般的冷光,书房里又一次笼罩在一片寂静之中。

"是不是已经够了呢?"亨利先生温柔的声音打破了令人压抑的沉默。

"是的,够了。"侄子心情压抑地说。在他身上,显然有什么东西訇然一声坍塌了,并且一去不复返,将他和叔叔分割开来的那道不理解的内在障碍,彻底消失不见了。

他抬起头,怀着感激和爱戴之情看了一眼自己的救星,脸上露出了幸福的微笑,眼里的泪珠在他那泛白的脸上闪烁着银色的光泽。亨利先生走近侄子身边,紧紧地拥抱着他,让他贴紧自己那宽阔的胸口。他们就这样站在那里,在一片寂静中,在无穷的世界从其身旁不断流逝的背景下,只能听到两个亲人的心脏在和谐地跳动着。

"你还通过了另一个重要的考验,我的孩子,爱情的火焰已经在你的心头点燃，这个火种此刻还很微弱，弱得像蜡烛的火焰，呵护好这个火种吧！"亨利先生温柔地细语道，"在这个世界上，没有什么比爱更加重要了，而上天赐给了你这种无与伦比的天赋。"说着，他稍稍退后了一点，以便能看清罗诺神情的变化。

罗诺抬起噙满泪水的眼睛，感激地看着叔叔。他的眼睛里储满了月光一般的光亮，犹如清晨的太阳所照亮的平原和山冈，在那里，新的生活又在重新开始，就这样，在充满感恩之情的地球之上，有时也会出现神圣的泉水……

"现在，我们来谈一谈你在库安德龙逗留的事情吧。"亨利先生打破了寂静，热情地邀请罗诺到这间宽大办公室的中央部位，那里放着一张小茶几和两个半圆形的沙发。"刚才所展现的景象，反映了你内心的种种思考：你和琳达的关系让你感到迷惑；关于我的行为让你不解；格列格的背叛让你愤恨不已……种种在你心中积郁的问题，它们全都凝结成为一种混乱的思维模型，而这种思维模型又在这里得到了物质化的表现。在这座城堡里，一切心中所想均能被塑造成具体的物质形态。埃沙勃勒城堡坐落在一个绝无仅有的环境中，它被修建在距地球和库安德龙同等距离的位置上，因此，这个地方既具有地球的特征,也保留了库安德龙的一些神奇属性。从办公室窗口你可以观察到地中海,可要想从窗口走到地中海去,却是绝对不可能做到的。因为你面前的美丽海景根本就不存在,它是因为我内心对地球的思念而被塑造出来的。"亨利先生说着,从沙发上站起身来,慢条斯理地走到窗前,"请你再仔细看一看。"他指向窗外:海边的景致蓦然消失不见了,变成一团黏糊糊的透明物质。罗诺想起昨天在电梯里遭遇的尴尬场景,将其困住的物质和眼前的黏液丝毫不差。

"通往库安德龙的超空间入口只有一个。"亨利叔叔继续说道,"想要顺利地穿越时间和空间,必须具备特殊的知识,才不致使这种穿越以悲剧作结,仅仅有着普通人的好奇心是远远不够的。

"在这个城堡里没有偶然一说,所有人和物的出现,都有其必然的原因,就连琳达也不例外。你的思维会对这个世界的物质化产生重大的影响,这一点请谨记。"亨利先生强调道。

"琳达相貌出众,内心天真稚拙。她的美丽和笨拙让你产生了淫邪的念头,虽然现在还只是隐藏在你内心深处,可是却有可能继续成长为一种耽于淫靡的罪过,而这会毁了你建立家庭——未来整个地球上我们的基因链的——计划的。"

在听完这段解释后,罗诺心口隐隐作痛,一股羞涩感攫住了他。亨利先生将平常隐藏在罗诺脑子的想法全都解读了出来。叔叔发现少年非常垂涎琳达的美色,但却只将其当做一个低人一等的仆人,认为无论要她做什么都是理所当然的,平等且真诚地对待琳达,这会让罗诺觉得有损尊严。

"用正确的态度与女性相处,是感悟爱这种宇宙间最伟大能量的关键一步。你未能从琳达那美丽的外表和随性的行为中看出其灵魂的神性本质,结果做出了错误和不公正的结论。正是琳达引导你逃离了穿越时那场能置人于死地的精神风暴。她那天真淳朴的性格让所有人都如坐春风,你却因自己的傲慢将其视为对自己尊严的亵渎。请不要把傲慢自负与贵族精神混为一谈。真正的贵族拥有一种崇高的精神状态,他们心地纯洁、高尚,平等地对待众生及一切。在这里,我们不能再以地球上那种幼稚的观念来对人进行评判,这将会是一个绝对的罪过。你头脑中的负面思维在这里生成了一种可怕的辐射,这种辐射正灼烧着琳达的灵魂,令其痛苦不堪。

"现在,再说说护卫你的格列格小队。在你思维所投射的物质影像里,军人被当成了高尔夫,是为达到目的而随意使用的工具而已。这表明了你灵魂深处的残酷本性，它证明你缺乏仁慈之心，不善于宽恕别人。他们没能及时随随你，为此你就打算将这些人无情地毁灭。你在思想中对其施以的酷刑，说明你有成为暴君的可能。

"所有迹象都指向一个事实：现在的你还不懂得如何去爱别人。而缺乏爱的能力，会在你未来的命运里滋生出人类最凶恶的敌人——虚无主义——的强大的土壤。你的灵魂将世世代代沉浸在不见五指的黑暗中。"亨利先生生气地说道。

"天呐，难道我真的如此差劲？！"罗诺被叔叔的结论所震惊，绝望地喊道。

"当然不是。"亨利先生马上安抚他道，"库安德龙的伟力就在于此：它能让你提早发现内心潜藏的敌人是谁。谢天谢地，它们现在还没有从睡梦中醒来呢。在地球上，他们会蛰伏着等待时机，一旦由于你的疏忽大意和轻率举动让它们得以走出黑暗，你的灵魂也就永远失去了自由。人性中的恶，是仅次于爱的恐怖力量，稍不注意，它便会让你坠入万劫不复的地狱。"

"叔叔，真对不起，请原谅我，可……可这是为什么呢？我还不知道事情居然会这么严重，要知道……我并不想让琳达受苦！"少年伤心地说道。

"罗尼，你的能量实在太大，但却不受掌控。你的不满和愤怒都会在这里化为野蛮的能量，这种能量所携带的致命辐射能够把这一空间内的所有活物全都杀死。因此在你苏醒后，首先要学会的就是如何控制内心中那些邪恶的情绪，但你也不必为此而难过：琳达是自告奋勇前来帮你的，对她来说，这犹如一次特殊的考验。我会保证她的安全的，你无须担心。"

"叔叔，请原谅我，我对此一无所知！"罗诺痛苦地呼喊道，并伤心地捂住脸，生怕叔叔看见他脸上的泪水。

"现在的你是知道得很少，这的确不假。"亨利先生沉重地叹了一口气，"但你在为琳达的命运哭泣、难过，这说明你的心灵已经向同情和爱敞开了大门。在未来充满危险的历程中，你必须始终坚信爱和仁慈的力量，只有这样，你才能获得最终的胜利。"

第二章◎注定灭亡的胜利者

第二天清晨琳达没来,取代她的是亨利先生派来的一个老仆人,这让罗诺很不快。老仆格林伍德虽已九十岁高龄,但依旧活泼好动,精力充沛。他脸上的肤色呈泥土色,皱纹满额,浓黑的眉毛又粗又长,脸上总是堆满善意的微笑,千方百计地想要赢得罗诺的欢心。可是,昨晚在得到虚伪的教训以后,这位少年总是竭力保持矜持克制,他心里明白,自己在仆人眼里并没有什么特别值得尊重的地方,反而是一个不太自然的、需要时时处处提防着的人罢了。因此罗诺在沉思中度过了这一天,根本就没走出过自己的房间。

晚上,亨利先生请少年到他那里做客。面朝巴尔塞龙海边美丽风光的全景窗户是敞开着的:窗外的地中海上空阴云密布,雨下得正急,新鲜的海风和浪涛的喧器充斥着书房宽敞的大厅。亨利先生殷勤地接待了罗诺,要他坐到离写字台不远的白色豪华更舒适一点的沙发上。或许他已经猜想到,他们的谈话可能会持续很长时间,所以,他慢条斯理地走到陈列着上个世纪罕见版本书籍的书架前,然后坐在皮沙发上,姿态优雅庄重地将一条腿架在另一条腿上,仔细地瞧了一眼年轻的交谈者。罗诺恭顺地坐在沙发上,尽量让自己表现得沉着冷静,可内心的激动还是让他的脸上浮现出一层薄薄的红晕,这使得他透出更多的青春朝气,样子看上去更加得体。双手微微发颤的指尖和越来越加速的心跳表明他心里充满了好奇,对即将开始的谈话有着非同一般的兴趣。

"现在该给你讲述一下这个神秘游戏的剧情了。这剧情对于不知情者而言非常神秘,而对于那些真正为人类文明担忧的人来说,却毫无秘密可言。后一类人正在帮助人类文明在这个十分艰难复杂、忧心忡忡的时代里存活下来。" 亨利先生言简意赅地开始了自己的演说, "我死后你将获得我的所有财产,成为我的合法继承人。这看起来很容易,但要将我思想的财富传给你,却无比艰难。" 亨利先生说着,用右手食指指了指了自己的脑袋, "我想你能明白,这里面的东西却是不可能在遗嘱中赠送的。金钱、财富和权力……或许任何东西也无法与你在埃沙勃勒城堡墙内所学到的东西相比。"

无论这位前地球的统治者如何不愿意让罗诺沉浸在担忧人类未来的心态中，但地球上事件发展的速度是如此惊人并富于戏剧性，以至于给这位勇敢的人没有留下多少选择的时间。

"我将要对你讲述的一切，和你在大学所学到的知识可谓大相径庭，也不会和你对生活、对人、对宇宙的固有观念吻合，可以说这一切都将超出你理解的范围。"亨利先生慢条斯理地说着，又突然激动地站起身来，走到窗前，脸上的神情像是沉浸在了严肃紧张的思考中。

令人难耐的沉默持续了一会儿。英国最古老贵族世家的杰出后裔正在被矛盾而折磨：从哪儿开头呢？如何才能把如此重要的信息植入到这个还十分幼稚年轻的意识中来呢？这些信息很容易伤害侄儿的心理，给他的灵魂造成创伤。他深深地叹了口气，再次瞥了少年一眼：罗诺正谦抑地坐在不远处，心焦地等待着叔叔结束他的开场白，因为他根本搞不明白如此冗长的开场白究竟有何意图，而是希望此刻马上就开始谈话。

"很快地球上就会发生就其威力巨大无比,就其实质稀奇古怪的大灾难!"亨利·莫乌迪此时开口道,他的声音坚定、果断,眼神锐利。

"一九九四年舒梅克尔-列维彗星撞击了木星,发出犹如热核爆炸般强大的力量。从那以来已经过去了许多岁月,可令人备感遗憾的是人类误读了这个信号,他们未能解读出这个从天上向我们发来的信息。而现在一切都晚了——地球也将遇到同样的事。这一次,地球上人类的命运已经注定灭亡了。"

沉默在持续。罗诺眼睛死死盯着自己的教导者,呆若木鸡。叔叔的信息令他感到震撼——他不知道该想什么,不知道该如何接受这样一个令人惊异的、甚至可以说是匪夷所思的消息,在他看来,这个消息震撼到了令人难以置信的地步。

"可是这样的威胁是不可能存在的!"少年以年轻人特有的激烈脾气和火爆性子说道,他不相信最近的未来居然会是这么一幅阴暗的景观。"所有大型的宇宙物体,像陨星、彗星和行星的碎片,都分布在若干光年半径的范围内。这些宇宙物体中最危险的物体的运行轨道也都经过计算,它们几乎都不可能接近地球。这个问题早在上个世纪就已经被人类解决了。"罗诺满怀希望说道。

"是的,你说得全都对,"亨利先生心平气和地继续道,"你的观点一字不差地重复着过去一些学者的错误结论,这些学者专门在那些接近太阳系危险轨道上徘徊的星体上寻找对于地球生命的可能威胁,但其实根本没必要计算未来诸如此类的碰撞的几率,并因有希望找到排除此类问题的技术上的解决办法而沾沾自喜。

"在爱因斯坦著名的'能量等于质量与光速平方'的乘积式中,众所周知,光速是常数,但三百年前的科学家认为是真理的,今天已被推翻。哈佛大学的高材生应当能够懂得,光速其实是个变数。人类不可避免地会犯错,这本身不是悲剧,可当人类所犯的错误开始涉及自身精神的发展问题时,而且在长达数百年的漫长过程中,人类始终无法从对科学迷信般的俘虏下解放出来,这样一来,发生悲剧就是必不可免的了。科学还没有发展到能够理解超空间的地步。戏剧性的悖谬之处在于不久的未来,在我们这个太阳系里会发生一种类似于库安德龙这样的未知的世界向真实的、物质的物理质量的转化。到那时,飞向地球的任何天体,无论是陨星、彗星或是行星的碎片,其运行轨道都会发生改变。天文学家虽然能够迅速计算出新的运行轨道,但这也就是他们所能做的一切了，"亨利先生神情阴郁地说，"现在着手研究科学太晚了，灾难注定会发生，人类将受到惩罚。"

"可这究竟是为什么呢？！"罗诺绝望地嚷道，"难道一切都不可更改了吗？"

"这不归我管，但时间已经不多了。按照宇宙时间，只剩下短暂可数的几个瞬间了；而对于地球时间而言，确切的最终期限还无法预测。" 亨利先生哀伤地说道，"你瞧，我的孩子，二十四世纪的人类已经在科学技术上取得了完美的成就，尤其是最后的三百年中，科技成就更是异常惊人。这原本应该是一个让我们备感欣喜的成绩，可我们不能在毫不关心人类灵魂的情况下发展文明呀！要知道，在全宇宙中有许多发达文明，他们的技术都要比我们的成就优越好多倍，但对于造物主而言，这种优越性毫无任何新意。造物主更关心的是人为了完善自我选择了怎样的道路；人类的灵魂得到了怎样的发展；信仰和爱的问题在全宇宙任何理文明的演变进化中，是否有奠基作用。而其他'成就'则可以作为无限小而忽略不计：在造物主正义的天平上，它们不具有任何价值。

"在我们这个时代，人们到医学移植中心就像到商店那么频繁。谁都不愿意认真研究新型疾病的本质,只是不假思索地用人工培育的克隆器官代替受伤器官。这么做的初衷当然都是为了人类的幸福,但现在人们的脸上已经失去了先前那种健康的红色,取而代之的是不自然的苍白色,这都是因为人类肉体对非自然物质的排斥:神祇所赐予的肉体与人类理性所产生出来的极不完善的机械长在了一起,这难道还不是一种极端的退化吗?你不妨仔细看一看,人们又是如何对待信仰的吧。东正教、天主教和佛教教堂、清真寺、犹太会所,到处都在被关闭取缔,除了个别人以外,人们已经再也无法在祈祷中寻找到上帝的启示了。人类已经不再有让自己的灵魂获得拯救的需求了:他们认为自己是无罪的,在人们身上,虚无主义取代了对上帝和对自己的信仰,逐渐滋生出来。"

罗诺本想予以反驳,可是亨利先生用手势制止了他。"你和我一样,也是这个社会的产物,因此,你拥有一些并不能支持我对现代社会问题之看法的论据,这是完全合乎自然的。我对你的想法都心知肚明,对我来说,你心中那些虚无主义的论调并不是什么新玩意儿,而且现在也不是争执的时候,请你听我把话说完,假如你觉得我的理由不够充分的话,我们再来详细讨论你的观点。"亨利·莫乌迪用严厉的、不容商量的口气说道，这使得罗诺有些窘迫起来，继而使他急躁的情绪冷静了下来。这个年轻人不敢打断叔叔的话头，他明智地觉得自己最好还是遵从叔叔的建议。

"遗憾的是，持续至今的这个进程所能导致的悲伤结果就是，"亨利先生继续说道，"使得早在两个世纪以前因太科教授理论的支持者们上台这样的政治错误。他的理念并不很新，其核心理念即说服信教者相信人等同于上帝。因此在人类文明精神发展的过程中，发生了一个其后果十分奇特怪异的转折和变革。

"有关人的个性完善的虚假而又矫揉造作的理论，以及大众批判的潮流，将信仰上帝的基础彻底摧毁了，一种新的意识形态取代宗教知识走上舞台。事实上在上上个世纪所发生的事情，只能被命名为社会的反精神革命，这场革命对于上帝信仰的基础造成了极其严重的打击，而革命的推动者们，就是世界宗教。这场革命并未公然与信仰斗争，但它却把人类的精神价值与现代文明的成果结合为一个统一的整体，而破坏了信仰最基本的原则。我不想宣称这对人类而言是一种下流无耻的行为，它涉及了圣三位一体和基督复活的问题，我只想说一点，即因太科的后继者们都是些偷换神圣概念的凶恶的天才……继基督教之后，同样的命运也降临在了伊斯兰教、佛教及其他世界的宗教头上。在因太科虚无主义的沉重压迫下，没有什么东西能够不被粉碎的。

"人们把希望寄托在具有创新精神的最新科学成果之上。人们给宇宙释放了最初一些人造卫星，接下来你也就知道了，凭借人造卫星的帮助，人发现了具有低级理性生活方式的行星，正是这类行星上不同寻常的精神知识为类似的证伪提供了所谓的'新材料'。因太科理论的支持者们庆祝了自己所获得的全胜。而我刚才给你讲述的那些东西，还不是原因，而仅仅只是结果，实际上一切的一切，当然要远比这更加复杂更加深刻得多。"亨利先生声音里带着几分忧郁地说道。他慢慢离开窗户，坐在面对罗诺的沙发上。

这位年轻人看出叔叔已经疲惫至极了，他甚至感觉到叔叔正在迅速丧失精力，这一点从他苍白的脸色和微微颤抖的手指上能够看得出来。可这个少年甚至就连想都不会想到，在这场谈话中最重要的远非信息——亨利·莫乌迪身上带有一种神秘和无形的知识能量块，而且它早就传承并且储存在了罗诺的潜意识里了，甚至也已经渗透进了他的内心世界中，逐渐把二十四世纪的社会意识形态的教条给排挤和驱逐出去。

年轻人沉吟了一会儿，同样也感觉到一种隐约捕捉得到的疲乏感；他忽然犯了困，因此没发现茶几上忽然冒出一瓶覆盖着尘土的陈年葡萄酒、两个水晶杯和几只盛下酒菜的小碟子。那些在地球上被当做魔法的东西，在库安德龙则不过是再寻常不过的事情，它们只不过是思维的简单表现形式罢了，而罗诺所需要的，也只是一次次地对精神的物质化过程及其结果加以印证。

"这是上等的沙陀·拉图尔酒，"亨利先生打断了他的思维，说出了一个带有浓厚的南部法兰西口音色彩的名称，"我建议你尝一尝这种令人赞美不已的干红葡萄酒，这种酒在美多克的酒窖里已经躺了有七十多年之久了，它能温暖我们的血液，从而能让我们有精力继续谈话。你该适当地分分心了，你的注意力实在是太集中了——这会妨碍你的接收的。"老莫乌迪小心翼翼地给杯子里斟上了红葡萄酒，"在库安德龙想喝到地球上的葡萄酒，那简直是不可思议的奢华，但在我的酒窖里，"亨利先生声音里不无几分狡猾，说着还友好地拍了拍侄子的肩膀，向他眨了眨眼。"没有什么酒是找不到的。在库安德龙保存它们可不是一件轻松的事情，可是我的葡萄酒酿造大师们自有办法安抚它们，让它们保持固有的、顶尖的和一流的味道，这种味道可以传达法国波尔多省一串葡萄对于阳光明媚和雨意淋漓的日子的记忆和无与伦比的联想。这种高雅精致的葡萄酒保持并能传扬大地新鲜氤氲馥郁的香气。你们这些年轻人们,都喜欢火辣辣的廉价勾兑酒,这样的传统早就被你们丢弃了。

"请允许我先来为你干一杯,我可爱的孩子,我希望你会原谅我的弱点,如果我在表述自己的愿望时,稍稍超前了一点的话。"亨利先生笑了笑,举起茶几上的酒杯,声音不大但却充满信心地说道,"一旦你能够理解人的神性本质及其不朽本质的真实含义的话,你自己也就可以获得不朽了。请你相信我,我知道我在说什么。罗尼,你不妨品尝一下杯中的美酒,我相信你立刻会感觉到神清气爽的。"他说着神气十足地伸出酒杯,与侄子的酒杯那水晶的表面轻轻地一碰,发出"叮"的一声。"为了你的不朽!"亨利先生庄重地说道。他的声音不像是在开玩笑或是在嘲讽和讥笑,相反,他说这句话时,怀着对于侄子温暖的爱,带着只有说这种话时才会带有的真挚和严肃。

罗诺很难理解在这样奇特的祝酒词之后,继之而来的会是什么,可刚刚喝下去的酒对他产生的作用,却要比这位亲戚刚刚说完的话的作用要大得多。以前他可从未品尝过类似的酒,所以,也根本无从把这种精致的沙陀·拉图尔与什么作对比。酒刚一入口,罗诺就觉得他喝下了一种令人发烧的、浑身炽热的、精神饱满的、血液贲张的东西,不知不觉间驱散了他心头隐隐的几分睡意,让他的颓丧一扫而光,霍然精神焕发。

亨利先生说得对:少年果真觉得自己神清气爽,一种非乎寻常的热量涌遍全身,让他浑身上下全都包裹在一种香气馥郁、醉意醺醺的氤氲香气里,以致罗诺甚至觉得或许地球实际上具有这样一种非同一般的味道似的。

"嗯,那么好吧,我的孩子,现在让我进入正题吧。"老莫乌迪说道,这段时间里他始终兴致勃勃地观察着这位侄子的反应,"我们已经开始接近一个最重大的事件了,这些事件发生在很久以前的时候,那时候这个地球上还没有你我呢。

"总之,为了让你能够理解问题的来龙去脉,我必须先对我的讲述做一些必要的说明和补充。因太科和他的继承者们其实并不完全是人。不不,或许我这个比方也不太适合,"亨利先生急忙更正道,"更确切地说,他们从来就没有也不曾是人。他们的祖先——这一点无须惊奇——曾是一种非常古老的文明的代表人物。你甚至根本就不会想到,他们是从另外一个宇宙里找到通向我们这个地球的道路的。罗尼,你也知道,宇宙是无比浩瀚、无法穷尽的,宇宙包含着无数匪夷所思的谜,而这一个仅仅只是其中一个小小的谜罢了。地球也是破天荒头一次碰到这样的事,即一种智慧生物居然穿透永恒宇宙那如此无穷如此无限遥远的角落,来到地球的核心。可是,他们毕竟来了,而且就在你们的面前,这说明他们的精神有着非同寻常的力量。你明白我说的是什么吗?"亨利先生仔细地盯视着少年惊奇不已的目光问道。

"不太明白。"惊奇不已同时又困惑莫名的罗诺回答道,"更确切地说,是根本不明白。怎么可能会发生这样的事呢?他们的样子不是和人类一样吗?脑袋、腿脚、手臂、说话也和人类一般无二,那么区别何在呢?"

"从外形上看一丝不差!他们的样子和他们说的话,都和我们一模一样。为了使你更加易于理解,我不妨打个比方:毛虫在树枝上到处爬,吃树叶,可是忽然有一天,不知出于什么神秘的原因,它死了,变成了一动不动的蛹,为了让蛹能够摇身一变产生新的生物——蝴蝶,它储存了具有贵重价值的营养物质。毛虫转化成为蛹以及再次转化为蝴蝶的自然机制问题，迄今为止对于学术界仍然是个谜。对人来说，可以将这种简朴生活的三个阶段比作三种生物，这三种生物的先后继起，为其不断适应地球环境的变迁而提供保障。它们之间只有相互协调合作才能在这个星球上生存下去。而在宇宙间，不同智慧生命之间进行协作和沟通的现象，从很早以前就已经开始了。所有定居在我们这个星球上的人类，从历史起源看，都是从宇宙的各个角落里来的，但在这里他们都是人——都是银河的孩子，都在学习如何相互热爱相互接纳。而地球因为被塑造得十分完美，使其成为宇宙间各类智慧生物交汇的最佳地点之一。为了能让这些不同形态的智慧生物能够更好的融合，自古以来就出现了一种神奇的技术，它能让灵魂转移，并让灵魂化身为我们这个宇宙间任何生命的孤岛上的物质形式中。我用'技术'这个词来形容它只是为了让你能更直观地理解，实际上在使用这个术语时，我极大地简化了这个过程的实质。那些只是外表像人的外星智慧生物，其实和真正的人类没有任何共同之处，因此，我才会采用这样一种即使对我来说也相当奇特的比方。"说到此处，亨利先生看了一眼侄子由于惊奇而聚精会神的脸，禁不住发出发自内心的笑声来，"喝一口，我亲爱的孩子。不必过于震惊,也犯不着感到寝食难安。你不妨把我此刻对你说的一切,都当做是你早就知道的好了,只不过由于阴差阳错、机缘巧合的缘故吧,时间把它们从你的记忆中抹去了而已。"

罗诺神经质般短促地从葡萄酒杯子里嘬了一小口,再次感到一股热浪涌遍他全身。亨利先生的解释这次并没有令他感到奇怪,而不如说与之相反,反倒重新唤起了他对天外来客这个题目的兴趣,更何况关于宇宙间及宇宙之外星球生命的想法,对于他这样一个非常喜欢幻想的人来说总是焕发着无穷的魅力。他把空了的葡萄酒杯放在水晶茶几上,双眼一眨不眨地死盯着自己这位聪明睿智的谈话对手,急不可耐地期待着故事的下文。

"这些生物是一个地外超文明的代表,该文明业已抵达我们这个银河系的边缘,他们来自一个距离我们远的不可思议的另外一个宇宙。外星生物最初发现我们这个星球是早在十四世纪时的事。可在那个时代,他们想要向我们这里移民的企图未能取得成功:由化身为人外星男子和地球女人生下来的孩子,一出生便是死婴。数百年以来,他们一直没有放弃想要让自己的子孙诞生于地球上的企图。化身的过程本身是一个极其重大的谜,这个谜是凡人所根本无法予以问津的，因此我也只限于获得一些最原始的、只能反映这一过程本质的解释而已：实际上，这是一个把灵魂转移到人类躯体的物质外壳中去的过程。"

"这个过程是不是越来越难了？"罗诺忽然打断他的话问道。

"你有什么不明白的吗？"亨利先生狡猾地反问。

"这一切我全都不明白。第一，他们是从哪里找到用作化身用的人体的？第二，灵魂是什么样的，怎样才能让灵魂融入肉体中？"

"对于这两个问题，我也没有明确的答案。"老莫乌迪慢悠悠地说道，随即沉吟了一会儿。与此同时，罗诺却利用这短暂出现的静默时机，又及时提了一个问题："嗯，既然他们都是地外超级文明的代表，那么，或许他们也具有超现代化的技术和飞船吧。既然如此，他们为什么偏偏会大费周章地非得化身为人体，而且还非得是别人的人体不可呢？难道他们自己没有身体吗？"

"孩子，请你听得仔细一点，省得尽提一些多余的问题。"亨利先生轻微地责备侄子道，"问题在于宇宙中的距离是如此之广远，以致你要是坐着宇宙飞船来克服这些距离的话，就和古人坐独木舟横渡大洋般别无二致。因此，智慧生物或迟或早都必然会寻求在宇宙间移位的新的可能途径。而他们就是通过对其自身独一无二的神性本质的认识而找到此类途径的。我刚才说他们一般是从另外一个宇宙来到我们这儿的，这绝不是我说漏了嘴，但你的理智此时此刻的确还很难理解这件事。而你如果愿意的话，也可以认为这就是他们与他人的区别所在。外星球生物克服了不可思议的遥远的距离，为的就是把自己的灵魂移植在人的躯体里去。但此时此刻我们是不会去深入探讨这个过程的细节的，如若不然，我就来不及给你讲述最主要的内容了。你只要对我的话深信不疑就是了。你应该也没有理由不相信我吧？"

"当然了！对不起，叔叔，可所有这一切甚至都不能被称之为科幻吧？我都找不到词来形容了，这一切看起来实在是太奇怪了！"罗诺出声地思考道，可他随即就醒悟了过来，于是重又抬起目光，望着讲述故事的人。

"十七世纪初，一小撮外星人的代表终于在地球上定居了下来。他们当中最优秀最强大的人物，甚至得以在彼得大帝时代的俄罗斯降生，但他们的降生得经历一个十分复杂的过程：人类有机体的基因与外星人基因的不相融性，对于他们的存活来说简直不啻于一场灾难，会在地球躯体身上引发了一些罕见的、不可救治的疾病。在人类环境中勉强存活下来的外星降生者们饱受疾病之苦，常常活不到老年就都病逝了。"

"可是，叔叔，请停一停，您先别急。"罗诺打断正说到兴头上的亨利叔叔，"灵魂并非染色体组的载体呀，所有生物学的东西都与非物质形式没有任何关系的呀。"

"罗诺，我的孩子，还有好多东西你不懂。正如我所称之为因太科的继承者的那些庸人们也一窍不通一样，灵魂毫无疑问带有一些特殊的基因，正是这一特点影响着一个人的性格。躯体的染色体组决定着一个人的肉体外壳、禀赋及其与父母的外在的相似性，对此你当然很了解；灵魂的基因从其自身方面说，则决定着一个人精神发展的潜在可能性。例如，灵魂就带有不朽的基因……但对于咱们接下来的交谈而言，这个题目就扯远了。

"就这样，在命运的驱使下，化身成人类的外星人们觉得自己是失去身份的人、道德上的畸形儿，所以他们总是处于贫穷和精神空虚的状态下。想想都觉得怪有趣的，一种来自无边无际宇宙某一超级文明的天才们，正在透过被疾病折磨得体无完肤的、软弱的人的眼睛，在默默地注视着我们……

"因杰格罗马季库斯，"亨利先生抑扬顿挫地念道，"如果我们利用人类言语的潜在可能性，按照在这些外星人的家乡对于自己文明的称呼的发音组合，那么大致可以组成这样一个词。如果把这个词的意义翻译过来的话，其意为'命中注定的胜利者'。因此，你要记住，在我以后的说明中，这一文明的代表我会将其称之为因杰格罗。"

"可为什么要说是命中注定的呢，这个名称本身有什么意义呢？"罗诺又一次感到了惊奇。

"意义当然是有的，只不过暂时你还没必要知道：有关因杰格罗的信息是十分有限的。正如我已经说过的那样，这个文明具有一种史无前例的强大的技术力量，在其原本的宇宙中可以说是无人可比。这种文明是建立在理性和有关物质的知识的基础之上的：他们是通过物质来深入了解自己的神性本质的，而且即使是在这个问题上，他们也远比我们走得更远。因杰格罗人拥有一种非常鲜明的特点，那是一种对于遥远宇宙异乎寻常的适应能力，他们的的确确很适合在地球上生存。而这样一种规模巨大的事件，居然会在这两个宇宙世界之间的最高权力机构未达成任何协议的情况下发生，简直是不可思议。"

"亨利叔叔……"激动不安的罗诺打断他的话，由于如潮水一般涌来的信息和新的术语以及他从不知道的概念，更有众多对他来说出乎意料的逻辑体系的意识，他还来不及深入了解这番话的含义。"别急，请您给我讲一讲，和谁签署协议？"

"我完全给忘了，你目前还没有习惯于这样一个思想，即有至高无上者的存在，而且还不止一个。在我们的宇宙里，也和在因杰格罗马季库斯宇宙里一样，有一个万神殿，以宇宙之上帝为首，构成了一个神祇的等级制度。任何一种诸如此类的步骤，都需要与上帝最高级的仆人即各个等级的神祇们达成协议。而且，过去是这样，现在是这样，将来也无疑会是这样继续下去。一个没有至高无上者的宇宙，和一个人没有灵魂一样。"亨利先生得出了一个简短的结论，并且带着询问的眼神看向罗诺，"咱们多少有些跑题了，既然我已经回答了你的问题，那就让我继续说下去吧。

"渐渐地，从一个轮回到另一个轮回，因杰格罗出色地运用着自己那长于适应的特长，并且随着时间的迁移,也开始繁衍出了健康的后代。到二十世纪初,他们的寥若晨星的一代后人破天荒头一次在实践中彻底解决了其灵魂与人的肉体不相容性的问题。他们开始认为适应地球的漫长实验总算成功了,现在可以开始为下一个阶段,即大规模乔迁地球做准备了。

"可是该从哪片地域开始呢?他们在思考着。无论听起来有多么奇怪,俄国人以其灵魂无以企及的广阔,受到了因杰格罗人的青睐。是的,是的,可其实这并没什么可奇怪的!"亨利先生充满信心地说道,"请你留意,不是英国人也不是美国人,而恰恰是神秘莫测的俄罗斯人的灵魂,成为最吸引因杰格罗人的东西。至高无上者的意志无所不在,我的孩子,幸运也罢不幸也罢,人几乎注定无法预知历史那蜿蜒曲折充满戏剧性转折的道路,也无法预见到历史每一次急遽的转折和拐点。

"就这样,因杰格罗人做出了选择:充满创造力、灵气勃发的俄罗斯人,对他们的吸引力最大。把因杰格罗人带到太阳系广袤空间里来的,是对知识无以餍足的渴望,这种渴望和我们总是想要了解地球以外星海世界的那种渴望十分相像。对他们来说,人类在灵魂上的完善是一个难解的谜团,而地球人在技术上所取得的辉煌成就,他们却毫无兴趣。人类的科技水平与因杰格罗文明相比，简直如蚂蚁般渺小，或许，我们将其比作蚂蚁还是客气的呢，可在情感和情商领域里，在爱情的世界里，因杰格罗人与人类相比，又变成了蚂蚁般的存在。因杰格罗人之所以对人有高度兴趣，原因就在于此。他们来就是为了这个目的，因为他们中第一批来到地球的最强壮的代表，就曾因为这种肉眼看不见的能量而饱受痛苦。

"'命中注定的胜利者'们极其清醒地认识到了自己的先驱者们令人哀伤的经验和教训。他们很清楚精神如此不平衡、情感振幅如此宽广的俄罗斯人，肯定不会允许精神上更加弱小的因杰格罗人到此投生的。"

"不平衡，这是怎么回事？"罗诺奇怪地看了叔叔一眼，问道。

"我的解释并不会为你提供明确答案的。"亨利先生不慌不忙地说着，可当他看见这位年轻人热切的、带着祈求的神情看向他时，便在最后关头改变了自己的决定。"如果你仔细看一看俄罗斯的国徽，或许你便能有所领悟。国徽上画的是双头鹰，它的两颗脑袋朝着不同的方向——这是俄罗斯人理性和感性的象征，他们并存于俄罗斯人的灵魂中，并以同等的程度影响着俄罗斯这个超等民族对于发展道路的选择。这两种相互对立实际上是互不相容的因素，在俄罗斯人身上引起了极端强烈的情感双向摇摆性。从感性同时也从理性上去认识世界，这就是俄罗斯这个超等民族其巨大的潜能之所在，也是俄罗斯民族在未来走向平衡发展道路的唯一原因。可均衡是很难达到的，俄罗斯人民在这个星球上已经经历过最严峻的考验，他们曾把全人类的十字架都肩负在自己的身上，但均衡仍未实现。"

"可为什么俄罗斯人就这么与众不同呢？"罗诺还是不肯消停，竭力想要搞懂亨利先生这番论断的逻辑。

"因为俄罗斯人同样也来自遥远的宇宙，当然，和因杰格罗人相比稍稍要近一点儿。你要知道：整个寰宇就其规模而言是无穷无尽的，越是偏远的地区，那里的生物就越有智慧，因为他们在恶劣环境中进化生存的过程更加地复杂，需要的实践、花费的精力当然获得的知识也就越多。今天人类已经学会了利用本星球的能量，发明了能够克服重力的发动机，这使得人类可以抵达离其最近的星系。未来人类还将会发现在宇宙间迁徙的新工艺赖以运行的法则和规律，并从星星、银河和全宇宙本身中汲取能量。文明取得如此高度和工艺的速度，决定着神性在这个造物主所创造的世界上生存的意义。我刚才给你讲过的俄罗斯这个超等种族的发展速度，在所有定居于地球这个星球上的种族中是最高的。所以，对俄罗斯人就不得不常常采用战争、天灾和无穷无尽的内部冲突来迟滞它的发展，这只是为了不破坏生物圈力量的平衡，赋予其发展动态中的平稳性。这就带来了一系列的问题，它们形成了这个星球上的世界秩序、力量均衡和国家之间的地缘政治学。因杰格罗人所看上的，恰好正是俄罗斯这个超等民族强大的精神，但话说回来，更正确的说法是：全宇宙的等级体制向他们暗示了正确的选择结果。

"我的孩子，在无穷无尽的宇宙中被征服的距离，决定着某种文明发达的水平和程度。这一原则就是在地球上也是有效的。人类的全部历史——从哥伦布时代直到今天就是证明这一点的独一无二的例子。理性生物在这条道路上洞察了自己神祇的本性和造物主创造生命的构思。"亨利·莫乌迪微笑着说，就像一个老师，在和蔼地看着平生头一次未做准备就来到考场上的心爱的学生一样。

"这些全是您的胡思乱想！到现在我也不相信您说的是实话。"

"罗尼，难道说你还有别的选择吗？"

"我不知道……您的建议或许是最好的选择……"

"既然如此，你听好，我们的时间已经不多了。因杰格罗人的思维方式是极端实用主义的：既然俄罗斯人有最好的智力平台和精神文化的强大传统，以此为基础，因杰格罗人的灵魂可以获得最大限度的发展。老实说，在'命中注定的胜利者'这一名称中，本身就有两种无法相互融合的意义在冲突。现在让我们回到你所提的'不平衡'的问题上来。非均衡态这一点说明那个时代的俄罗斯人不善于在其摆幅的两个极点——即其理性和感性——之间保持均衡导致的。俄罗斯人有一个非常鲜明的特点，被我们笑称之为'狗熊与芭蕾舞者'。狗熊是一种粗暴力量的化身，而芭蕾舞者则标志着典雅细腻的美。在俄罗斯人的灵魂中，这样的例证可以说是举不胜举。因此，在俄罗斯的国土上建立秩序，按照正义的法则来建设社会，以及教会人们尊重司法法律，是一个超级复杂的任务，而且，这个任务只有那些对俄罗斯历史和文化非常熟稔的人才能胜任。因杰格罗人认为自己是这个领域里的大行家，于是着手开始在广袤的俄罗斯帝国的疆域里大规模地实施其让灵魂化身的宏伟蓝图。可是，就是我刚才谈到过的那种俄罗斯人灵魂的宽大摆幅极大地妨碍着因杰格罗人实施其计划的野心。必须找到一种方法，以排除'非均衡态'问题。

"因杰格罗文明业已适应环境的代表人物们都具有高度的智慧，而他们的灵魂就是此种智慧的传播者。为了取得朝思暮想的结果，他们得出一个非常实用主义的，但对地球人来说，毫无疑问又是下流无耻的结论。那就是必须降低俄罗斯人精神发展的水平，并对其创造力的摆幅实施监控，这听起来是多么地荒谬啊。经过长久的思考以后，因杰格罗人做出一个决定，该决定有一个非常简洁的名称，叫'兽笼'。"

"兽笼？"罗诺吃惊地问道。

"是的，兽笼！他们想把成千上万俄罗斯人的灵魂都驱赶进这个笼子里。"亨利先生不动声色地说道，"这种笼子和我们这个星球上给稀有野兽居住的笼子在概念上十分类似，有人给它们喂食，喂水，跟在它们后面打扫兽笼，并且为了它们的生存而努力创造'舒适'的条件，可是，一旦有一天你堕入这个笼子里，就会永远丧失了自由。

"为了创造这样一种'体制'，他们还缺乏用以实现这一构思的意识形态基础，但天才的因杰格罗人们以惊人的速度解决了这个难题。'体制'的理念很快被一个站在装甲车上，相貌平常、头发稍稍有些秃顶、精力充沛的人颇有效率地传播到正在对生活怒气冲冲、极度不满的群众中：'革—革命！革—革命，同志们！'"

罗诺觉得叔叔的情绪焕然一新——他的脸上此刻正带着些许嘲弄的意味，眯缝着眼看着他。

"他是因杰格罗人中最强大的思想家之一，后来好像还成为一个并不亚于理论家的实践家，出色地实现了自己的弥赛亚使命——致使俄罗斯帝国内发生了政变。二月革命后还不到一年，因杰格罗的代表人物们就被要求接管政权，可是刚过了几个月，伴随着胜利他们还意识到了灾难的降临：缺乏足够的能量和能够实施这一宏伟规划的人。在那个时代，因杰格罗的出生率非常低，总数只有数万人，而这对于要在这个规模巨大的国家内掌握无形的权力来说，人数实在是太少了。为了保持政权，他们断然采取更加严酷的、史无前例的'贬低行动'。而这，罗尼，恰好就是一个最可怕也最致命的错误。天国之上的任何人也不会想让剧本会有这样一个可怕的发展。

"在实施这一千奇百怪计划的过程中，因杰格罗人无法准确预见俄罗斯人对于限制其自由的措施会有什么反应，他们对之寄予如此大希望的'贬低行为'竟然变成了一个无法控制的噩梦般的堕落，其最终的后果是严厉地镇压了沙皇一家。因杰格罗人杀死了尼古拉二世，因为他们把他当做是地球上神祇权力的象征。皇帝事先已被告知有一个外星文明来到了俄罗斯,所以,他不得不心怀痛苦地服从上帝的意志,为因杰格罗人敞开了他们期待已久的大路,与此同时,他对于自己家庭充满悲剧的结局和整个俄罗斯人后代的未来一无所知。他毫无疑问是一个神圣的受难者,为了一个伟大的国家而贡献了自己的生命。他的弥赛亚使命是一个难以讨好的使命,人们当中很少有人能对这个有着伟大俄罗斯人灵魂的人所建立的功勋给予应有的评价。"亨利先生沉默了一会儿,飞快地瞥了罗诺一眼,看见侄子关注的眼神,便又沉浸在自己对于历史的独特解释中来,"这样的人已经不复存在了。人类只是在过去才有过这种人,而我正是要从过去中汲取例证,为的是理解我们的现在。

"像罗马皇帝恺撒或伟大的亚历山大那种人,在荣誉的光环中骑着白马奔驰要简单得多,可是,还有这样一些隐蔽的弥赛亚使命,其意义一点也不亚于前者。在创造之途的终点,将不会有臣属们的感恩戴德,而对其付出的巨大劳动和努力,也不会有一个客观评价,狡猾和下贱会成为其毫无名誉的死亡原因。神之子耶稣基督,往往被人们当做强盗并被和强盗一起钉在十字架上;最伟大的音乐家莫扎特是被当做流浪汉安葬的,而

第二章 ◎ 注定灭亡的胜利者

且,他的尸体被抛在有众多腐尸的大坑里。这一切从远古时代就已经成为了一种惯例:凡人总是竭力想要提前埋葬不朽者。不过你应该正确理解这件事,对优选者的考验并非一条撒满鲜花的大路,对于某些优选者来说,他们不得不戴上荆冠。我的孩子,地球并非供人们节日游玩的地方,它的用途与此完全不同。真正的伟人是那些毫不犹豫地接受天主的任何决断而绝不会对其嘀嘀咕咕的人,伟人的意义存在于毫不犹豫地履行来自上天的使命,正如俄罗斯皇帝尼古拉二世那样。

"全部人类都会因为新政权残忍无耻而浑身战栗的。从那以来,因杰格罗想要在地球托生的美好理念就转变成为全人类文明的一个不可实现的规模巨大的悲剧。"亨利先生带着深深的怜悯感说道。罗诺似乎觉得,对待沙皇一家的悲剧,叔叔的态度犹如他本人也与沙皇并排站在伊帕季耶夫斯基宫,面对着因杰格罗的左轮手枪向纯洁无辜的天使般的灵魂倾泻无情残忍的铅弹,而他们的良心却丝毫也不会为在全人类面前犯下的这一滔天罪行的可怕后果而报颜。

"所有文明世界都关闭了自己的国界,厌弃地避开'这帮肆无忌惮的不信神的家伙',但对于已经投身于地球的因杰格罗来说,这一决定反倒帮了他们的忙,这种残酷性中隐藏着他们想要保持其政权的企图，因为只有在一个封闭的空间里，他们才可以毫无障碍地制造用来培育他们自己的同类的孵化器。因杰格罗马季库斯数万代表人物的投身之路现在已经畅通无阻了。"

"叔叔，请原谅我，我搞不明白贬低精神水准这个问题，"罗诺胆怯地问道，"精神水准在一个规模巨大的完整国家里怎么贬低又怎么提高呢？嗯，此外还有，说形势变得失控了又是什么意思呢？上帝在哪儿呢？为什么上帝不出面予以干涉呢？"少年情绪明显有点沮丧。

"说到你所提的第一个问题，"亨利先生心平气和地说道，"就不得不再次涉及因杰格罗在地球上化身的问题，不过，还是先让我来给你介绍一些对你来说还是全新的概念吧。任何国家都有其自己的气场，这也就是一种思维圈，它是由人类理性活动的产品——比一般等级更高一些的精致细腻的无形的能量所组成。我不妨举一个例子：一个国家里天才的诗人、作家、音乐家、艺术家、学者和哲学家越多，思想领域里的水准也就越高，相应地，与之相反，这样的人越少，精神领域的水准也就越低。创造人士多寡是一个民族精神是否走上坦途的一个指示器。地球的思维领域是由国家之间的思维场域的总和形成的，而生物圈又与思维领域有着直接的关系，就像一对暹罗双生子①。当大地震动，火山喷发时，人类社会往往同时也经历着巨大的变革，"亨利先生神秘地笑了笑，"这和在库安德龙一样，地球人的精神世界对其星球的生活有着非常强烈的影响……

"地球上的因杰格罗并非天使，也非魔鬼，他们充其量也不过是些人而已，只不过他们拥有一种非同寻常的智力罢了。他们所做出的降低俄罗斯人思维领域的决定，出之于自我保护的本能。在沙皇一家被杀死以后所发生的每次对于思维领域之基础的例行震动，都是对东正教及其他宗教的沉重打击。教堂被捣毁，持不同政见者也遭到了以酷刑而著称的因杰格罗人的镇压。具有创造性思维的人们以及教堂执事们，还有几乎所有的俄罗斯知识分子都同刑事犯们一起打发进了监狱，慢慢变成了集中营里的尘土。全面彻底的虚无主义成为人们相望中的、被因杰格罗在人们心灵里培育而成的反对精神的果实。虚无主义还是降低思维领域的一个调节器，而且因杰格罗还把思维领域的精神摆幅置于自己的全面监督之下。'虚无主义的兽笼'曾是一个非常富于效力的理念，而恐惧则是一只用来驱赶成千上万富有才华的人的

---

①俄语成语，喻形影不离的朋友。——译者注

有力的鞭子。

"至于你所提的第二个问题么,当然了,神祇制度的顶层代表人物已经注意到了这种混乱局面,而且,请你相信我,他们还尝试采用了好多办法以便减轻因杰格罗的侵略性本质,可遗憾的是,这些尝试都未能成功。

"最先尝试的,就是在俄罗斯发动国内战争。高尔察克、弗兰格尔、邓尼金都是真正的俄罗斯爱国者,他们在微弱的支持下,想要恢复业已丧失的政权,但却未能如愿。整个国家那个时候的思想领域都已变得不信神了,而且俄罗斯的将军们也缺乏其在天上的庇护者。随着沙皇死亡和东正教的覆灭,他们就连这种微弱的支持也丧失了。俄罗斯的灵魂被政治纷争的烈火痛苦地灼烧着,俄罗斯的精神基础分崩离析了,在这个行将灭亡的大国那些残留下来的少数爱国者们身上,精神力量也耗竭殆尽了,因为他们充其量也都是凡人。

"在战争进行期间,开始了从俄国逃亡的第一次浪潮。其中绝大多数人被流放到德国、法国和未来的地球超级大国——美利坚合众国去研究民主制的基础。

"另外两次规模最巨大、想要制止这些过程而且对于整个人类世界极其有害的尝试,是在二十世纪中期实施的,两次之间有很长的时间间隔。但今天我们不会在这个问题上多做逗留了,当你一旦重新对人类的历史燃起了成熟的兴趣时,我们那时必定还会详尽探讨这个问题的。"

"可为什么不是现在呢?"罗诺强调道。

"这个问题很复杂,你暂时还对接受真相缺乏准备。"

"可我仍然还是很想从你这里知道下文。"少年固执地坚持道。

"罗诺,我的孩子,你现在是在库安德龙,这里可不像在地球上那样,可以把没用的东西尽情抛在脑后,而只记住你喜欢的东西就行。当你从这里离开时,你会将给予你的一切都带走,但也不能超出限度,你所能带走的,恰好等于你的理性所能负载的那么多,不过关于这一点我们已经说得够多的了,我们必须接着往下走。"亨利先生严厉地说道,然后便不动声色地开始讲述起外星人是如何耀武扬威地用千奇百怪的方式侵略地球的。

"不久之后,在俄罗斯帝国的领地里建立起一个新的国家——苏维埃社会主义共和国联盟。苏联共产党的领导者们念念不忘暴力革命的理想,而关于俄罗斯帝国的这段历史,任何地方都无一语提及。因杰格罗人是些有洁癖的家伙，他们小心翼翼地抹去了自己在历史上留下的黑色印记。现在做这一切都实在是太简单了：他们也是人类的继承者，如今谁还会追究谁身上流淌着的是什么人的血液呢。对于类似理念迷恋的时期不会持续很久的，过了不多些时候，他们终于认识到自己未能实现的愿望原来竟然是毫无意义的，于是，他们想出了征服全人类世界的更加精致的机制。

"第二次世界大战以后，随着苏维埃联盟最重要的、执掌因杰格罗马季库斯意识形态之源泉的大人物的去世，严酷管理这个国家的必要性也就不复存在了，与此同时，对这个世界的适应性也就变得越来越迫切了。我们必须恢复人身上曾经被因杰格罗无情地予以消灭的因素——即恢复对上帝的信仰，也就是要提高苏维埃社会人身自由的水平，把因杰格罗人打造的虚无主义的笼子的小门悄悄掀开一条缝儿。因杰格罗必须让自己的黄口小儿们都能得到完善，成熟到能走上世界的舞台，为此他们拟定了一个非常成熟的天才计划。而第一次'解冻时期'就是这样出现的，她为国家推出了那一代所谓的'六十年代作家群'。在此期间诞生了许许多多的创作界人士，而在他们当中也还是有一些非常非常罕见的精神宝珠，在这些罕见的人才身上，终于发生了自从因

第二章 ◎ 注定灭亡的胜利者

杰格罗来到地球以后首次出现的奇妙无比的灵魂突变。人的基因矩阵经受住了考验,并未受到因杰格罗灵魂的污染,一个新的人种产生了,他们身上带有人类精神遗产的印鉴和因杰格罗人超高的智慧。这样的人总共只诞生了几个,而这也已然是真正的奇迹了。再到后来,他们竟然成为其不可思议的力量的人质,为了争夺他们的灵魂,在两种文明之间一场前所未有的大战终于爆发了,同时,在天上也发生了紧张到不可思议的重大事件。不过,关于这个问题,我们还是下次再谈吧。"亨利先生忽然出乎意料地结束了自己的话。

罗诺原本一直是心不在焉地听着,还时不时地打着哈欠,目光在书房的墙壁上游移不定,可当话题涉及不一般人的出现时,他浑身陡然一激灵,就像一只猛然看见鼻子底下有一粒瓜子的麻雀一般。出于好奇,他全身绷得紧紧的,面朝着讲话者,竭力不放过说话人说的每一句话。当亨利先生在话说到最有趣的地方却戛然而止时,罗诺连忙从安乐椅上一跃而起,脸上满是失望和沮丧的表情,和狂热的球迷看到他们最崇拜的前锋居然射空门而不入时所流露出来的表情一模一样。

"为什么非得下次呢?!"他惊奇地喊道,双手笨拙地抓紧桌腿,桌上的葡萄酒、高脚杯和下酒的凉盘噼里啪啦地反扣在地板上。罗诺呆若木鸡地盯着地板上的水渍——那不是普通的水渍,而是收藏多年的葡萄酒名品——还有散落在他身边被打碎的物品和碎玻璃碴。他开始为自己的极度笨拙而尴尬,直到彻底感到过意不去,于是便在无言的慌乱中重新落座在安乐椅上。

"犯不着如此为难,罗尼。"亨利先生对他说道。奇怪,始终在观察着这一场面的他,脸上似乎有一种奇特的满足感。"这恰好是可以更正的。"他抬起右手,忽然出乎意料地打了个响指,宽宏大量地说道。转眼之间,只见桌上重又出现了刚才被打碎的那些东西,和先前一样完整,这使得侄子的脸上现出极度惊讶的表情。

"你的激情使我感到安慰,或者也可以这样说,即你全心全意地使我这个老头感到极其安慰。而假如我此刻就告诉你,根本就不曾有过任何超人的话,"亨利先生神秘莫测地微笑着说道,"看着你的眼睛,我能从中看出一种郁闷的神情。让我想想,我怎样才能让我的孩子罗尼摆脱此类令人感到分外郁闷的念头呢,于是,我便信口开河地编了一段故事给他听。嗯,对此你有没有要对我说的呢?"

"亨利叔叔,这怎么可能!这是个玩笑,是吗?"这位被搞得糊里糊涂的少年万分恳切地盯着叔叔问道,

第二章◎注定灭亡的胜利者

他对这一番出乎意料的声明感到万分震惊且手足无措。

"罗尼,说实话,我可没时间开玩笑。"亨利先生换了一种语气,相当严肃地说道,"这些信息非常重要,你应当把它们连同其所有最微小的细节都牢牢地记在心里,可我却看出你脸上神情恍惚,睡意蒙眬。你在想什么呢?要聚精会神,要甘于忍耐。我可再也不愿意在此看见你浑浑噩噩、恍恍惚惚的目光!"

罗诺就这样既未得到"是"也未得到"否"的回答。而亨利叔叔也再没有回到这个话题上来,致使这位少年处于完全手足无措的地步。

"早在那时,苏维埃制度的命运就已经被注定了。"亨利先生语调平静地继续说道,"它不符合因杰格罗人新的发展战略。距离这个巨大国家的垮台还剩下不到五十年的时光。因杰格罗人在这短暂的时间内开创了原子动力学,并且还创建了强大的军事-工业体系。可是,人们的生活水平及其精神需求则依然和以前一样,发展缓慢。

"二十世纪八十年代初,在短短几年中,苏维埃联盟最资深的领导者们相继离开人世,因杰格罗则为更加年轻、善于在生活中贯穿其最新战略的新的领导者们清理了道路。

"因杰格罗以此角逐为其在地球上生存的最重要的阶段之一，随后，出现了一个年轻的治世能人，他有一张招人喜欢的宽脸，着手实施'改革'和'新思维'进程，后者完全符合因杰格罗最野心勃勃的计划。五年后，帝国的统治訇然倒塌了，成百上千万因杰格罗人成功地离开了自己的老巢，移居到文明社会。罗尼，要知道这里隐藏着他们的一个既狡猾同时也非常杰出的计划，这是一个用来取代未能付诸实施的有关全球革命的理想的。他们根据自己的预算可以前瞻数百年之久，而作为一个遥远的以技术统治为主要特色的文明的代表而言，其特点也正在于此。

"所有发达国家的政治家们全都在为胜利欢呼喝彩，一个个仿佛小孩一般。你简直想象不到他们犯了多大的错误，整个世界都应当从这种悲伤的经验中汲取自己错误的教训，可是他们非但没有忏悔，反而还拿笨拙的俄国熊取乐，用俄国熊的蛮力来吓唬其他整个世界。人类酒足饭饱无忧无虑、天真幼稚、愚蠢至今令我感到惊奇……沙皇俄国的灾难应当让定居在这个星球上的所有民族，在面临因杰格罗人威胁降临之际团结起来。

"俄罗斯人让西方领先了七十年，以便能在与命中注定的胜利者相会前有足够的准备，可是，西方人却非但没做准备，反而在此期间极大地巩固了其民主制度，在星球上建立了新的秩序。而且，还对建设徒有其表的道具式的立法院情有独钟，以致根本未能察觉正在逼近其历史疆域边界的可怕威胁。

"迁徙者潮水般向西方涌来，已在俄国有所适应的因杰格罗没费多大力气，就为自己创造出了面向整个世界的孵化器。他们像石磨一般在俄罗斯人的灵魂里无情地碾压过一番以后，便不用特别费事地轻易将世界整合在了一起。二十世纪末先是在美洲，然后是在欧洲和俄罗斯的家庭里，继而又在整个世界开始涌现出一些非同一般的孩子，人们都叫他们是"因季果"。关于这件事人们写了数不胜数的文章，把这类人的出现与星球上气候的变化还有鬼知道的什么东西联系起来，但所有这些解说方案其实都是在把人类的理性引到一个错误的方向上去，并不能提供真正确切的答案。因季果是已经适应和归化了的因杰格罗人亲自培育出来的，他们已经成为出色的记者、学者、外交家和教师。他们才华横溢地曲解了信息，而到二十一世纪初，积累的解说方案已经到了无以数计的地步，其作者不是教授就是科学博士。其结果是这些方案搅乱了社会，使这个社会丧失了对于真理和谎言独立自主进行判断和分析的能力。宝贵的时间就这样一分一秒地从指缝里溜走了,而被放任的疾病则像癌瘤一样,从人类的有机体上汲取着生命的原液。

"我想从我的讲述中你当能明白,即因季果和因杰格罗是一回事了吧。实际上,在那个时候,定居在地球上的因杰格罗人所占地球全部人口的比例还不到百分之一,从理论上说,保卫人类文明的可能性还有一线希望,人类还有可能对于正在进行的事件实施某种干预,或是对外星人进行某种监控。可到了二十一世纪中叶,形势显著恶化了,因杰格罗人在地球上的化身已经有了新的一代,这代人在儿童时期一般来说并未显现出任何不寻常的能力,而且也与其同龄人没有任何差别。他们身上没有任何非同一般的思维特征,也没有任何奇特怪异之处,一切的一切都和所有人一般无二。一旦有了人的肉体,因杰格罗人的基因也就得以保存下来了,所以,也就再也不需要适应和归化了。被保存下来的基因的揭秘是在成人之后,所以,同样也难以为人所觉察。因杰格罗人能感觉得到自己的本性,他们明白他们是不同的物种,可是,和他们的前人有所区别的是,他们极其明智地不告诉任何人关于他们的非地球上的往昔。这些人中有许多天才人物,其中一位就是后来当上了哲学教授、物理-数学科学博士的恩斯特·因太科——宇宙多维模型理论的创始人和奠基者。他得以在自己周围团结了一大批因杰格罗文明强有力的代表人物,这些人已经在一系列世界上最强大的国家中执掌政权。凭借他们的支持,他首次在世界范围内对于爱上帝和信仰上帝这些最基要的问题提出了质疑。这位教授利用数学公式极其优雅地推出自己不同凡响的理论。在因太科那里,所有的证明都是完美无瑕的和逻辑自洽的。以后的事你已经知道了:到二十二世纪末,'命中注定的胜利者'已经引导其文明走向对于人类而言完全而彻底的胜利。"

继之而来的是短暂的沉默。

罗诺被听来的话折磨得十分疲倦,连他也没有察觉自己居然沉入梦乡里了,他是在亨利先生开始讲述因杰格罗人大获全胜时被睡梦捕获的。在沉沉昏睡中,叔叔的说话声他似听非听,一种空虚的感觉攫住了他的内心,脸上也不再现出惊奇的表情,问题都消失不见了,在他的意识里,现在是一片清晰或彻悟,但无论前者还是后者,都绝对不具有任何实际意义。罗诺忽然感觉自己身上浮漾着欢乐喜悦之情,感觉灵魂轻飘飘的非同寻常。一种说不上从何而来的非地球所有的力量,犹如两只翅膀,负载着他内心的平衡,他的灵魂能够感觉得到一种古老而又睿智的精神的存在,这种精神就站在他的灵魂之后，以其不朽的呼吸温暖着他的灵魂……

可短暂的幻觉很快就消失了，当他醒来时，看到亨利先生关注的眼神正聚精会神地盯着他看。叔叔笑了笑，眼睛里储满了善意和爱意，丝毫没有任何谴责的意图，他犹如父亲一般关切地给罗诺已经空了的高脚杯里斟上了酒。

"罗尼，你个小甜食鬼，该醒醒了！"罗诺听到自己这位亲戚满意的声音，"甜点已经上桌了。"

直到此时罗诺才意识到，他刚才真的就坐在安乐椅上睡着了。自己显然漏过了叔叔讲话的某些重要的内容，或许叔叔正在为此而生他的气呢，而叔叔本来就对他那种吊儿郎当、心不在焉的状态很不满意了，一想到此，罗诺就觉得很不自在。

"你不妨尝一尝天然黑色巧克力，是我不久前从地球上带来的。"亨利先生委婉的声音打破了宁静的氛围。他说话声音很小，以致给人一种印象，似乎他提议要罗诺取用的甜食是非法偷渡过来的。

"而且正如你所猜测出来的……"可他没有来得及把话说完，罗诺便出乎意料地附和了他的想法，甚至在语气细节上都模仿他这位好客而又好为人师的教导者的声音，"这在库安德龙可是最奢侈的东西了，但在我的地窖里任何东西都是可能有的！"他狡黠地眯着一只眼一口气说完。

"嗯，不是在地窖里。罗尼，更确切地说，是在我的储备室里。"亨利先生宽宏大量地看了侄子一眼，两人发出了富于感染力的大笑，笑声竟然把书房对面墙上挂的一幅肖像——莫乌迪家族的奠基人之一——给震掉了。两人交换了一下眼色，亨利先生以堪比闪电的速度，魔法般将那位罗诺并不认识的德高望重的祖先的肖像复归于原位，然后看着侄儿笑了笑。随后他起身走到窗前，手里端着一只透明的高脚杯，里面斟满了酒，酒色如火焰一般流光溢彩，使得书房里温暖如春、舒适怡人，而窗外则是温暖的九月之夜。

"纯种的人类几乎都没有了，或许还有个一二百万。这些人虽然为数不多，但却善于深刻体验这个星球上所发生的事情，他们尚能为一些小小的事情——如夜莺的歌声和玫瑰叶瓣上清晨的露珠——而感到喜悦。正是在这些人身上，带有莱奥纳多·达·芬奇、莫里哀、莎士比亚、普希金和列夫·托尔斯泰灵魂的基因。

"现在的因杰格罗人只是些没有理智的流浪儿，是在没有人类关爱的情况下，在地球上的互联网上成长起来的一代人。他们弄不明白自己所干的究竟是什么事！

星球并不需要这些飞来飞去的一堆堆铁块！"亨利先生用手势指着窗外，夜空中正飘浮着难以计数的发光天体，"地球就像一个母亲般把自己的全部爱都交给了人类，换回来的却是成千上万不幸的孩子们那残破不堪的灵魂。地球再也无力忍受这场噩梦了，她的外空间业已空旷，只有形体巨大的因杰格罗人的机械在那里游弋，吞噬着人类文明之子们残余的爱和信仰。"亨利先生说到此处忽然停了下来，贪婪地吞咽了几口，浑身神经质地一颤，斟满红酒的高脚杯也从他抖抖索索的手里脱落下来打得粉碎。罗诺眼含惊恐地注视着亨利叔叔脸上出现的死神一般的惨白色，而且这脸色越来越难看，眼神也逐渐黯淡了下去，他浑身上下越来越僵硬，看样子很快就要失去平衡了。罗诺一个箭步冲到了叔叔身边。

"您怎么了？"罗诺惊恐而又着急地嚷道。

"没什么，没什么。"亨利先生用勉强能听到的微弱声音嘀咕道。他还想展颜一笑，可非但没笑出来，反而将面庞扭曲了。"给我点儿水。"他精神萎靡地冲写字台方向点了一下头。罗诺立刻将水端了过来，待亨利先生喝了几小口水后，痛感才暂时消除了。罗诺松了口气，将叔叔领到沙发前，自己坐在他对面。

"这有点儿像是犯病。你身体有问题吗？"他着急地问道。这其实是一种时时发作的周期性剧痛,对此,亨利先生一直在竭力隐瞒,实际上这已经成为他身上的一种痼疾了。

"不是的,罗尼。别着急,虽然最近来得比较频繁一些了,但现在已经过去了。"年轻人松了口气,心里一块石头总算落了地,但同时也留下了另一层担忧。罗诺不知道,原来几天以前,当他向库安德龙穿越的痛苦过程中,在自己处于命悬一线之间的生死关头时,亨利先生为了拯救他不惜牺牲自己的生命力,几乎耗尽了自己的所有精力。而此时,他正在遭受体力透支的反噬。

"咱们不要离题了,我的孩子,现在必须先把正题说完。因杰格罗文明对我来说是一个沉重的话题,是我心里一个常常会流血的老伤口。"他说完沉吟片刻,身子仰靠在安乐椅背上,眼神涣散地望着上方。"将这副担子担在你的肩头,这是我最不愿意看到的,"他悲伤地说道,"但这条路是注定的,而且也不会有上帝的祝福。"

亨利先生在说完这句罗诺不大能听明白的话以后,继续接着之前的话头,揭示了为什么因杰格罗人在地球上是那么不可战胜的若干原因。总结起来,就是在地球上诞生的因杰格罗人在化身之后,其智力便会极大地优越于其父母。他们的灵魂极其善于快速而有效地充分利用人类大脑的各种可能性——在这个问题上他们比人能干得多。作为基因记忆被出色保存下来的自我保护的本能，带领因杰格罗人进入政权体制里，并在仕途上急速攀升，渐渐执掌了国家政治和强力部门的最高权力。他们游刃有余地利用着人们为此目的而创造出来种种工具，借以对世界各国政府施加影响。有一点或许不难猜到，即这里所说的正是共济会分会和与其相类似的秘密社团，此类社团恰好成为因杰格罗杰出人物向世界政治最高梯队输进新鲜血液的最佳通道。刚入会的"弟子"在宴席的觥筹交错和舞会的鲜花掌声中，很快就会在兄弟会森严的等级制度的阶梯上获得晋升，在仕途上超过自己的老师，获得高级职衔，后来甚至能不费吹灰之力地占据僧侣团团长之职。

因杰格罗人拥有特殊的内心嗅觉，他们大约和我们能够很轻易地把野蔷薇和枝叶缠绕的灌木丛区分开来那样，能够很轻易地认出自己的同类。这种可以说犹如狼的嗅觉，使他们有极大可能把自己的力量最大限度地凝聚在政权的金字塔周围。处于发展开始阶段的封闭国家成为其进行基因程序实验的理想试验场。由于他们都具有不同寻常的头脑，所以他们都能轻松自如而毫不费力地解答其难题,从而为其孵化器的工作创造理想的条件,通过政党将自己的意志强加并且指导地球上的多数居民。渐渐地,人类灵魂被业已适应了地球条件的,来自遥远宇宙的最强大的技术统治文明的灵魂给驱逐出去了。

从亨利先生的观点看,罗诺应当了解人类过去的真实历史及其在今天的悲剧,为的是让他从此不要在这个问题上再心存幻想,实际上他是在彻底铲除从侄子记忆里探测出来的与人类格格不入的哲学。他这是在解放侄子的灵魂,帮助它挣脱意识形态牢笼的束缚,慢慢地在信息网络的影响下,将它引导到认识因杰格罗马季库斯文明的境界。

罗诺则照例又受到了一次震动,他头脑里的思想被搅乱了,他甚至都无法推断在他周围所发生的事件,其实是叔叔从另一种敌对文明的角度安排的一种解放。

"亨利叔叔,听完你的讲述,我有一个可怕的印象,"罗诺神色阴郁地笑着说道,"我心里很不情愿与诸如此类道德上的畸形儿们生活在同一个星球上。"他咬紧牙关,机械地攥紧拳头,威吓地说道,"这么说,他们射击'奥林匹克拜访者号'也是出于这个目的了?"少年的目光愤怒地闪烁着,闪光表明他强烈的复仇的渴望。

可狮心王对于最可怕的那件事，此时尚一无所知，他甚至都无法猜出他这位传奇英雄的叔叔已经来日不多，在马格曼已经张开一张大网对他加以捕杀了。在亨利叔叔周围的亲信中，已经有一个深知内情的因杰格罗人渗透了进来，他能洞悉其独一无二之本性的秘密，能够辨识得出这位居然敢于向他们挑战的大胆之人的精神。

亨利·莫乌迪预见到了这一切，他比自己的敌人先走了一步棋，他把这些匪夷所思的知识传导给罗诺，用这些知识来把他武装起来，以便保全他的生命，把人类文明的残余从因杰格罗马季库斯的统治下解放出来。

"罗尼，且慢，不要急，你不要忘了你现在是在哪里！我向你传输自己的知识，不是为了让你有一颗冷酷的心，让你对这些不幸的人们充满仇恨。也许你会觉得这很奇特，但他们根本没有任何过错，他们只是为了在别人的星球上存活下来，并且为了自己的生活而进行了勇敢的斗争。谁能知道竟然会发生这样的事？他们无力以人类肉体的基因材料为基础培育自己的灵魂，而我们也无法用自己炽热的爱心来温暖这些来自遥远宇宙中的对于人类而言十分贵重而且必要的理性的萌芽。难道一个人有权利谴责连自己在这个问题也脱不了干系的别人吗？"亨利先生严厉地说道，"你难道想要从不理智的行为开始你的道路吗？对于这个你连想也别想！"

"好吧，你也别犯急，"过了一会儿，他又打破了笼罩在书房里的令人紧张的寂静，"让我通过简单的类比推理，来再次揭示一下所发生的事情的意义吧。好几百万年以前，气候的变化导致恐龙的消失，今天难道会有谁想到要谴责来取代恐龙的哺乳类动物吗？说它们作为更高级的有机体生命形式，为什么竟然会对比自己弱小的同伴缺乏应有的尊敬呢？在宇宙的各个角落里，自然选择都存在着，今天这种选择涉及了人类文明，因为它无力经受超级文明的压力，将让位于更加强大的文明。遗憾的是，两者之间的合作关系并未形成。我的孩子，选择物质基础，选择肉体这并不难，适于生命的星球有很多，可我们该如何来拯救因杰格罗人那被扭曲的灵魂呢？这才是最重要的问题，要找到其答案并不那么容易。"

谈话进行到此刻，罗诺虽然稍稍有些费力，但毕竟还是对地球上正在进行的事件形成了某种崭新的观念，他需要一段时间来重新思考一下。

"现在，罗尼，你在库安德龙的第十四天即将结束,做总结的时间就要到了。"亨利先生沉思地说道,"你的灵魂经受过四次考验,上升到精神发展的第四个台阶。或许现在回顾一下罗诺·莫乌迪飞升到库安德龙的故事,不会是让你兴趣寥寥吧?"

罗诺点了一下头以示同意,并且兴致勃勃地盯着叔叔。

"第一次考验你是在城堡门口遇到的,那次你克服了自己身上非地球所能有的恐惧感和充当穿越门槛之无形守门人的奇特力量——幸运的是,这些都未能摧毁一个名叫罗诺的人的腰杆,而且处于孤独中的他仍然持续不断地走向既定的目标。你光荣地经受住了考验,并被允许进入下一个考场——这将是穿越到库安德龙去的所有四次考验中,最严峻的一次。"

当亨利先生嘴里"库安德龙"这个词刚一出口,罗诺瞬息之间便回忆起了当时在他身上所发生的一切,他脸色变得煞白,眼睛里充满了对于自己灵魂的悲伤和同情的泪水,胸口的心脏也几乎马上就要停止跳动。那最严峻的考验的全部过程再一次栩栩如生地展现在他面前。

"你感觉到了死亡的气息。"亨利先生继续说道,眼睛始终盯着情绪非常激动的年轻人,"你真的是在逐渐死去。你的生命眼看就要中断了,可你终究挣脱了'物质牢笼'的束缚,而向至高无上者请求帮助。你身上仅有的力量让你真诚地忏悔。你克服了考验,战胜了自我。

"适应是第三次考验,你应当保持固有的心理特征,以便在库安德龙继续你自己的自我完善。琳达在这个阶段给你提供了帮助。

"第四次考验几分钟以前刚刚结束。这次考验是为了你的理智而专门设置的。对于一个头脑昏昏沉沉的因杰格罗人的大脑而言,如此沉重的信息恐怕只有与把人折磨得九死一生的拷打相比。考验的结果是由于张力过大,意识形态的牢笼劈裂了,你也丧失了意识。你好像觉得自己睡着了,可实际上不是。只是当因杰格罗的牢笼被打破以后,你的灵魂才终于获得自由!你感到力量如泉喷涌,这是由于你的精神力焕发而引起的。"亨利先生激情洋溢地说道,"祝贺你,发生了不可思议的事:你满分通过了全部考试。我会为了你的未来而不倦地向天主祈祷的。"他脸上挂着幸福和欢快的表情。

"天呐,难道这一切都是在我身上发生过的吗?"罗诺疲惫无力地说道,"亨利叔叔,处于如此非同寻常的激动状态下,这对我来说还是平生头一次,我的心脏都快要停止跳动了,紧缩又放开,脑袋发晕……眼前有一道闪烁的光斑,周围的一切都在漂移,我似乎感到自己眼看就要失去知觉了……我难受极了……"

"不要激动,罗尼,你的心情马上就会好的,你很快会恢复到平常的状态——成为一个自由人。你的心灵充满了爱的温暖,你的灵魂在歌唱,就让今天的欢乐永永远远不再离开你好了。等你一旦回到地球,你要在心底保持这颗令人激动不已的爱的火苗,并将这枚爱火的热浪传递给后代,让他们睁眼看看人类文明的悲剧性,并将这一教训永远铭刻在自己崇高的记忆里。你是我们文明的最后一位代表,你有责任把人类灵魂的残余从因杰格罗人丑陋的监禁下解放出来。"莫乌迪先生真挚热诚、感情饱满地说着,从桌上拿起酒瓶,斟满酒杯,说道,"今天是你伟大的成年日,你就要与少年时代告别了,从此世上再也没有一个叫罗尼的天真幼稚的小伙子,取而代之的是一个男子汉——罗诺·莫乌迪先生——光明的斗士,他举起令敌人震惊的利剑,捍卫自己的星球。从今以后,他已然不再属于他自己,而是俯首于天主的脚下,恭顺地向他鞠躬致敬。天主的意志会成为你的道路,你的心灵将会充满天主灵魂中的创造生命的伟大力量!"亨利先生举起酒杯,怀着真挚的爱心拥抱着侄子。

"我要为你干杯!"他热情奔放地说道,说完,庄重地把酒杯里的酒一干而尽,随后站起身来,自信地走到书架前,从里面抽出一本,然后转过身来,小心翼翼地把书放在桌上。他的脸上已经看不出焦虑、忧郁、怀疑或是遗憾了,这位前地球的统治者目光严峻而又坚定地看了罗诺一眼,而这仅意味着一点,即要他服从他的意志,并履行上天为他指定的职责。

"这是一位俄罗斯作家写的书,"他充满自信地说道,"早在世界统一以前,他就曾经预言三百年以后巴尔塞龙会成为世界的首都。这你也看到了,他说的是对的,但是,我对此感兴趣的却不是这个内容。此人于二十世纪六十年代生于苏联,他是第一个涉及因杰格罗马季库斯问题的人,他揭示了这个问题的本质,使我们的文明有了独一无二的机会采用非传统方式来解决这个极端复杂的问题……但人类却并未对他的呼吁进行任何回应,对他所提出的灾难行将到来的警告也置若罔闻,他们把这本书不是当作幻想之作,就是当作神秘论著,甚至有些人认为此书根本就是一个狂人疯狂想象出来的一堆呓语。正如你已经知道的那样,世界统一的诸般努力并未达成最佳效果,只有三个国家的人民——中国、俄罗斯和大不列颠——能够从其国家神圣的书本里汲取教训,因此而得以比其他所有民族存活的时间久长。当人类的最后一个城堡也垮塌时,这本书却永远从地球上消失了,但在这里,在我的创造实验室里——"亨利先生神秘地一笑,眼神里露出一丝勉强可以觉察的欢乐的火花,紧接着便说出一句米哈伊尔·阿法纳西耶维奇·布尔加科夫①的不朽的名言:"手稿是烧不着的!

"阅读这部著作,我的孩子,也就是对你的第五次考验。"说着,他用手指了指那本躺在他身边的黑色封面的大书,"时间很有限,你只有十个地球日的时间来揣摩这本书。时间一到,我会第一个知道的,到时便会进行咱们两人的最后一次会面。而我唯一要请求你做到的,就是千万不要拿手碰这本书。"

"那我还怎么去读呢?"少年惊奇地问道。

"这是一本非凡的书,一旦你觉得自己已经准备就绪时,它会自然而然地进入你的内心。这是不是多少有些奇特?"

"是的,亨利叔叔,这和库安德龙所发生的一切一

---

① 米·阿·布尔加科夫(1891—1940)前苏联早期一位非常重要的作家、剧作家。代表作有《大师和玛格丽特》、《狗心》等。——译者注

样奇特。"罗诺老老实实地回答道。

"你说得对,实情的确如此,而且不可能不如此。好在既然一切顺利,所以,我的孩子,我希望将来你也不会感到乏味,但也请不要过于担心和惊讶,这里有人关心你的人,大家会照顾好你的。"亨利先生亲热地搂了搂罗诺,和他道别,然后走出房间,将自己的继承人和一本不凡的书留在身后。

罗诺犹豫了好久,他拿不出勇气走近那本书,好像有什么东西在牵制着他,迫使他的行动慢慢腾腾,妨碍他迈出坚决的步伐。过了大约一个小时后,茶几上出现了晚餐,是殷勤有礼的格林伍德先生送来的,于是罗诺想起了叔叔给过他一个非常奇特的忠告——在阅读以前必须让肚子吃得饱饱的。饭后罗诺走到宽大的写字台前,那上面端放着那本犹如无价珍宝的、世界上独一无二的书。黑底的书封上,用烫金字母镌刻着几个大写字母拼成的单词——《优选者的容器》。他好奇地端详着这本书,却看不出何非凡之处,可他脑子里一直回响着叔叔的警告,最后他小心翼翼地坐下来,陷入了沉思。他的眼睛一眨不眨地盯着书的黑色封面和金色的烫金字的书名,书面正中部分的烫金字稍稍凹下去一些。那本书依然一动不动地躺在那儿,一如亨利先生写字台上的其他所有物品一样凝然不动。在库安德龙经历过一切之后,这位少年人已并不觉得眼前的这一切有任何奇特之处。他并未主动去尝试命运,而是舒舒服服地坐在安乐椅上,静静地开始了等待。

半小时,随后又是一小时,时间就这样过去了,之后罗诺显然有些不耐烦了,他打了个哈欠,随后又接连打了第二个和第三个哈欠,直到最后昏昏沉沉的睡意完全征服了他的理智。颈椎的肌肉不由自主地松弛下来,脑袋也不知不觉地垂落下来,他整个松软下来的身体紧紧抵在了亨利先生的写字台上,这种接触并不十分强烈,但却足以使他沉睡中的意识被猛然唤醒。当他抬头睁眼一看时,却发现那本书已经从原来的地方消失不见了,而是出现在他的眼皮底下。书的封面大开,从中射出一道紫红色的光晕。罗诺竭力想要看清楚在他眼前展现出来的文本,但书发出的光晕突然变得更加强烈了,转瞬之间就映照得这位少年睁不开眼。闪光使他的理性迷离了片刻,当恢复正常后,他发觉自己已经身处一个球体的内部,球体的内壁是由一些有机的巨大的操纵台组成的,上面发出一种淡绿色的平和光晕。这些淡绿色的光晕很快就组合成为一个巨大的半圆形的屏幕,屏幕上飞快打出了书名:优选者的容器。罗诺只觉得浑身十分轻松,未能立刻察觉到其实自己已脱离地表,正在云端翱翔。身体仿佛没有一点重量,轻飘飘的,像鸟儿一样自由自在。从鸟儿才能企及的高度,他看见一座陌生的城市,看到一艘白色巨轮冒出一缕黑烟正驶离码头。在逐渐逼近地球的过程里,他可以分辨出教堂金色的圆顶和电车轨道旁的广场,从那里传来一阵悠扬的短笛旋律和吉他的节奏,他随即看见一群人,像一个个彩色的气球,正在向天庭登攀。忽然,像是穿过一个装满水的玻璃瓶一般,在他眼前,现出一个年幼小男孩迷人的笑靥。那是一个坐在其父亲肩膀上的孩子,孩子嬉笑玩闹的样子不知为何打动了罗诺的心,就好像有什么东西触动了他那细腻的、极其易于受伤的、善良而又充满浪漫主义精神的灵魂的心弦……从这一刻起,他开始深深地沉浸在对于遥远的往昔的深刻回顾中,并且再也无法分辨现实的边界了。他的感情和他的灵魂,已完全被这本神秘的黑色封面的书给占据了。

优选者的容器

第三章 ◎ 奇特的人们

这个冬天的严寒来得很晚,整个十二月份一直持续着像是像秋天那样的令人讨厌的潮湿天气,其湿度有时到了使人厌腻至极的地步。潮湿的空气里渗透着粘腻的风,风夹带着湿漉漉的雪花向行人迎面吹来,钻进他们的脖子和手套里,接着便又像眼泪一样在他们的脸颊上融化,迫使行人缩紧脖子,夹紧肩膀,心情抑郁地皱紧眉头,将自己那红扑扑的脸藏在耸起的领口下。直到十二月的最后一天黎明时分,老天爷才仁慈地赐给人们部分自己身上的温暖——太阳终于露面了。

蔚蓝明亮的天空上没有一丝云彩,空旷寂寥,像凝胶一般一动不动,与远方地平线上冷漠的北方大海融合为一体。被波罗的海寒冷无羁的劲风掀起的涨潮巨浪正轰鸣着、喧嚣着摔碎在怪石嶙峋的芬兰湾的岩石上。港湾里停泊着一些白色的大船，能听到海浪的喧嚣轰鸣和海鸥那不倦的怪叫声。一艘白色甲板上带有蓝色条纹的"西利亚线号"巨型渡轮正在慢慢腾腾地离开码头，它笨拙地从停泊地转过身来，船底的螺旋桨搅动着水底，终于在其身后留下的几乎接近于黑色的深蓝色波浪间留下一队卷毛绵羊般的白色浪花。这个庞大的海上怪兽费力地用其宽大的侧舷挤进怪石嶙峋的航道口，以其高大的身影遮蔽了不慌不忙行走在滨海路上的行人。而几乎能全部展现在视野里的地平线却与之相反，引起旅客们的赞美，他们高兴地透过舷窗看着窗外的景致，好奇地观察着远处。在渐渐逼近的黄昏时分的暮霭和烟气中，一座好客的斯堪的纳维亚城市的轮廓正泛着白光，并逐渐融化和消失在一片暮霭里。

赫尔辛基市中心淹没在节日灯火的光辉里，商店和舒适宜人的街心花园里，以及被洗刷得干干净净的铺着小石子的宽大广场上，还有许多舒适宜人供人们游玩的角落里，都装饰了明光闪烁的、透明的、在昏黄的夜色中熠熠闪亮的荧光灯霓虹灯广告牌。清冽的寒风徐缓地扫荡着狭窄的小街巷，渗透到马路条石上的缝隙里，用白霜给鹅卵石道路和树木裹上了一层银白色的薄膜，用千奇百怪的美丽花纹装点了房屋的窗户和商店奢华的橱窗。雪却没下，或更确切地说，雪几乎没下，行人的眼睛只是偶然才能从长椅和丁香花灌木丛的阴影里发现它的身影。残雪戴着灰色的波浪形的帽子，躺在尚未被彻底冻僵的土地上。一阵音乐穿过人群的喧闹声从街上传来，音乐的旋律里浮动着一个假声，它高亢而又嘹亮，像响彻云霄的回声一般四处回荡，在向人们宣扬着尚不为世界所知的这几个流浪音乐家。吉他和萨克斯，以及哀怨低诉的短笛，还有高亢嘹亮、撩人心弦的小提琴和大提琴的美妙声音，所有这一切声响汇聚起来，形成空中的一团气流，与整座城市上空的喧闹声汇合在一起，共同创造出一种新年前夕温暖欢快、欢乐祥和的气氛。

这个高高在上地坐在其父亲肩头、身上裹着长长的毛织围巾的三岁小男孩，能够很好地捕捉到这喧闹的声浪，并全神贯注地凝注于他而言十分重要，而对于成年人来说完全是不可理喻的活动中来。他的父亲今天白天终于得以抽出两个小时的空闲时间，向儿子展现新年表演所特有的绚丽多彩的声色光电，他甚至连想都没想过今天他那位天才的儿子究竟会发现怎样神秘的地平线。小男孩用手掌捂住自己的小耳朵，久久地谛听着，随后又快速放下手掌，而与此同时，他那如天空一般蔚蓝的大眼睛充满了喜悦，充满了孩童特有的、惊奇不已的赞美火花,犹如天际一颗明亮的星星在夜空中乍然亮起来,也照亮了他那张欢天喜地的小脸。对他来说,首都街头的世界转眼之间就不复存在了,消失了,而让位于五光十色、天马行空式的想象之境。

他发现,街上行人的头上忽然都戴上了一顶顶无形的神奇白帽子。这些白帽子是如此之大,以致人们在相遇时白帽子也会相互碰撞,结果会把人们反弹到不同的方向去,而其中有些体重很轻的人,甚至变成了气球,轻飘飘地飞到天上去了。孩子呵呵地笑了起来,同时顽皮地揪着爸爸的两只耳朵,给父亲带来一连串令人不快的烦恼。白帽子、气球、人群以及他们周围的空间都在变幻着色彩,从黄色变为绿色,然后又从绿色变成蓝色,最后又变成橙黄和鲜红色,将首都的街道变成童话世界里一场令人惊羡不已的表演。要是我们能够亲眼看到这个笑得像阳光一样明媚的小男孩究竟怎样以喜悦的心情创造出了一个平行世界的画面就好了。这个年纪小小的、刚刚出炉的小艺术家,居然能够激活成年人世界的现实,将其染上一层鲜活的色彩,赋予其以稍许儿童的稚拙天真和纯洁心地。

小男孩很高兴,他想象自己是一个跨在一匹巨大的乌青色赛马身上的骑手,正在欢天喜地地视察着人类文明的广阔空间,而他出生于这个文明中,仅仅是三年以前的事情。

父亲扛着自己幸福的孩子从参政院广场一直走到马涅日盖姆大街。在这里他停下了脚步,是一种令人万分愉悦而又奇特的音乐吸引了他,音乐来自不同寻常的纪念碑一侧,那边有许多人站在那里,犹如一面结实的墙壁。数十个喜欢看热闹的人带着毫不掩饰的兴致观看着纪念碑前三位肌肉发达的芬兰小伙子,他们身着黄铜的铠甲,手举沉重的铁锤,身子前倾,似乎随时准备砰的一声将锤子砸下来,以千钧之力砸在他们身边摆放着的铁匠用的铁砧上。几个穿着民族服装的墨西哥印第安人站在周围,这几个印第安人个儿不高,肩却很宽,四肢发达,站在那里有节奏地摇晃着身子。他们的腰上扎着绣着古老珠子的宽皮带,脚上穿着灰褐色带白色花边的软底鹿皮鞋,头上戴着五彩斑斓的西班牙宽檐帽,身上的套头斗篷的帽子被他们勇敢地甩在身后,他们正在铃鼓和吉他的伴奏下演唱着通俗流行歌曲《阿帕切种族崇高精神仪式歌》,伴和着歌声的是喉音很重、声震寰宇的呐喊声和短笛那尖锐刺耳的旋律。演员们那欢快的节奏、悠扬的旋律、鲜明的民族风格和热情洋溢的精神深深地吸引了路上的行人。他们停下脚步,把赞美的目光投注在印第安人那五光十色的服装上，投注在他们那千奇百怪的帽子和五彩斑斓的羽毛上，投注在腰带上悬挂着的小刀以及绣着珠子的皮带上，久久地不愿意离开。所有人暂时忘却了自己该办的事情，兴致勃勃地谛听着充满古老的拉丁美洲文化魅力的音乐。

到处都是儿童们火红色的身影和他们欢快的笑声，空中腾起了气球，响起了爆竹，也许在今天这个散发着海水鲜腥味和爱情芳香的、在这个无比奇妙而又分外怡人的十二月的日子里，没有哪个灵魂会感到不快乐。

夜幕渐渐降临了，太阳在有着金色圆顶的白石教堂的后面降下，很快它那欢乐的光边隐没在了正在靠近城市码头的本年度最后一艘旅客渡轮"维京号"的身后。带有凸出在外的全景窗户的崭新绿色电车关怀备至地将疲倦不堪的人们分别送到他们要去的地方，音乐家们急急忙忙地算完了这一天挣到手的微薄收入，也各自回家了。之后，街上立刻显得空旷起来——总之，所有人都在各自准备迎接盼望已久的与新年相会的那一刻了。

在这一天当中成千上万人来到的街上，众多人们在这座庞大城市的商店和超市内部组成了一个酷似巨大蚁穴的结构。人们身上纷纷佩戴着带有节日欢快气氛的彩带融入这一切之中，吸纳着充斥于空间里的喧闹，充实着这个商业性广场的每一处空间。可一到傍晚时分，大约在午后五点左右，这些穿着五颜六色服装、戴着奇形怪状的帽子的、被孩子们丰富的想象力装扮成彩虹色的人群渐渐地稀疏下来，最后完全融化在了一片黑暗中了。乱作一团的"蚁穴"渐渐消停下来了，商店打烊了，人们也怀着这样的日子里每个人固有的急切的心情急急忙忙回到自己的家里或是住处，把节日期间的操心和喧闹换成了安乐窝里的温暖舒适和宁静。

此时，与这一切相反，在市中心，由于思维能量在从中心到边缘的急遽减少，中心的大气氛围变得就不那么致密了。这种完全符合自然本性的机制，在可见和不可见的世界之间建立起了一种非常有趣的辅助关联。这种关联对于城市中的普通人来说当然远非一眼就可以看得出来的，但对于另外一类非常罕见的人来说，却未见得如此。他们也和许多其他在节日期间亮相的人一样，按照传统在节前购买过节的礼品，筹备迎接新年。在这类人令人惊奇的面貌里，有一个非常与众不同的小细节，哦，对了，是眼睛，就是他们的眼睛，他们的眼睛像是从意识的深处发出的明亮的光，如火焰一般炽热，美得无与伦比，蕴含着历史长河中的大智慧，像来自无限深邃隐秘的邈远之处的光一般注视着我们。只有这种眼睛的拥有者，才能以其全部细腻非凡的身心捕捉和感觉得到大气氛围的改变，而且他们还能很好地理解，嗯，很好地理解这里所说的究竟是怎样一种具有辅助性的关联。

时间大约是六点四十五分的样子，当全市最大的百货商店"伊塔科斯库斯"①地下一层的停车库里，开进来一辆宽敞而又轻便的银灰色的"沃尔沃"牌小汽车。这辆小车在轻松地转过几个弯道后，橡胶轮胎碾压着被水漫过的光滑的地面，发出吱吱的响声，然后在一个刚刚腾空的车位上停了下来，停在离"斯托克曼"广告牌底下不远的地方。

两个人从豪华的车里走了出来，一个是个子高高、头发淡黄的年轻人，他体魄强健，一只手里拎着黑色的皮包，斜搭在肩膀上；另一个是金发碧眼的女郎，样子很讨人喜欢，个子略高，脸部的线条标致而匀称，笑容也美丽而迷人。可以设想，这样的笑容是能够在转瞬之间把人们偶然投来的漫不经心的目光吸引到自己身上来的，而在那人也并未意识到的情况下，将其思维转向某种更加光明更加崇高的东西。她的眼眸仿佛两面镜子，

---

① 译自芬兰语，原意为"东方中心"。——译者注

反映着高山湖泊般的纯洁纯净,这种纯净只有清晨透明的露珠可以与之媲美。姑娘走得稍稍靠前一点,看起来就好像她是在为自己的光明开辟着道路。而她的那位疲惫不堪的同伴,眼神里却透着别样的内容,甚至和她完全相反,我们可以说他的眼神是十分严峻的,散发着寒冷之光,就像被西伯利亚劲风吹化的积雪。虽然他的脸上挂着快乐的消融,但眼神里仍充满了一个浪游者的心灵痛苦。

他们走起路来不慌不忙,小声开着对方的玩笑。两人脸上都荡漾着笑意,看起来他们并未察觉有一双无形的严峻的眼睛,正在他们身后平静而又关注地凝视着他们的背影——这是一个尚未向世人显现过的幽灵,是一个来自彼岸的幽灵,他止在不知疲倦地关注着他们的一举一动,处处跟着他们,保护着他们那珍贵的、充满种种猜想的内心世界。

几小时以后,被持续不断地逛商场而搞得疲惫不堪的他们,决定顺路走进路上随便碰到的一家舒适的墨西哥小餐馆。餐馆里门可罗雀,只有几对恋人坐在桌前,在不慌不忙地交谈着什么。大厅餐桌上面低低地点着一盏盏昏暗的黄色的灯。这家餐厅的内部装修以褐色为背景,沙发上是红色的针织物,墙上是巴西现代先锋派艺术家马尔库斯·皮耶尔森的作品,描绘了牛仔日常生活中种种小什物。画的前景所表现的是牛仔日常生活中最为常见的日用品,并采用传统方式突出了其中绿色的仙人掌、西班牙宽檐帽、一桶葡萄酒和一瓶人头马;后景则是几匹马和几个牛仔,这些东西都以严格的秩序悬挂在四面的墙壁上。

一个年纪大约三十岁、穿着红色制服裙、扎着黑色小皮带,手里拿着用来专门兑换硬币的钱包的白发服务生发现了进来的客人,便欢快地迎着来人走上前来。她殷勤地笑了笑,灵巧地拿出订餐本,飞快地记录下客人的要求。几分钟后订餐就到位了,盛着从法兰西南方阳光明媚的夏尔丹牌白葡萄酒的大高脚杯,已经端端正正地放在我们这两位客人面前的餐桌上了。

"天呐!多么疯狂、多么荒诞不经的一年呀。"亚历山大举起高脚杯,感慨地说道。他脸上的笑容是一种情愿拥抱整个世界,情愿与坐在他对面这位心爱的女郎分享这个世界充满欢乐魅力的人的笑容。"我到现在也不敢相信,我过的这种颠沛流离的生活居然也会有个终点。"亚历山大充满真挚感情地说道。说着,他充满感激之情地看了自己的恋人一眼。

"亲爱的,你很难想象此刻的我是多么幸福。经过那么多年的磨难，我终于再次获得了自由。上帝知道，我是将这些磨难当做对自己的拯救的。你要知道，我的缪斯女神，我是把我有罪的灵魂那转瞬即逝但却真挚真诚的激情统统献给了你。这杯酒我要将它干了，为了你对上帝的仆人亚力山大的仁慈，你仁慈地帮助他克服了无数艰难险阻。"

"谢谢你，亲爱的，可帮过你的不光是我而已，你应该知道我所说的究竟是谁。我真诚地祝贺你通过了第一次圣餐仪式……谢天谢地，结果还不错！"她眼望着自己这位心情仍然激动不已的爱人的眼睛说道。她的眼神里包含着爱的光明，包含着漫长而又充满风险的道路，包含着分别的哀伤和相会的喜悦的人生之路。两只高脚杯轻轻地碰了一下，亚力山大将酒一饮而尽，温柔地吻了吻伊丽莎白的小手……

"我今天站在广场上，怀着极大的喜悦之情谛听一些穿着五颜六色服装、头上戴着羽毛的小伙子们演奏音乐。我不知道是什么把他们吸引到这里来的，但我却无法不闻不问地从他们身边走过，似乎有什么东西使我的灵魂深处受到了感动。你都无法想象这是多么不同寻常呀——在十二月份居然能听到拉丁音乐，而且他们演唱得是如此投入。那个一直都在我的肩膀上扭来扭去，唧唧喳喳没完的小家伙儿，在听到他们演奏居然一声不吭，是那么地专注。而一切的一切，你明白吗，都已经逝去了……机不可失，失不再来。"亚历山大激情澎湃地说道。由于激动，他的嗓音都在发颤。"而且谁知道将来会怎么样呢？！"他又追加了一句道。与此同时，他的眼睛里现出一种忧心忡忡的神情：对于不久以前事情的回忆使他忧心忡忡。

"不要一味折磨自己的心了，今年你已经做了你力所能及的一切，你已做得足够好了。"伊丽莎白一边回答，一边用尖细的指尖温柔地触一触他的手掌，"一切都过去了，而过去的再也不会重演。不要总是对过去念念不忘，不要总是没完没了地折磨自己，还是让我把你传记中的这一页翻过去算了，让我们开始阅读你一直向往阅读的新的一页好了。"

"伊丽莎白，亲爱的，你说得对。"他回答道，并温情脉脉地望着恋人的眼睛，"一个不信神的人一旦骄傲自负起来，有时居然会达到如此令人感到可怕的地步。他傲慢、刚愎自用、自满自足，他会用无穷的幻想拟定了一个毫无意义的计划和纲领，而这些计划和纲领注定永远也无法实现。他对自己充满自信，习惯于以虚假的希望来欺骗自己……天呐！他甚至连想都想不到就在此时，他正在一步一步地沿着一条小路在走向自己死亡的终点，并且也以此行为本身在窒息着自己的灵魂，而他却不加丝毫珍惜地摒弃了自己的灵魂，像摒弃一种毫无必要的东西一般……请原谅，亲爱的，我当然并非想要就所有人做出某种概括，此刻我所说的，只是我自己而已。"亚历山大沉重地叹了口气，随后又将自己那爱慕的目光凝注在伊丽莎白脸上。

"我只是稍微打开了一点儿你的心门，你可以把我智慧的力量吸纳到自己身上，然后发展它。没有诸如此类的共同努力，我们什么事也办不成。你的'咱们一起'的立场，只是此时此刻才开始对我来说具有新的意义。"她感情真挚地几乎像耳语一般说道，于是，一种可以说是完全不属于人的非尘世的东西，可又让亚历山大感到万分熟悉的东西在她那像矢车菊一般碧蓝和清澈的眼眸里一闪而过。

"你知道吗，亲爱的，你很善良、纯洁，而我则仍然是一个坏人，一个坏到想要挣脱你和你的帮助的人，因为我仍然觉得那是我无力承受的重担。"亚历山大回答道，他本来还想补充点什么，可他没说出的话却像是悬在半空中，手臂在颤抖着，他忽然觉得身体有些不适。

好多个世纪以前,由于一系列不可思议的机缘巧合,亚历山大那善良而又坦诚的心灵被迫不得不向在他身上苏醒过来的残忍精神让步,而这次残忍的发作对于这位勇敢的斗士来说是最后一次致命的错误。为了这次错误,他不得不永远付出融化在时间长河中的自由的代价。命运给了他一次机会,让他重新获得了自由,而这一切全都有赖于这位身段苗条、乐天知命的女人的支持,正是这个女人将他从低低地翱翔在接近地球空间中的思想力量的作用下解脱了出来,从而得以完成在马格曼精神完善的最后第十二圈。

"我有点儿不舒服,"稍稍停顿了一会儿后他回答道,"身体上有一种奇特的沉重感,也许我是太累了吧。就好像我正肩负着备受创伤的灵魂里再次新生的生命似的。我简直无法想象,曾被人群肆意嘲弄和侮辱的基督怎么还能在自己的背上肩负人类罪孽的十字架呢,而其中一个罪孽就是我犯下的。我自己身上的十字架太沉重了,压得我腰弯背驼,而且直到现在我才懂得神之子为了我们所有人类究竟建立了怎样的功勋。天呐!"亚历山大声音里隐隐有一种毫无出路的感觉地感慨,"人们是多么软弱无力,同时其灵魂又是多么伟大而又不朽呀。"

"你知道吗,最主要的是你能承受得住。"伊丽莎白悄声但却非常自信地说道。她说话的音色和她脸上的表情发生了细微的改变,变得和平时稍有些不同,而亚历山大却能从她的眼神里捕捉到这种变化:这双眼睛里闪烁着的一种奇特的光,这光向他揭示了一种非地球生物的到场。

"他在这里吗?"

"你已经学会毫无错误地指证他的在场了,"伊丽莎白平静地说道,"是的,他就在身边,并且在祝贺你平生第一次忏悔了自己的秘密,并履行了神圣的圣餐礼。昨天在你身上发生了原本根本不可能发生的事情。我大吃了一惊:任何人都没有强迫你,是你自己感悟到的,这太奇妙了!"伊丽莎白高兴地说道,"现在,这里的思维频道非常纯洁、自由,人群中的主要部分都在关心如何迎接新年,因此,成千上万个念头被吸引到了另外的领域去了。这个频道无可挑剔,到了夜半时分它会更加清净,你只要愿意就可以和它交流。"

"谢谢你,亲爱的。" 亚历山大感恩地说道,可他却并没有来得及把话说完,因为刚过了一秒钟,仿佛外科医生的手术刀刺入心脏般,他的胸口传来一阵剧烈的痛感。他战栗了一下,呼吸也变得急促起来,痛苦的笑容扭曲了他的面容，泪水也从眼眶里奔涌了出来。

"你这是怎么了？你不舒服？"伊丽莎白关切地问道。

"没什么，我不知道，也不明白，"亚力山大用微弱的声音回答道，"心里好像有一种空虚感，精力被消耗得一干二净……就好像心脏也……好像有什么正在打动我的心脏似的……我已经感觉得到它了，它在跳动……是的，在跳动，我能听见它的声音……跳得那么活泼欢快，声音那么洪亮……我觉得好疼呀。"

"你想哭鼻子吗？"一个声音从虚空中传来。

亚历山大抬起头，仔细地盯着突然出现在自己面前的交谈者的目光。毋庸置疑——他就是漫游者。他的目光是不接受痛苦的。他很特殊的，特殊到他的目光使人联想到智者的目光，能够预见未来，能够穿过亚历山大而发光，那光具有一种能使人神魂颠倒的热力，并从他已然失去任何意义并且已经在逐渐熄灭的家庭关系的废墟里催生出了希望、信仰和爱情。亚历山大渐渐安静了下来，痛感消失了，精力再次充满他全身，他感觉到一种巨大的能量和平衡力涌现了出来。

"是的。"他对漫游者回答道，并漫不经心地挥了挥手，拭去了涌上来的眼泪。

"这是针。"漫游者肯定地说道。

"针？"亚历山大对这样简洁却莫名的解释感到惊奇不已。

"有人正从你的心口里往外拔针。我也有过这样的遭遇，那是很久以前的事了，是在我的道路刚刚开始的时候，心脏被了。"

"焐热？"亚历山大还是很惊奇。

"嗯，就像冰块在春天被融化一样。你要小心点儿，现在你不能发火、不能生气，因为愤怒可能会把你给毁了。你此时此刻就像个失去了父母的孤儿，一个人孤零零的，任何人都无法帮助你。"

"我一直都是依靠自己，这才活了下来。那么现在有什么改变吗？"亚历山大惊奇地问道。

"这次穿越不是什么别的，就是你的一次新生。心灵是光明的来源和地球上接受生命新性质的通道，就好像清晨的光明刺穿了黑暗的夜幕一样，按照上帝的意志，冰的心刺进温暖的心脏。

"从前那些站在你身后，总是在帮助你的力量，如今已经不再能够帮助你了，而新的力量愿意给你提供保护的盾牌，可是你在信仰方面却不过只是个幼儿，是一个单单只能靠自己的免疫力得以自保的、还不善于从我们这里接受帮助的新生儿而已。在这种再生中你是不会有父母的。你明白我说的这一切吗?"

"不明白,也许只能明白一部分吧。我不知道该怎么说,你说的是精神的穿越吗?"

"是的,你的理解是正确的。这类过程之所以复杂,原因就在于只有你个人的精神才能帮助你,而且问题甚至根本不在于有没有父母,取代父母的是你应该找到一个愿意陪伴你的信徒,他们会伴送着你走完全程,就像母亲和父亲引导其还不会自主思考的孩子一样。"

漫游者沉吟了片刻,随后轻轻地挥了挥手臂,姿态优雅地举起酒杯,目光先是在酒杯里的酒水上逗留了片刻,看样子那杯酒未能给他留下很深刻的印象,他冷冷地嘬了一口酒,然后把沉思的目光转到亚历山大身上。

"我会帮助你。"他用缓慢而又坚定的语气自信地说道,"不过你要记住,等你找到自己忠实的仆人后,一定要爱惜他们,不要让他们在你的具有破坏力的能量场里死去。失去情感平衡,你的生命力便会成倍地下降。错误是可能会犯的,但切记不要犯根本性的错误。我对你的请求只有一个:不要放任自己的怒火,要协调自己的能力,不然的话,在怒火的驱使下你会毁掉自己的。你生命的基础会訇然倒塌的，而没有这些基础，我就将会是你精神帝国垮台的一个不幸的见证者。可是，我要比你本人还更加相信你的力量，并希望你的力量能够有一个好的出口。"

漫游者沉吟着，他的交谈者也一言不发，正被包裹在一连串刚刚得到的警告中无力自拔。这些警告对他是一种支持，它们来自一种神秘的力量，而对于这些力量意图的真诚性他已经再也没有丝毫怀疑了。

"还会再来新的考验吗？而且，我能猜到，这新的考验该不亚于我刚才经历过的那次考验吧？我身上最起码的力量是否够用？前面等待着我们的并非只有一次化身，对于永恒来说，我在这里的逗留只不过是一个瞬间罢了。我不明白你这么急着安排我的考验的原因和目的究竟是什么。"亚历山大急切地说道。

"这不是我安排的。"

"那会是谁呢？"

"是你。在那里……"漫游者意味深长地望了一眼上天，"是你在驱赶着我们大家。"

"你谈论我就像在谈论神灵吗？"

"是的，正是如此，可是要达到能够理解这个的水平，你还必须继续成长才是。首先你得为自己提出一个例行的问题，并且要记住最主要的一点：趁我的灵魂尚在这里，在地球上，我将爱惜你。我的时间不多了，可你还应该来得及在精神上成长到这样一个新阶段的。你在听我说吗，你要记住，只要我活一天，你就要记住！"

"是的，当然了。"亚历山大伤心地说道。此时，他体验到一种不愉快的感觉，关于漫游者很快就要离开的警告令他的理智稍稍有些迟钝。

"在数百年中，作为一个失去温暖的人，"漫游者继续说道，"你冰冷的一面冻僵了自己的心脏。这次穿越为解冻你心上的冰块提供了希望，这个过程是十分漫长的，而我在这一过程中所起的作用，就是帮你成为一个自由人。"

"谢谢你，漫游者。让我理解这一切的确很难，在这个问题上，我不过是一个普通的凡人，根本无法跟上你的思路。实话说，我曾经努力过……我很想活下来，而这一年差点没把我给毁了。我做了我力所能及的一切，我……"亚力山大的声音发颤了，心头涌上来的忧伤的回忆令他的眼睛再度湿润了，失去固有节奏的心脏也无力地跳动起来，就像一台暴露在黎明时分湿气的天气里的发动机，发出咣咣的震动声。随后，他又陷入到沉默中。

"放心吧,一切会好起来的,你是好样的。"漫游者鼓励他道,"我们希望你能挺得住,但却没想到一切会进行得这么快。你做出了正确的选择,并在分配给你的时间走廊里安顿了下来。我们曾经揪心地看你如何行走在刀刃上,但却不能出手相助或加快你的选择。但现在你可以把这一切都忘掉了:一切都过去了,这种考验以后再也不会重新出现了。"

"为了你为我们所做的一切,我要好好谢谢你,漫游者。我能帮你什么忙吗?"亚历山大忽然问起他这样一个问题。

"帮我吗?"漫游者困惑地盯着他道,"不用了。"他沉吟了片刻,依然果断地继续回答道,"唔,不需要。"他更加专注地看了亚历山大一眼,"你必须深入理解你的使命:你必须意识到你是谁,并且在这里,在地球上的现实生活中,达到意识的这一水准——这就是你能给我们大家提供的帮助。"

"我无法彻底理解你的全部意思,但我从内心感到你说的是真的。今后我会努力遵循你睿智的教导,并且尽我所能地按你说的办。请原谅,我此刻无法理解太复杂的问题。"亚历山大说着将手臂搁在桌上,轻轻揉着太阳穴,竭力想要减轻头痛,而此刻他头痛得比刚才更厉害了,"因此,请允许我稍微岔开话题,向你提一个问题,在地球上问这类问题已经成为了一种惯例。伦敦的天气怎么样?"亚历山大问道。

"不太好,刮着小风,下着小雨。"漫游者乐意地回答道,"我的妻子马尔戈正在准备接待客人。你知道我们家平常总是会有好多客人的,孩子们会在房子周围玩耍,还会帮助奶奶准备过节的东西。壁炉里拢着火,我和往常一样,面向炉子坐在安乐椅上,身上裹着毯子,吸烟,喝朗姆酒,在客人交谈。

"我还有几位观察者,可我敢说,在他们当中,你是最有趣的一个。"漫游者说着竟然哈哈大笑起来,而且他的笑声如此之洪亮,以致咖啡馆里坐在邻桌的几位客人惊讶地对视了几眼。

"不必担心,一小时后他们就会把在我们这张桌旁所发生过的一切,甚至包括你本人,都忘得一干二净的。"漫游者说完,便像什么事都没发生过一样继续着谈话,"此刻,正有两个家境富裕的单身女人在帮助马尔戈,一个早已离异,另一个是寡妇……和这两个女人的谈话,这一点你自己也不难猜到,她们谈的也绝不会是什么高雅话题,基本上是围绕着即将准备就绪的食物是如何美妙可口，如何高雅精致的话题在打转，当然了，她们也会聊家养宠物什么的。比方说，此刻她们就正在聊一种在复活节前夕花了一笔数目可观的钱才买到手的一只漂亮迷人的迷你狗。从前——这是很久以前的事了——诸如此类总是纠缠不休的谈话人曾经令我痛苦不堪，可是随着时间的流逝，我的观点也慢慢变了，现如今诸如此类的女人们也可以毫无阻碍地出入我的城堡了。可你知道在这件事上，谁曾经帮助过我吗？"漫游者微笑着问道。

"这我可猜不出。"亚力山大地仿着他的语气，略带嘲讽地回答道。

"是她，这个妙人，我美丽善良的马尔戈！早在好多年前，她就有了足够的爱心和智慧去宽恕人，在自己家里接纳所有人。我一度还曾表示过异议，和她争吵，提出一大堆与她的意见相反、冠冕堂皇的理由。可随着时间的迁移，我也就妥协了。谢天谢地，现在我承认她的主张是对的。"漫游者说着，专注地看了亚历山大一眼，"我说事情原本很简单：你还和从前一样，总爱闭门谢客，但你必须要知道的事情却越来越多。记住这点很重要：你家里应当永远都有很多客人，甚至还包括你不喜欢的人，对这样的人你也不要将他们拒之门外，要一视同仁地对待所有人。"

"谢谢,对你这种不符合传统的建议,我必须慢慢接受才行,但对您的建议,我仍然感激不尽。"亚历山大礼貌周全地赞同道。

"过一段时间你就会明白我说的道理了。"这位神秘而睿智的客人若有所思地说道。

亚历山大看了一眼漫游者的眼神,忽然想起一个差点从他的意识里溜走的重要的念头,这个念头在他脑子里慢慢的回响着,使他忆及一件事。"有一次,在我和奥伦堡的一位朋友的电话交谈中,"亚历山大说道,"我们谈到了有关因季戈人孩子的事情。他对我说,因季戈是地球上一个新的人种,而我们——话说到此处他特意强调这里说的因季戈就指的是我——在这个星球上为因季戈准备了良好的土壤,并把空间和人类都改造得适合他们的需要。使我惊奇的是,是他那种不同寻常的推论,我早知道诸如此类的谈话不会是偶然为之的,因此,我很想听听你对这个问题的看法。"

"这种说法不完全准确。被你的朋友称为因季戈的人,很早以前就在地球上诞生了,只不过现在他们的人数多了而已。他的确是在研究如何改良因季戈人的问题,可我们和这种改良工程没有任何直接的关系。"

"眼下涌现出许多有关这一现象的信息。因季戈作为一种现象，"亚历山大继续说道，"不能被全部纳入普通人的意识范畴。因季戈承继了一些独特的品质，并且总在喋喋不休地大谈其超自然的能力和高度发达的智能。是这样吗？"

"只能说部分如此。他们的确拥有很高的智能，相比人类他们的大脑更加完善，运算的效率的确很高，但这不是什么特别的特性，只不过是因季戈人冷静而理性的思维与普通人类固有的精神价值混合了一番而已。因季戈人十分看重道德价值，此类变化的速度对地球时间而言快得不可思议，因此就导致了自然冲突的产生——这种冲突还将在足够漫长的时间内震撼整个地球。对此类冲突，人类是无可奈何的，要知道人类未来的重大问题并不在于全球性变暖，这充其量不过是这类混合造成的一种结果而已。地球是一个活的有机体，她需要更新，有一些民族抛弃了地球，而另外一些民族则定居于地球，有点像是人身上的血液得到更新一样。当然鉴于因季戈人的到来，人们有一些很严重的担心，而且并非所有的一切都是按照最初的设计进行的，但我希望人类可以克服所产生的诸如此类的问题的。"漫游者以乐观的语调结束了自己的这番话。

"奇怪，会有些什么问题呢？"亚历山大惊奇地问道。

"现在说这些问题还太早。你可以提最后一个问题，时间差不多该到了。"

"上次你谈到过和谐问题，可是，你看看，目前在俄罗斯正在发生的究竟是什么事吧！祖国被全面污染了，无论是在经济还是在教育领域里都是一片混乱景象，卖官鬻爵这样的事情甚至都成为常态，对这一切你的了解不亚于我。关于我们这个社会的基础如何腐败的问题，我可以一聊数小时都没问题。那么，和谐究竟何在呢？"

"只要我们把自己的精神状态调整好，和谐还是指日可待的。如果你平常总是对这种观点表示怀疑，那么你的大脑便会调整到只会寻找社会的溃疡，这样一来你也就注定失去了寻找到你该寻找到的东西的机会。于是乎，悲观主义者们倾向于把一切都看作是世界的末日的特征；而乐观主义者们则相反，他们无论社会如何都会保持一种很好的精神状态，相信善的必然胜利，相信不朽的基础永远都不会枯竭。一切其实都非常简单，都取决于在这口沸腾的生活之锅里，你究竟竭力想要看到什么而已。评判世界远都是容易的，挥拳砸桌子也简单得很，这一切都比思考和试图找到非常规的解决问题的方法要容易得多。我已经告诉过你，宇宙间有一种力量，它身上带有混沌和破坏的因素，但宇宙间还有另外一种力量，具有创造性的本质，无论前者还是后者都共同存在于和谐之中。与此相应人们也可以分为两种，一种相信上帝，另一种不相信上帝，任何人都不比对方更好或是更坏。信仰是对天主所创造的世界之本质智慧的理解，而谴责那些不能够理解这一点的人是不明智的。精神的青春期并非是一种罪过！

"而你在无数次地重复这样一个和谐何在的问题时，也终究难以获得你想要的答案的。我们必须稍稍再往前走一走，比方说，做一些什么事情。上周我顺路到你家去做客，"漫游者狡黠地笑着说道。"你猜我看到什么了？"

"我想你也没看到什么了不得的东西，不就是一套普普通通的两居室住宅吗？"

"非也，完全不是这么回事。你的床底下到现在都是一层层的尘土。要知道我早已经不止一次警告过你，尘埃会从平行世界里把强大的能量给吸引过来，这种力量会影响到大脑，引起思维的黏性，使人好忘事，精力不集中，注意力涣散。如果你不把自己的东西整齐有序地归置好，也就无法和谐有力地开创你的事业，因为你无法集中自己的力量，握紧自己的拳头。家庭内部的混沌会影响到工作中来，而工作中的混沌也就无法引导你走向和谐。你投身为俄罗斯人，而在最近的七十年里，混沌业已渗透进了俄罗斯人的血液里了，我想我们没必要再重复一次，在这个曾经伟大的国度里，人们在城外、在河边以及在楼房的正门和门洞里，究竟在创造什么东西吧？"

"是的，你所说的是什么，我都知道。"亚历山大忧郁地说道，"周围到处都是不间断工作着的肮脏的能量积淀。这一点是如此之显而易见，就如同被投掷到海湾里的不洁城市废物一样清清楚楚明明白白。"

"问题正在于此！政府不知道该从哪里开始启动改革，这一切乱象也就会无休止地存在下去。你不妨回想一下埃克丘别利吧。小王子是怎么说的呢：'起来吧，洗洗脸，然后把自己的星球整顿整顿吧。'和谐是有的，可是想要见到它以你尚未坚强起来的视力而言暂时来说还是十分困难的。

"某些规律要想发现是很困难的，发现它们需要有知识，而要获得知识，就必须进行几种最起码的活动。如果不打扫屋子，尘土是不会自行跑掉的。或许，在自己身上、在自己家里就能寻找得到和谐的本质呢。你要记住在你的这次投生中,最重要的是学会因小见大。"

"我有时觉得,根本没有任何问题能难倒你。"亚力山大笑着说道,"请原谅我的无知,我也知道时间不够用了,但还是允许我再提一个问题好吗?"

"提吧。"漫游者宽宏大量地说。

"咱们究竟是不是因季戈人的后裔呢?"

"当然不是。我已经告诉过你,现在我再重申一遍,你切记不要把思想集中在那样一些暂时你还无法理解的问题上。也就是说,不要白白耗费自己的精力,而要将精力用在如今你现实生活中更为有益的方面。"

"当你再次来到地球,那个童年时阅读列姆、叶甫列莫夫和斯特卢加茨基兄弟著作时,脑海中所幻想的世界将会到来。是的,正是这样,"漫游者似乎读出自己交谈者的思路,"那将会和影片《第五元素》一样。在那部片子里,技术能允许人类文明迁移到别的世界去。而在未来的那种世界里,我们所有人都会存在的,甚至包括眼下你周围的亲人们也不例外。在那里,在未来,你会置身于一个由因季戈人为主,而自己完全属于少数人群的局面中。与此同时,星球上的普通人在那里会变得非常非常罕见,和你们一样,他们会成为少数派。这将是另外一条道路,你心灵的火焰将会在纯理性的世界里感受得到锻炼。你稍晚一些时候也会知道这一点的,但此刻我想重申一句:你已做出了选择,而这选择决定了你在遥远未来的命运。你业已走过的理性之路,是没有任何意义重新去走一遍的。你坚持住了,因此你的种族也将继续活下去,我真诚地祝贺你,也祝贺所有现在已经开始上路的人,他们信任了你并且肯于跟在你身后前进。爱惜自己吧,从现在起你的生命开始具有一种特殊的意义。"

"今天是美好的一天,"亚历山大勉强抑制着自己的感情说道,"我的心灵在哭泣,而我也得到了地球上最珍贵的新年贺礼。谢谢你为了我以及我的家庭所做的一切,我很感激……"可他却未能来得及把话说完——忽然涌现的黏滞的倦怠感和始终不去的心痛使他哽咽了,打断了他和漫游者的交流,渠道关闭了,于是,亚历山大重又看见了自己恋人的眼睛,那眼睛一直在看着他,像看着一个孩子一样,温柔而又和蔼。

"你全都听见了吗?"他担心地问道。

"是的,是的,一切都很好,别担心。"伊丽莎白同情地回答道,并用自己的手指轻轻地碰了碰他的手掌心。他们的目光交汇,他浑身一颤。亚力山大的已经倦怠之极而又由于高度紧张的神经像松弛下来的吉他琴弦一般，再也发不出轻灵悦耳的和弦。无形的自由波浪温暖地在他那冷却了的心灵的岸边如刀割一般滚过，冲刷着他数百年以来一直坚如磐石、硬如坚冰的信仰的基础。他的心脏跳得越来越快，一丝勉强的笑容扭曲了他那倦怠而又苍白的脸，于是，他像一个随着岁月的流逝而正在衰朽的老人似的悲伤地低头俯身在饭桌上。他那漫不经心的目光仍然在寻找着什么，默然无言地从某件表面突出的透明物品的玻璃般的表面滑过，在那件物品干燥的底部，他看见了自己那个业已空旷了的世界的倒影。

看出他所处的状态以及他已经没有能力抑制自己的感情了，伊丽莎白感觉到亚历山大必须单独待一会儿才行。她比任何人都理解她的恋人在新年即将来临的几个小时的短促时段里，其内心的体验有多么丰富。只有让他一个人单独待一会儿，他才能找到力量，用行动来完成选择，并在其地球现实生活的第十二个阶段上，迈出新的一步。伊丽莎白用颤抖的双手将椅子挪开，站了起身来，战栗地盯着亚历山大。她似乎比他自身还更加明白一点：自己再也不能总待在他身旁了，从外面涌进来的能量之流已经进入他那空旷了的心灵的容器里了，引起亚力山大的无以言喻的痛苦。今天是流泪的一天，犹如清凉的早晨里的一滴露珠的眼泪洒落在她的脸上——那泪珠清亮而又晶莹透明，像满月一样纯洁无瑕，像落日的余晖，也像冉冉上升的朝日。既无力帮助也不能妨碍他的伊丽莎白走到外面，穿过陈列着展品的橱窗，开始从一旁观察着他。

在行将过去的一年的最后一天里，一个奇特、倦怠的人正坐在墨西哥餐厅宽大的大厅里。大厅深处的桌子，以及此人头顶上的昏黄的灯盏，加上内部装修的红色背景，衬着一缕缕的烟雾，遮蔽了他那苍白而又消瘦的脸。在街灯的光照下，餐厅的窗外，一场人们期盼已久的雪正在不慌不忙地化成大团大团毛茸茸的雪花，纷纷扬扬地落下来。行人们脚步匆匆，孩子们欢声笑语，笑哈哈地飞跑着，相互投掷着雪团。孩子们跑过一个单身的女人身旁，这个女人站在窗外沉思着，目光热切地凝注在一个人身上，而此人几分钟前还在与漫游者交谈，谈论一些非同寻常而又混乱不堪的问题和事物。伊丽莎白看见泪水如何从他的两颊流下来，大滴大滴地滴落在桌子上，她似乎觉得这是他那备受折磨的心灵的坚冰在融化，而他的心灵已经在危险而又危难重重的穿越中得到了变化。

第四章◎埃格利斯宫殿
库安德龙，埃格利斯宫殿

库安德龙笼罩着一片静默和寂静，只有统治者的思想四处飞翔，以一种强大而又神秘的方式充斥了全部空间，其中集合了难以数计的听命于统治者并且被它所操纵的赋有灵性的生物。在过去和现在，统治者对于人们的命运具有绝对的统治权——他拥有全宇宙天才所拥有的一切，他执掌火与剑的铁腕笼罩在一层薄薄的云翳之后，他的行为对于地球有着非常直接的关系。他是黑暗王国的护佑神和统治者、黑暗王国的大公，他的名字叫萨塔库纳赫，他就是在创世纪暗物质一面上最令人恐惧而又十分强大的君主。在宇宙暗物质的一面，这里的生物承担着巨大的责任，而萨塔库纳赫则领导着这一庞大的具有破坏力的进程。这是一个有利于全宇宙的幸福，有利于保持全宇宙的平衡和张力,萨塔库纳赫用一种独一无二和无可指摘的方式,在这个世界上履行全宇宙造物主伟大的意愿。

萨塔库纳赫常造访地球,因为他喜欢这个星球,而且还曾经为了让这个星球诞生出有思维的理性生物而付出许多劳动,因为他认为这个星球能够向全宇宙培养、教育和输送不止一代的神性造物。他对于那些复杂的生命创造过程的知识是无可争议的。

具有特殊感觉能力的人们常常可以看到他乘着火轮飞行的身影,那火轮划破夜间的地平线,就像一道明亮的等离子火焰组成的调色板。人们会对自己亲眼看到的一切赞赏不已,同时也困惑不已,但他们只是偶尔才成为萨塔库纳赫降临的见证人。在地球上,有一些特殊的地方是统治者非常喜欢待的,而永远和他在一起的,是他那为数众多的侍从和近臣们。造访地球时,黑暗王国的大公会包裹着物质的外衣,从里往外地研究着这个星球,审查着它的结构,而且每次都对其独一无二的本性赞美不已,因为它的本质与他所知道的我们这个宇宙里的任何一个星球都不一样。这个星球上的一切都非常特殊,而且生命的神秘形式及其延续也与其他所有的星球不同。地球是神祇造物主的一件杰作。

许多理性生物散布在宇宙的各个角落里，投身于宇宙数不胜数的空间层级里，他们就实质而言都是天才的和独一无二的，但在这里，在"地球引力场"范围内，他们那种完善的世界观去受到无可挽回的改造，而他们在全宇宙的漫游中积淀下来的数千年之久的经验也渐渐变得毫无用处了。一度曾作为他们精神外套的东西，逐渐变成了一种可怜巴巴的构造，再也不能继续揭示其真理的实质了。对外星球的生物而言，想要理解地球上独特的爱的情感，是一件几乎不可能完成的任务。只是在地球上，而不会是在任何别的地方，黑的才有可能转变成白的，而白的也可以化身为黑的。

刚刚进行过的疯狂的淘汰之后，其他世界的代表人物中那些最强大的人们都开始竭力想要奔向地球，因而开始了一场与故乡的长久离别。地球那温柔的蔚蓝色光环将他们迷住了，他们犹如夜间的飞蛾，飞向那未知生活的火苗，然后在穿越的大门口消失掉，消失到数不清多少世纪之后，为的是能够完成其创造性自我完善的十二圈。过了许多个世纪以后，有时甚至是数千年，在经历过严峻的考验之后，他们将永远地告别地球，前往一个未知而又遥远的世界，在那里绽放着理性的火焰，里面包含着在我们宇宙界限以外的马格曼独一无二的爱情的分子。

今天,当统治者萨塔库纳赫来到地球上时,他所挑选的物质外壳正是黑暗王国中的斗士形象:他们身段魁梧,虎背狼腰,身穿中世纪骑士的铠甲和重装备,身上还包裹着黑色的斗篷,身形伟岸地站在悬崖那嶙峋的高高斜坡上。在悬崖的一面,西藏那些巍峨而又神秘的高峰正挺拔地矗立着;而另一方面,则可以隐隐约约地看到最古老的埃格利斯宫殿被冲刷过的轮廓,它通过那豪华的正门把地球上两个平行世界的厢房连接了起来。

萨塔库纳赫,抑或像人们称呼他那样——堕落的天使,在这次选择了一个永不会凋萎的少年青春的形象,具有一种无与伦比的人性之美。为古希腊诗人所歌颂的,以及人类文明中那些天才艺术大师们在雕塑中镌刻下来的人体的理想比例,如今在这位操纵着宇宙暗物质世界的人的身上得到了完美的体现。他那如大理石般的皮肤洁白无瑕,鹰一般火热的眼睛冷漠地穿过世纪的风云。

一个气宇轩昂,体魄魁梧的战士正站在悬崖下面怪石嶙峋的石坡上,赞叹不已地观赏着尚未被人类文明所触碰的绿色葱茏的峡谷。他站在披雪的山顶,尽情地大口大口地吮吸着清冽的有益健康的空气,这种空气对于他那在马格曼的现实生活中方能获得的躯体而言，是必不可少的营养。萨塔库纳赫陛下一边尽情地观赏着西藏高山之巅奇美异常的夜景，一边观察着他那破坏性的本能如何迅疾地汲取着力量，他感到应该就在今天，他的那些战士们便将进入马格曼地心深处了。地球已经成为了神祇们的舞台，和罗马的大斗兽场一样，现在的地球也变成了一个规模巨大的竞技场，一些无形的观察者们正从宇宙的看台上观看着它，等待着自己精选出来的角斗士们无所畏惧的表演。对于萨塔库纳赫陛下来说，他要在最短时间内透彻地搞清这一永恒游戏的规则，而这却是一场即使是对他来说也包裹着一层不可穿透的谜云般的游戏，而且，他还必须回答这样一个使他感到费解的问题："为什么这些斗士会受到了宇宙之眼仆人们的密切关注呢？"造物主所出的这个谜语，在他身上引发了最复杂的矛盾感情，成倍地加快了他平常已经习惯了的思维进程，逼迫他的理性在最后处于两种可能性存在的、两个平行世界的交界线上。很难想象在这位全宇宙间最具有影响力的代表人物内心正在进行怎样的斗争，但显而易见的是他已经做出决断，因为刚过了还不到一秒钟，他就已转过身来愤懑地回头看去，但他回望的目光已经不再逗留在那些上空堆积着厚重的雷雨云的群峰，他目光所看见的，只有埃格利斯天宫里那哥特式建筑的穹顶。在穹顶的四壁上，是具有魔鬼天性的高高在上的神灵们，正被黑暗天使组成的近卫军和忠实于他们的仆人们簇拥着。他们是受邀前来参加这场期盼已久的进入地心空间的盛大典礼仪式的。

天宫由半圆形状的几个不同的部分组成，这几个部分优雅地和中心连接起来，组成一个穹顶的构架，其坚硬的骨架又组成库安德龙式的花环——一个带有多个棱面和金针的尖顶。金针其实就是风向标，被造成了玫瑰的形状，而背景是一块细致的圆板，上面绘着宇宙全景图。在穹隆形空间的顶盖呈流线型穿过的地方，每个棱面的外部都有一些出口，是从王国的不同等级品位的基座引出来的。神灵们穿过一些有着穹隆形的天花板的窄窄的回廊，来到由灰白色大理石做成的凹廊，他们可以在这里观赏马格曼的神圣风景。萨塔库纳赫所专有的中央凹廊比其他凹廊都高，坐落在金顶的底部，由一条致密的黑带像围巾一般将其他巨大的基座隔离开来。

这一宏伟的建筑浑身上下辉映着昏暗的月光，泛着千百种比灰水银更加浓重的冷光。从远处看上去，煞像一只金底黑斑、有着毛茸茸的腿的巨型蜘蛛，这只蜘蛛像是在瞬息之间凝固了似的，正在焦急难耐地等待着胆敢接近的猎物，可这却并非一个没有生气的东西，在它那魔王一般的怀抱里，有一个庞大的肚子，仿佛正要把就连萨塔库纳赫那庞大的意志也无法予以摧毁的信徒们的军队驱赶进里面。

天宫穹顶内部的精美也丝毫不亚于其外表。其内壁嵌满了数不胜数的金片、宝石和贵重的钻石，它们形状各异，奢华无比，有的像水彩壁画，有的像浅浮雕，还有的像奇形怪状的签名和花体字。墙上描绘了昔日所获胜利的大战的场面，都是过去曾发生在马格曼，在黑暗王国和其不变的死敌——光明王国的斗士之间，曾经发生过的历次大战役。

在其十二个组件部分的每一个的大厅里，都摆着长长的直角形桌子。桌子是用沉重的上好木料制成的，桌上则摆满了美味而又精致、色香味俱佳的甜食。甜食盛在美艳惊人、带有异国风情和韵味的盘子里，这样的美味，恐怕只有地球上国王御厨烹饪的食物才能与之相比。

餐桌前已经坐了许多客人，正在热烈地交谈着，还有些客人手里端着盛有精美葡萄酒或罗姆酒的酒杯，舒服地坐在着有彩绘的宽大橡木安乐椅上，欣赏着被刻画在埃格利斯天宫古老的墙壁上，庆祝黑暗王国斗士们伟大胜利的神秘场面。在外形煞像一个枯干的残树树枝的柱子上，高悬着凶猛野兽、爬行动物、龙头和兽头状的水晶杯形照明灯，使整个天宫内部空间充满了橘红色温暖的光芒。餐桌上陈列着三脚烛台，蜡烛正发出跃动的火苗，火苗闪烁着，捕捉着客人的脸庞，把他们脸的轮廓全都一丝不差地显现出来。

按照古老的传统，黑暗王国有爵位的神灵们在向他们选定要体验的星球穿越以前，先要以人类文明中英雄的形象赋予自己新的物质躯体。此刻也是这样，在水晶杯觥筹交错的辉映下，正在等待黑暗大公出现的那些人中，可以看到有埃赫纳顿法老、马其顿王亚力山大、恺撒、成吉思汗、帖木儿、拿破仑·波拿巴、彼得大帝，还有好多昔日著名的天才人物，他们已经成为过往时代的象征。他们是无数帝国垮台和覆亡的见证人，亲眼目睹了成千上万无辜灵魂的死亡，这些英勇的灵魂为了地球今天和未来世界的完美，献出了自己的生命。萨塔库纳赫的信徒们，这些久经考验的优秀的斗士们今天重新团聚在这里，就是为了瞻仰黑暗王国发号施令者的神采，聆听他最后的送别辞。他将送别这些斗士去经历今天期待着不朽者之灵魂的严峻考验。萨塔库纳赫站在两个世界——马格曼和库安德龙——的交界线上，这条线从把这两个世界连接起来的时间隧道空间的中心穿过。他和他的斗士们即将通过这条隧道穿越到另一面去,穿越到至高无上者所照例选定的、就其本性而言独一无二的、遥远而又令人震撼的另一个世界去。萨塔库纳赫沉思了一会儿以后,向前跨出了几步,他的身影即刻出现在埃格利斯天宫的中央宝座上,并且立刻将所有客人们目光都吸引到了自己的身上。客人们纷纷从座位上起立,为他鼓掌欢呼,所有人都怀着无限赞美的心情,恭敬地目送着他走上宝座,把火焰般的幽灵留在自己身后——无论他走到哪儿,那幽灵都如影随形地跟在他身后。萨塔库纳赫总爱以不同的面目示人,但不管是以何种形象,他的出现总是能令其信徒们无比倾倒。他的步态富于弹性,更像是在飞翔,身后总是伴随着如同半透明的火焰一般的一缕缕波纹。这是全宇宙间最神秘的人的步态,它宛如黑洞,能令空间在他壮伟的脚下发生弯曲,能使物质变成粉末。

在王国历史上,萨塔库纳赫这是破天荒头一次对其信徒们的精英近卫军发布命令——命运之阄落到了不可触动者①的头上。

---

①不可触动者是宇宙黑暗面等级品位表的最高一级,包括上千个黑暗王国最具有影响力的神灵。数字千是举其概数。

天宫的大厅按照惯例被分成十二个部分，象征着宇宙黑暗领域里的十二个分区，其中每个分区都有其代表。他们以及六百六十六个王国中职务最高的神灵都出现在了发号施令者的面前。大厅里一片肃静。萨塔库纳赫用他那具有无坚不摧、不可思议力量的目光仔细地审视他那些恭恭敬敬地仰视着他的强壮仆人们。他突然感到忧虑、不安和威胁，这种心情在他的眼神里表现了出来。能够让萨塔库纳赫内心动摇的，就只有马格曼及其所拥有的伟大力量了，也只有马格曼，这拥有宇宙统治者及其儿子的美和爱心的伟力，才能让萨塔库纳赫迄今为止无可动摇的自信心发生摇摆。宇宙统治者的儿子曾经到过地球，并且赠给地球人能够接受美和世界之完善的个性，启示他们得以发现宇宙之爱的灵气。

可是，从未品尝过失败滋味的萨塔库纳赫很快就恢复了惯常的自信和庄重，但这模样却与他一个年轻人的面容不相吻合，只见他摘下头盔，以其伟大的身份应有的腔调开始对其下属们发表演讲。从第一句话从他嘴里脱口而出的那一刻起，臣属们就打消了一切怀疑，这正是人们所熟悉的、带有金属铿锵之声的、喉音很重的宇宙黑暗面大公的声音：

"我的兄弟们，感谢你们，感谢你们积极响应我的邀请，毅然决定参加这场游戏。"他那低沉而又浑厚的声音，划破了一片寂静。

看着自己麾下最优秀的斗士们都以地球千年来伟人的着装打扮着自己，看着这个团结一致，整齐划一、无坚不摧精英近卫军团，萨塔库纳赫十分满意，心中的疑虑顿时烟消云散了。

"你们知道，"萨塔库纳赫信心十足地说道，"这场游戏是造物主的特殊构想。他决定这一次把游戏放在神圣的马格曼来举行。我们将全力参与的这场游戏，其规模是历史上前所未有的！今天在这里的所有人，并非全都能活着回来。马格曼的破坏力对于你们精神传统的影响力，甚至就连我也无力加以制止。宇宙统治者的目光在凝视着你们当中的每个人，在你们身上隐藏着我们古老文明的全部力量，宇宙间伟大力量之间的消长，都将取决于你们这些优选者们。光明王国的信徒们也会密切关注着你们的，他们的战士就在你们之后很快便将去到马格曼的。我还知道，在这场游戏中，将会有一些来自遥远宇宙的异国人会参加，他们具有前所未有的力量，而他们必然会对你们命运产生重要的影响，因此，关于不朽，或许我们得长久地把它忘在脑后。许多信徒们将在孤独中独自寻找回家的路。尽你们所能地活下来吧，这是一场没有规则的游戏，只有你们自己的理性会给你们提示通向自由之路。此外，或许你们对此会感到奇怪，但在这一次，光明王国的信徒们将会成为你们的同盟者。今天，黑与白站在了同一条战线上。

"在最后一次神圣的移居潮中，我和我的十二位最高等级的代表人物会跟在你们身后的。而且，或许只说一句就够了：你们自己也知道周围正在发生什么事：这个奇妙星球上的人类文明的命运正孤悬一线，而在其身后，如同在盾牌之后一般，则是我们这个宇宙里成千上万个文明的生命。艰难时世来临了。" 萨塔库纳赫沉思着说道，然后他停下脚步，又急遽地举起右手，牢牢地攥紧拳头，转眼间他就将拳头松开，掌心里出现了一个灰扑扑的、形状很难看清楚的东西。

"我刚刚到过那里，有幸欣赏了一番马格曼能够给人治病的浓雾。那里的大自然是无比美妙的，那里的空气是无比纯净的，而其生活的基础也是像宝石一般坚固的。把本应属于你们的一切都拿回来吧，请你们把马格曼的基础锤炼得更加坚固吧，坚固得像我手中这块大地一般吧。"

萨塔库纳赫眼中闪耀着奇特的神采，他瞥了一眼自己手下强壮无比的战士们，猛地一挥手，把掌中那块东西抛向大厅。来客中响起一片片赞叹声,瞬间传遍了整个大厅。他们看见的是一块石头,很像是一块大理石。那块石头很快飞到大厅中央,像一颗正在刺穿地球致密的大气层的陨星般忽然燃烧了起来,变成一颗燃烧着熊熊火焰的小球。天宫墙上悬挂的红宝石这时出乎意料地颤抖了起来,燃起了鲜红的火瓣。那颗悬在空中火球也突然落地,摔碎成了十二个均等大小的部分,而且又快速分化着,很快每个战士便得到自己那一份烧红的火炭,火炭落在战士头上,像刚刚苏醒过来的火山喷出的岩浆的碎块,为一个神奇美妙的场面画上了句号。

"把这个独一无二的物质拿去,去创造你们自己新的马格曼躯体吧。"萨塔库纳赫不容抗拒的威严声音再次划破了寂静,"穿越将在深夜进行,自然业已集聚了足够多的力量,时刻准备把你们带到将要投身的马格曼去。地球和月亮的神祇们将会帮助你们的!从此时此刻起,我会把你们的灵魂交由他们来保护的。"

"巴萨拉坦!"他小声说道,可尽管如此,这个神秘的语词还是被埃格利斯天宫里的所有人都无一例外地听在了耳里。

"巴萨拉坦!"信徒们像回声一般附和道,他们时而加快语速,时而拉长声调,很快变成节奏鲜明的

"巴—萨—拉—坦！"这声音携带着无穷的力量，充塞了整个空间，使空气里充满了磁力，紧张到了一绷就断的地步。每个在场的人都意识到一种无形变化的来临，这种变化马上就要发生了：库安德龙的时间已经开始倒流。黑暗王国职位最高的天使们从座位上起身，慢慢腾腾地走到大厅中央，站成十二列战斗纵队。从萨塔库纳赫嘴里说出的这句富于磁力的话被他手下那些随从们狂热地附和着，重复着，以一种勇敢无畏、一往无前的精神和战斗的节奏到处回响，从一个纵队传到另一个纵队，最后又传到第一个，循环往复。黑暗王国战士们最古老的仪式开始进入结尾阶段了，埃格利斯天宫里的紧张空气也已达到白热化的地步。

进入马格曼的行动开始了，人们普遍予以关注的东门开始颤动了起来，转瞬之间，一道巨大的裂缝把这道大门浇筑的基座划成了两半，响起一阵刺耳尖锐的划玻璃声。强劲的旋风扑面而来，一股猛烈的自然力急遽地闯进埃格利斯天宫的腹心，将桌布从桌子上掀起，打翻了高脚杯，掀起了人们头上的围巾，引起人们惊骇和恐惧。客人们忽然发现，眼前忽然出现了一个巨大的、带有利齿状的漏斗，那漏斗慢慢腾腾地旋转着，在旋转中产生的吸引力似乎随时可以把勇士们席卷进自己那无意识的飞翔轨道上来。萨塔库纳赫和王国十二分部的首领们都站在各自的宝座里，仔细地观察着数百位信徒们汇集成一小队一小队的人马，每队十到十二人，慢慢腾腾地、一步一步地向着敞开的那道口子挪去。在他们移动的过程中，使所有在场的人都感到出乎意料的是，出现了一条红色的小路。这条带有紫色光晕的小路看上去似乎深不见底，为正在咆哮肆虐的自然力量形成的旋风指明了方向。这条小路煞像一道强烈的光线，直冲冲地奔向它那能够带来死亡的中心，而一旦达到其目的，便立刻停住，形成一座巨大的光明桥。这座桥在黑暗王国斗士们的眼里渐渐开始具有了地球物质的致密度，于是，守卫库安德龙大门的那只犹如蜘蛛般的城堡便敞开自己的胸怀，为通向马格曼地球空间打开了一条神秘的道路。

  与此同时，在相反的一面，在比萨塔库纳赫所站地方稍低一点的地方，不知什么东西忽然发出一种黄白色的明亮火光来，但紧接着就又熄灭了，但就在这一瞬间，却揭开了一个无中生有的、挂在空中的神秘帷幕，瞬间闪现的台上的还有一支乐手们组成的乐队。

  这些乐手看样子像是地球人，从表面上看他们很平静，似乎参加这次演出对于他们来说没有任何奇特之处似的,但他们那僵直的动作泄露了内心的紧张。乐手们不敢耽误分毫,急急忙忙从琴盒里取出小提琴、中音提琴、大提琴、小号和大管,他们铺开乐谱,各就各位,整整晚礼服,开始调音。

乐队指挥是一个驼背的小老头,带着夹鼻眼镜,有一撇山羊胡和两条弯弯曲曲的小短腿。他殷勤地转过身来,十二万分恭敬地望着萨塔库纳赫,在得到对方的点头示意后,他浑身猛地一颤,神经质地看了看乐手们,然后轻轻地挥动指挥棒。只听乐队立刻发出最初一组低音,这组低音和谐地汇入自然力一般的音响流里,以其非同寻常的节奏与主旋律交织起来,创造出新的和谐——并和它融为一体。原来这是王国信徒们人人都熟悉的《黑天使进行曲》,是天才莫扎特在库安德龙世界短期逗留时创作的。为了把信徒们送到马格曼领地,要求有一种特殊的音乐,一种能够鼓舞黑暗王国斗士们士气的音乐,鼓舞他们到遥远的宇宙中去,去与未知的恶势力进行伟大的斗争。这些恶势力和他们势均力敌,而且,在他们自己所惯常待的空间环境里,他们还不曾品味过失败的滋味。

旋风在加剧,其在库安德龙的出现变得越来越具有现实感了,其咆哮的声浪渐渐地压倒了莫扎特不朽的进行曲。强大的自然力渐渐变得不可一世、残忍肃杀，以致在一种不可遏止的狂暴的疯狂发作中，抓起正走在紫红色火焰一般小路上的信徒们，将他们像被风卷起的树叶一般抛到半空中，然后投进螺旋状的旋风核心，但还是有一些敢于挑战自己命运而勇敢走在前面的无畏的家伙，最终得以走到燃烧着指示道路的绦带的边缘，并且得以在化身到马格曼的那个瞬间保持住平衡。这些勇敢而又强壮的战士将脸转向埃格利斯天宫，嘴角浮漾者无畏的微笑，他们举起双手，向强大的黑暗王国的大公及其各区的长官们致意，以此证实着自己精神永不屈服的力量，随后，他们离开了无形的穿越边界，开始像一群群的鹰隼似的在黢黑的夜间翱翔，飞向那如同深渊一般既吸引人又令人感到无比恐惧的未知，他们这一去，或许便是永远关闭了自己灵魂复归的道路。

很快一切就都结束了，就连最后一个斗士也被浩大的自然力裹挟并带走了。披散着灰白杂乱头发的乐队指挥放下指挥棒，从西服的口袋里拽出一块白色的手帕，擦了擦自己浑圆的额头上像泥土一样黄黄的冷汗。音乐停止了，天宫的大厅里又被一种不自然的寂静所笼罩：东门被关闭了，风的喧嚣声再也无法传入发号施令者的耳朵里。在刚才还回荡着黑暗王国战士们的口号声的大厅里，已经看不见一个翻倒的桌子、打碎的水晶照明灯，也听不见莫扎特神性的旋律了。埃格利斯天宫已成惯例般的整齐划一状态的又恢复如初了，昏黄的月光均匀地撒满了大厅。在这里出现的所有东西中，或许只有气味例外——这是臭氧的气味，很不自然，是一种被雨后前所未有的新鲜所充实的空气的气味，这种气味充斥着天宫的整个大厅，令发号施令者想起这天夜里在马格曼和库安德龙边界附近所发生的那件惊天动地的大事。

几个月以后。埃格利斯天宫。

"萨塔甘！"

"到，发号施令者，听您吩咐！"萨塔甘恭恭敬敬地弯着腰，一躬到底。这种所谓的贴身仆人，是那种因为长期服务从而已经证实了自己的忠诚心，俨然成为与主人家庭成员地位平等的那种仆人。萨塔甘属于那种对发号施令者言听计从的仆人，对他的建议总是毫不犹豫地予以接受。发号施令者尊重并且珍惜这位优选者仆人，这个无穷浩瀚的宇宙间所发生的最繁难最混乱不堪的事情，都肯和他商量。正因为与神圣大公之间亲密的关系，萨塔甘在黑暗王国有着巨大的影响力，所以就连那些恐怖的宇宙分区长官们也非常重视他的判断。他是一个天才的谋略家,手里掌握着关于宇宙黑暗面最高统帅萨塔库纳赫的许多机密,因此私下大家都称他为"第十三位分区长官",是仅次于萨塔库纳赫的最具有影响力的人物。

"穿越马格曼行动的第一阶段已经完成了,"发号施令者小声说道,"我知道地球能够给我们上一课的,但却没想到它居然变得这么严肃起来了。你知道第一波进入马格曼的信徒总数有多少吗?"

"不知道。"萨塔甘回答道。他仅仅通过黑暗大公的语音和语调以及情绪,就已经了解了通向地球之路并未达到发号施令者的预期。

"顺利投身者人数还不到一半,其余人都未能经受住分娩的过程。数小时以前,一名投身者在分娩中刚刚有死去了,他的名字叫杜哈·沃斯希丹。"萨塔库纳赫说着,仔细地瞥了一眼自己忠实仆人那张苍白的脸。

"他曾经被预言是游戏的关键人物之一,"萨塔甘不无忧虑地说道,"怎么会发生这样的事呢?我简直不敢相信。如果连他也不行,那其他人岂不是就更不行了?第二波信徒们已经在开始准备投生了。"说着,他小心翼翼地瞧了瞧萨塔库纳赫的眼色,竭力想要从他眼睛那闪耀着永恒之光的深处，找到拯救其他人的希望和答案。

"旋风在很大程度上迫使我们改变计划，"萨塔库纳赫又说道，"遗憾的是，我们的选择余地并不很大，必须改变关键游戏者的任务。我们不能允许向因杰格罗马季库斯文明的穿越者超过我们，可是，这一点现在还看不太清楚。"萨塔库纳赫说完了自己的想法，再次凝重地瞧了自己这位谋士那沮丧而又晦暗的眼神一眼。

"季格连和科埃龙在这里吗？"他突然问道。

"不在，但他们快到库安德龙了，等待简直是一种煎熬啊。"萨塔甘恭恭敬敬地回答道。

"告诉我，我的请求你还没忘了吧？"

"是的，发号施令者，他们的投生是秘密进行的。"

"讲讲细节，我对你所看到的详情细节感兴趣。"

"他们要想从其所创造的意识形态笼子的陈规旧习中摆脱出来，可不止一个十年的时间，在那之后，才有可能出现名副其实的精神天才。在这条路的开始阶段，他们会是绝对毫不起眼的人，其命运也没有丝毫过人之处。季格连和库埃龙将出生于普通人家庭，他们身上的皇族基因将被集中起来，但为了使信徒们得以保持其精神的完整性，我们会让他们动机的道德纯洁性被保持下去的，而最主要的，是所有这些将要传承给他们的品质，都将被包裹在一个伟大的框架里，这框架若按地球上的标准说，就叫自足自满，而若从我的观点看，是一条已经铺好了的、通向虚无主义的康庄大道。"

萨塔甘偷偷地瞥了萨塔库纳赫一眼，确信后者正在蛮有兴致地谛听着他所撰写的脚本后，才又急急忙忙继续说下去："在我们的密切监督下，这样的价值体系将在一种良好的环境中，即在我们给信徒提供的封闭的空间内被培育而成。我们当然知道，无论在何种情况下，我们都不会降低他们在王国等级品位表中的地位，也不会降低他们在永恒中的精神发展的水准。他们的身体将很难承受由于意识发展的迅雷疾火般的速度而引发的极其强烈的精神震撼，于是他们的快速毁灭也就开始了。当然了，鉴于其投生物质的乌托邦性质，古老的精神会把运动的速度提高到不可思议的地步，以便他们能从其自身的无知状态的阴影下解脱出来，但对这一过程的强化措施会导致他们在他们所生存的那个世界里的彻底绝望，从而得以培育出一种我们长期期待的、使我们深感慰籍的产品，那就是对人的仇恨。要想跨过这一复杂的门槛，仅靠他们自身是远远不够的，因此，我们会诱导他们产生一个非常诱人的想法，假如极端情境下要求我们这么做的话……"

"一个什么想法呢？"外表冷静的萨塔库纳赫问道。

"从马格曼的生活中逃离……当然这是由于无能为力。"谋臣看了眼困惑的萨塔库纳赫，连忙补充说明道，"他们将处于严密监视之下，因而，我们的敌人将无法染指。"萨塔甘对自己的推断很满意，并且对其计划的缜密和绝妙不曾有过丝毫怀疑。

"看得出拟定筹划得很严密。"萨塔库纳赫回答道。说完，他又陷入沉思，却对其忠实的谋臣的详尽说明，没有给出任何评论。

"您的不安颇令我费解，有什么不妥吗？"

"一切远比这更复杂，"萨塔库纳赫并没有看向萨塔甘，对其极其不安的表情似乎也并未留意，"考虑到一些大人物的死亡，必须高度强化为存活下来的信徒的命运而准备的投生原始模具，尤其是和季格连和科埃龙有关的模具，因为在行将到来的与其他代表人物的厮杀和较量中，全部考验的重担会落在他们的肩上。"

"给季格连一些小聪明，"萨塔库纳赫毫不妥协而又充满自信地说道，"让他深深陶醉于慵懒自然力的无穷魅力中不能自拔,让他成为一个好幻想的浪漫主义者,让他相信善,但却没有可能在行动中实现自己的理想。你要记住,只有偷换概念和感觉,才能把他搞糊涂。给库埃龙装备一个高度发达的大脑,让他傲慢自大起来。要想让他对自己所做的事无所了解,最好是让他高度感性。让这两个人都有其家庭,让他们对于家庭中的平等心存幻想,但却永远也达不到目的。你明白我的话吗?"

"明白,发号施令者,"萨塔甘说道,"在这样的国家里,做到这一切并不难。"

"他们两人不能见面,即便两人相遇了,我们的优选者们即无能力、也没有耐心和知识使他们足以相互产生爱心,即使他们用尽其灵魂的全部力量力求相爱也不能够。"萨塔库纳赫沉思地说道。此刻那个站在旁边的人想必能感觉到,要想把这一可怕而又不可更改的判决刻写在季格连和库埃龙的脑子里,于他而言,是一件多么困难的事。

"陛下,能斗胆问您一句,究竟是什么使您担心呢?一个男人和一个女人,又怎么能不相爱呢?要知道他们在那里,还会处于太阳统治者的保护之下呀。光明汗国的信徒,就是游戏的可靠盾牌呀。"

"这两个人将会是非凡的女人和非凡的男人,只有在两人相爱的时刻,致命的弱点才会出现。因杰格罗人对此知道得很清楚。请相信我,因杰格罗马库季斯文明会成为威胁我们这个宇宙的一支可怕的力量的。对我所口述规则的任何一次违规,都会给地球及其所有空间层带来数不胜数的灾难。在这场游戏中的失败,会导致许多无法预知的不幸。

"我已经给你撰写了脚本,萨塔甘,让其拥有物质的形式吧,把自己当做诞生创造之父,去实现我的构思吧!"

谈话结束了,萨塔库纳赫的决定为创造者的两种势均力敌的力量之间的巨人般的角逐和对立揭开了序幕。而与此同时,创始者那无形的张力转眼间触动了整个星球,也触动了实体中那些寥若晨星的优选者们,于是,他们的名字也很快就被公布了,而同时被公布的,还有他们为了成千上万个处于人类文明保护伞下的灵魂的未来所担负的巨大责任。

第五章◎苏联

一年后。一颗坠落的陨星。"穆罗缅茨"宇宙火箭发射场。

"森林和天空有许多相同点。比如树木和星星,它们就有很多共同点。当你生活在森林中时,有许多变化你是看不见的:树木的生长是人眼所观察不到的,就像星星一样,每分钟都在成长和死去。星球上有数百亿植物,正如我们的银河系有数百亿发光星体一样。而蚁巢也和人的城市一样,散落得到处都是,哪里有新鲜的空气和清洁的环境,哪里就有蚁巢。人的出现于星球上,也和蚂蚁一样,哪里有水和温暖,哪里就有人。可人又干了些什么呢?也许,人干的事情真不少。比方说,人可以利用大自然中的简单物质,做出冰箱这种复杂的电器,而冰箱可以为人服务,保证人总是能吃上新鲜的食物。甚至在我们睡觉时,这种于人有益的机器也在工作。而电视呢?更是一种奇妙的玩意儿,它能把我们的大脑连接起来。它就像一个中介人,站在主人和仆人之间,能把主人的思想,复制成许多份,然后把它们植入我们的意识中,始终在强迫我们这些普通人对事物表示赞叹或是反对。你不可能与电视争论,因为它听不见你的话;你关于在电视上所看到的一切是怎么想的,它全都无所谓。假如米哈伊尔·阿法纳西耶维奇活到今天,普列奥勃拉任斯基教授也肯定会在对博尔缅塔尔博士的真挚谈话中,特意叮嘱说:'我们在每日的特定时间内,既不能读报,也不能看电视。'我的这番议论,也许粗看上去一文不值,但你可别这么想!在人的大脑、胃口、冰箱和电视之间,有许多相似之处,它们彼此之间互有关联。当然,人每时每刻都在发展,而人的那些钢铁助手们也同样如此,随着时间的迁移,作为发展的结果,大脑和电视会越来越扁,而冰箱和肚子则会越来越鼓,难道我说得不对吗?人发明了火箭,却从未创造出蒲公英,是的,从未创造出一个蒲公英来!更别说让他去创造一只普普通通的虫子来了。而这是为什么呢?这是因为人在其进化的道路上,走向的是另外一条路——一条远离能创造自然物的道路。人类必须勇敢一点，不要再把科技当上帝看待了，而这才是人类睿智的大脑所应做的事！上帝创造了我们，我们应该向他祈祷，而不是相反。"马特维·彼得洛维奇爷爷如此结束了自己这一番议论，然后从他亲手打的凳子上站起身来，走到那台老旧的不能再用的冰箱前。这台冰箱由于古旧已经不再能把水制成冰了，不久前刚刚被弃置。老爷爷打开冰箱门，笑着看着里面空空荡荡的搁架："怎么，亲爱的，为人类干活儿干累了吗？好吧，你的时代终结了，而我的日子还不定什么时候终结呢。"马特维爷爷说完，脸上露出了善良的笑容，随后他穿上自己那件破皮袄，吃力地穿上套鞋，戴上护耳皮帽，把手套进大兵用的手套里，不紧不慢地走出门。扫帚和一桶沙子都还放在老地方。

天亮了，路灯在夜里的阴影渐渐让位给了其活跃清晨的孪生子——太阳的阴影。清风和蔼地抚弄着马特维的大胡子，急拽着他的裤管，欢快地卷起满地的落叶，让它们在空中旋转了一会儿后，又小心地将它们放回地面。

在这个阴沉的十月的日子里，黎明时分，当地方军医院产房的看院人马特维在清扫落叶时，阴暗的天空上亮起了一道明亮的闪光。马特维浑身一哆嗦，好像有什么东西在迫使他往天上看,于是,他出乎意外地发现一颗平生所见过的最明亮的、大的不可思议的陨星。老头子四下里打量了一番,好像不太敢相信自己的眼睛似的,又重新抬起头来,向刚才那个神秘的天体倏忽一闪的地方瞧去,却发现那里已经什么都没有了。他浑身一阵战栗,心头像被一枚冰凉的尖针穿过,一种奇特的忧虑感涌上心头。在他眼前下坠的并不是一颗寻常的陨石:它那闪亮的光晕约有足球那么大,而它那发着微光的核心酷似球型闪电。马特维活了一辈子,从未见识过类似这样的事情。他将那把破扫帚机械地靠在身边的一棵白桦树上,从口袋里掏出一盒揉得皱巴巴的、叠成两半的"白海运河"牌香烟,划了根火柴,随后又划了第二根、第三根,终于点着了,他连忙贪婪地吸了一口。他的眼神涣散、双腿颤抖,心脏怦怦地跳个不停,似乎有一种什么重要的东西急不可耐地想要敲开他那理智的大门。他不明白究竟发生了什么事,可在他那善良的、富于同情心的内心深处的某个地方,他能感觉到这必然和他刚刚看到的天体现象有关。

作为一个年过八十、病体孱弱的老人,马特维·彼得洛维奇·扎列奇内是个单身老人,在坐落在苏维埃街的十五号大楼的地下室里苦度残年。这地方离军人战地医院不远，而他就在这家医院里当看院人。马特维爷爷外表比他的实际年龄还要见老：中等个头、形容枯槁、背部微驼、两颊深陷、脸色苍白。头上一缕缕银丝像一座无人看管的老林子里的风折木一般白花花的，勉强看得出几绺漆黑微卷的头发也被帽子压得瘪瘪的。在他那双眯缝着的褐色的眼睛里，欢乐与哀伤如今相伴，时而也有一缕希望之光在里面闪现，以有关神秘的、具有某种神祇般使命的人类生活的善良而又天真的想法，温暖他的心灵。

马特维是一个真挚热情的人，他对自己周围的人，甚至那些在他面前傲慢无礼，甚至侮辱过他的人，他也从未有过任何不恭敬或不好的想法。在这个美德被粗暴地从人类中驱逐的国家里，命运并未对他有所照顾，而一个心灵细腻易于受伤的人，日子自然不好过。他有心绞痛的毛病，总觉得自己百无一用，不为人所需，可他总是逆来顺受、宽厚待人，对这个世上的任何人都不记仇。从那些自认自己是这个国家富裕公民的人的立场上看，他看上去就是一个可怜巴巴的失败者的形象，在这个人心冷漠、坎坷不平的世上，他根本没有任何办法出人头地。

优选者的容器◎第五章◎苏联

在我们当中每个人的一生中，或迟或早都会遇到坎坷艰难的时日。有一天，这样的日子便忽然降临到了马特维的头上。心爱的妻子出走了，这事过了刚刚一个月，他就因为肾神经功能紊乱引发气喘，然后被解雇。而马特维所住的那套房子是单位的，因此当他出院以后，很快便在自己的邮箱里发现了一纸迁居令，这让马特维走投无路，他找不到任何使自己摆脱这一困境的体面出路。

马特维跑了好几趟住房办公室，那里的人对其身份证上的某些枝节吹毛求疵，由于一些文件的遗失，那里的人对他说三道四，他们还冷漠无情地援引了一大堆重要的办公条例，简而言之：如果不把他打发到那些高高在上的官僚机构，事情就无法解决，而这个没有任何关系和背景可怜老头子根本就求告无门。在马特维眼里，生活乃是一条阴暗的道路，这条路上有数不清的无法克服的障碍，这些障碍在他暮年之际，以其全部严峻而又无情的威力一股脑地向他砸下来。他没有起来为自己的权益而抗争，而是听从命运和上帝意志的摆布。他交出了两室一厅住房的钥匙，任由他忧郁湿润的目光和脚步把他带到该去的地方……

温暖的七月很快就被多雨的八月所取代。马特维低着脑袋，漫不经心地看着脚下，他徐徐而行，默默地想着接下来这命运多舛、孤苦伶仃的日子该如何慢慢地打发。路上到处都是泥泞的水洼和黑色的黏性的溃泥，布满裂纹的柏油路已经变成了坑坑洼洼、坎坷不平的泥洼路，他习惯走这条路，日复一日地，这条路会将他带到城边一个小而舒适怡人的街心公园。今天也和往常一样，马特维沿着习惯了的路线走了一段，便疲惫地坐在长椅上，用目光寻找着被人丢弃的尚未抽完的烟头，一旦发现一个，他便高兴得像个孩子，把烟头拾起点着，心满意足地吸上一口，然后透过辛辣的烟圈，沉思地瞩望远方。老头迷离的目光将他带到了不久以前的过去——他那一度曾经非常幸福的家庭生活的场景油然浮现于他的记忆中，他竭力想要寻找那个折磨他灵魂的答案："无所不能的天主呀，你为什么要把我抛弃呢？"死亡的念头一再浮现于他的心头，这些念头犹如夜间热带草原上的不知餍足的胡狼，时时窥视着遍体鳞伤的猎物，顽强地踯踪而来，等待着被挫败的人类理性一旦陷入毫无出路的处境，不得不出卖自己内心自由的圣殿，向空旷的天宇发出一声撕心裂肺、绝望的呐喊，给这声呐喊包裹上宿命的语词殡葬的尸衣，将自己的意志交付给不可见世界的刽子手，从而最终让人摆脱不堪忍受的重担，并中断自己的生命。

正当这个不幸的老头打算终结自己的生命时，他与一位杰出的女性——叶卡捷琳娜·巴芙洛芙娜·戈尔杰耶娃——相遇了。她是产院的主任，后来就是根据她的举荐，马特维被安排在了产院工作。以她的为人，她无法对一个身处社会底层、走投无路的人不管不顾。老人已经再也无力保护自己了，他被所有人抛弃，深陷绝望境地，处于生死一线，靠着这位富于同情心、心地仁慈的女性的关爱，才得以保全他的生命，使其得以有机会履行自己的天赋使命。

马特维把自己的被拯救看做是来自上天的幸福的标志，因而欢喜而又自信地接受了自己命运中这次新的转折，而且他对天主的信仰，也在经历了如此严峻的考验以后变得更加坚定了。每年一次，在复活节期间，他都会预先准备一些钱，到古城卡利奥波利去待一星期——造访古老的教堂，与谢拉菲姆神父交谈，忏悔并接受领圣餐礼。在为期短暂的朝拜中，马特维的心灵得到了彻底的休憩。他心情欣悦，灵魂里充满了爱，然后，他又把爱心的种子一粒粒地分赠给众人，分赠给生活在苏联这样一个灰色的、毫无趣味的世界上的人们。

每天清晨，当他咳嗽着从睡梦中醒来时，他都会首先点燃蜡烛向上帝祈祷，为上天又赐给他一天的生命而感谢至高无上者；与此同时，他心里又真切地感到惊喜，即他那对周围人毫不起眼、百无一用的生命居然是至高无上者所需要的。

生活中有时会发生这样的事，为我们当中某个最需要的人提供帮助的——无论这看上去多么奇特——竟然会是一个像马特维这样的人。但只有像他们这样的人，在其慷慨的心灵深处才能一直保存着一种非常罕见而又珍贵的才华，有一天，这种才华能使得地球上再次诞生一批明亮的新星。

熄灭烟头，他又向夜间的天空瞥了一眼，然后他戴上手套，抓起扫帚，开始清扫产院门前人行道上的落叶，心里则仍然在回想着那一美丽的景观——他生命中那颗最大最亮的陨星。就在这时，马特维听到了从产房三楼八号病房传出来的女人的呻吟声，这女人在分娩时已饱受了好几个小时折磨。产妇那上气不接下气的哀号，使老人那颗仁慈的心灵十分痛苦，他向四下里打量了一周，确信周围没有别人后，把一顶揉得皱巴巴的、破旧了好几年之久的破军用皮帽摘下来，跪在地上，开始专心致志地念起了"我们的天父"的祈祷辞来。他一共祈祷了三遍，并且也一连划了三遍十字，祈求上帝赐给这位不幸的女人以力量，好让她把孩子生下来，并且能够给孩子留一条活命。黎明时分，孩子终于生了下来，但其脊柱却在分娩时由于产钳的错误使用而受了很重的外伤，谁都说不好他能否活下来。叶卡捷琳娜·巴芙洛芙娜产房里的医生们一直为拯救婴儿的生命而拼搏，直到第三天的傍晚，才终于把这个身体孱弱的新生婴儿的生命挽救了回来，婴儿的健康状况正在奇迹般地迅速康复。

过了一星期后，一天早晨十点钟，产院那扇古老的、吱呀作响的大门前出现了一个身段健美、个子很高的男人，他年约三十岁，有着阳刚的下巴，像鹰隼般的鼻子又高又直，一头短发整整齐齐地梳向脑后，左手正骄傲地攥着一束饱含脉脉深情的玫瑰色的郁金香。此人身形虽然偏瘦，但体格却极好，十分强壮，他那双灰色的眼睛稍稍有些外斜视，眼神很容易能令人看出有一种做父亲的激动、兴奋和喜悦。假使安德烈·谢尔盖耶维奇·沃龙佐夫此时是在欧洲的某地的话，那他一定会被人当成一个蠢货的，因为他竟然在如此重要的日子里手拿一件可怜兮兮、一无是处的礼物上门来，但在苏联的北部地区，况且时令又是即将来临的冬季，想要搞到一朵鲜花，要比搞到一块金条还难。

安德烈·谢尔盖耶维奇很清楚自己今天无论如何不能空着手去见妻子和自己家族的继承人。他想："我必须做一件不寻常的事。这件事足以使我成为一个真正的男子汉，而与那些想当男子汉的人有所区别。"于是他下班前早请了一会儿假，并听从同事们的建议，去了一趟位于市中心的温室，因为他感到只有在那里，他心中的计划才有可能最终实现。一个年纪很轻、模样一般的姑娘为他打开门，而他由于心里着急，同样又生怕对方置之不理，所以匆匆忙忙说出了自己的请求，可当在这位姑娘身后出现一位徐娘半老、体态丰腴的太太时，他才明白自己刚才未免有些白费时间了。那太太一头黑发如漆一般，在脑袋上盘成形如花坛一般的发髻。当安德烈开始竭力说明自己的问题时，就见那女人脸上现出一种他此前就十分熟悉的，如石头一般僵硬的表情，那是一种在食品商店女售货员肥嘟嘟的脸上见的一种表情。他曾经不止一次与这样的面庞相遇，而且总是会得到一个十分冷漠的、从容反驳的答案，而这样的答案又总能把这位军官置于一种极端尴尬的境地："请别我妨碍工作，同志，我不是已经用俄语告诉过您了吗，没有香肠！"

而这一次的情形也与此大致相仿。黑发太太建议这位陌生的军官到别的地方去找找看,而且还鄙视地瞥了安德烈一眼。

在那只花篓里——这只花篓是托了无数熟人从莫斯科运来的——只插着三朵花,按她的话,这三朵花早已就订出去了,甚至定金都已交了。一朵是罗曼舍夫上校的,另一朵是格里涅夫中校的,第三朵是管理局一位高官的。这三个人在穆罗缅茨宇宙火箭发射场都是受人尊重的大人物,因此,安德烈少校一心想要在十月份获得一盆新鲜植物的梦想注定无法兑现。

从野战军军官的立场看,这位头上盘着奇阿普斯式[①]金字塔形发髻、傲慢自大、不无几分自恋的胖女人似乎根本就没弄清楚他的问题,问题在于是少校,而非罗曼舍夫上校,刚生了一个儿子。可这个弱智怎么会连这么简单的话也听不懂呢!

可是,安德烈·谢尔盖耶维奇根本不想打退堂鼓,他的脸上染上了愤怒的红晕,眼神变得极其狞厉,透出不详的冷光。他恶狠狠地盯着那女人冷漠的脸一眼,就好像他的肩膀上扛的不是校官而是将军的肩章。这个惊慌失措的女人终于搞明白了:这位"少将"意志坚决,

---

[①]奇阿普斯,又名胡夫,埃及第四王朝法老。矗立在吉萨的奇阿普斯金字塔是埃及最大的金字塔,高 146.6 米。——译者注

于是她剪下一朵玫瑰色的白郁金香，隔得老远递到这位性子倔强的军官手里。安德烈将拎来的一盒莫斯科"罗特弗罗特"厂出产的"什锦"奶糖毕恭毕敬地端放在桌上，以表谢忱。这让有些花容失色的花店老板娘陷入了深思：该怎么向格里涅夫同志描述郁金香花的死亡呢？就说是那朵郁金香感冒了，由于块根根系迅速蔓延的窒息病，导致花的早谢……幸好此事没有对安德烈少校造成任何不良影响。

当少校出现在产院院门的台阶上，准备把妻子和新生儿带回家去时，他没料到自己的手劲居然那么大，动作稍一过猛，在拉门时只听哗啦一声金属响，门把手便被少校攥了下来。于是，他一只手里笨拙地拿着一朵温情款款的玫瑰色郁金香和装东西的包，另一只手里攥着一个金光闪闪的门把手，尴尬万分地出现在一位风情无限、饶有韵味的金发美人面前。这美人正是我们已经认识了的叶卡捷琳娜·巴芙洛芙娜·戈尔杰耶娃，此刻她正舒舒服服地安坐在登记台的桌子后面，专心地读着一本时尚杂志《健康》。

叶卡捷琳娜·巴芙洛芙娜漫不经心地扫了一眼来人，并未注意到来人手中攥的门把手，而是重新研读起列宁格勒瓦西里臣科教授的文章来。他发明了一种治疗和预防儿童神经病的新方法。她对这个题目很感兴趣，因为越来越频繁的产后创伤问题早已让她揪心不已。"眼下就有这样的例子：前不久刚刚出生了一个小男孩，锁骨被弄断，第三和第四脊椎受重伤，他能活下来简直就是个奇迹。而许多类似病例，"叶卡捷琳娜·巴芙洛芙娜心里掂量道，"却导致了致命的后果。"被文章内容所深深吸引的主任不知不觉间把身板仰靠在椅背上，这位学者所阐述的思想，对她犹如一场及时雨。

"应当立即把我院的优秀专家送到列宁格勒瓦西里臣科教授那儿参加业务提高班的培训！"她当即决定，并且即刻开始在心里物色合适的候选人，"最重要的，是此人一定要有开放的胸怀，这才是最重要的！在我们的工作中没有感情是……"

她在心里斟酌着，比较着，一时陷于沉思中，突然，她飞快地瞥了刚走进来那个穿驼色雨披的人一眼，以一种勉强能被人所见的、微微可以使人察觉的微笑说道："真是个失礼的军人。"

"请原谅。"这个手捧鲜花的高个男人礼貌地对她说道，"噢……请……劳驾……是否让我过一下……"

"姓什么？"女人还不等他把话说完，就严厉地问道。

"沃龙佐娃。"

"喔,沃龙佐娃,有这么个人。沃龙佐娃·奥丽迦·鲍里索夫娜。"女人说着,慢慢腾腾地摘下眼镜,仔细端详着这位激动不已的客人。她直到此刻才突然想起她们费了九牛二虎之力才抢救过来的那个婴儿,现在婴儿的爸爸出现了。"有意思,有意思,这位爸爸的相貌倒是很英俊,"她继续仔细地端详这位安德烈·谢尔盖耶维奇,"再说妈妈也没事,是个果断的太太。"她自言自语道。

"沃龙佐娃·奥丽迦·鲍里索夫娜?"她再次向小男孩的父亲问道,而后者则正处于极其尴尬的处境,因为他意外地发现自己正被一个人以评价的目光在仔细打量和端详着。

"是,就是她。" 安德烈·谢尔盖耶维奇确认道。

"首先,生的是男孩;其次,请您坐下来,"戈尔杰耶娃用目光向他指了指前厅几步开外角落里放的皮沙发,"您要见的人马上会下楼。再次,请你把这玩意儿放下。"她用稍带责备的语气说道,还冲安德烈拿着门把的手点了下头。"我敢断定这玩意儿对你的家人未必有什么用,"她略带讥讽地说道,边说边拨打了三楼的值班电话。看见这位被幸福冲昏了头脑,但又尴尬无比的新晋爸爸,她再也抑制不住自己的感情,以其固有的洪亮声音大笑起来。

"谢谢……请原谅……十分感谢!"幸福的不知所以的上校涨红了脸,窘迫而又词不达意地道谢道。他把提包和门把手搁在登记台上,转身走了几步,坐在叶卡捷琳娜·巴芙洛芙娜指给他的接待室门口的沙发上。

正在少校焦急等待时,只见一个脚蹬套鞋,身穿皮袄的人走了进来。来人正是马特维爷爷。

"亲爱的叶卡捷琳娜·巴芙洛芙娜!"马特维爷爷高兴地对主任说,"您要我干的我都干完了,还有什么活儿没有?"爷爷从头上摘下皮帽,公事公办地问道。

"马特维,您来得正好——您瞧咱这门,把手又掉了。没一次不掉的!"主任沮丧地说,"请您马上给修修吧,不然的话,等把那些修理工等来了,春天也该到了。"

"别担心,亲爱的,这只是小菜一碟儿,马上就能修好。"老头说着拿起把手,走出门外。几分钟后,马特维便开始着手修理了。安德烈少校作为这件事的罪魁祸首,几次急着想帮帮他,却被叶卡捷琳娜·巴芙洛芙娜制止了,命他重新坐回沙发。又过了大约五分钟,他听见楼上传来一阵脚步声,在二楼和三楼之间的某个地方传来几个女人的声音，他听出其中一个声音是自己妻子的。很快一个护士出现在楼梯平台上，她挽着奥丽迦·鲍里索夫娜的臂肘，而在后者的怀里，则抱着正躺在包得瓷实的小被窝里酣睡的小亚历山大。安德烈·谢尔盖耶维奇一看见妻子，就再也抑制不住自己欢乐的心情，他迎上一步，吻了吻妻子的面颊，机械地向站在一边的护士递上那朵郁金香。他那赞美的目光目不转睛地紧盯着那个珍贵的浅蓝色包裹，却没注意到妻子嘴角隐隐浮现的笑容。做父亲的轻手轻脚地把亚历山大捧在怀里，开始好奇地仔细端详孩子的脸庞，显然，他是想从孩子脸上找到自己的特征。

父亲对亚历山大的爱使奥丽迦十分感动，她感激地瞧了丈夫一眼。在安德烈·谢尔盖耶维奇的脸上，先试浮现出了幸福的微笑，继而是惊讶，再往后目光又变做沉思状。他一连好几次俯下身来，全神贯注地仔细观察着新生儿，以致奥丽迦在一个瞬间似乎觉得丈夫或许是从新生儿身上发现了什么她先前没有察觉的毛病或是残疾。这种想法使她感到恐慌，之前动荡不安的三昼夜的情景开始一一浮现于她的脑际，医生在这三昼夜里始终没有把孩子抱给她看一眼，这让她很生气。而亚历山大呢，他几乎完全像个成年人似的、惊奇而又认真地打量起桌眼前这张人的大脸，这张脸时而贴近他，时而又远离他。他那不像是孩子的目光在她看来似乎很严厉，好像是在进行评价似的，就好像这孩子也在想自己有幸出生于怎样一个家庭，看样子，这新生儿正在竭力猜测自己今后在新生活里成长的前景如何呢。新生儿的这一特点令奥丽迦分外惊奇，因为她已经不是头一次发现小亚历山大宛如成人般的目光在自己身上逡巡了，于是她再次不安地瞥了丈夫一眼。安德烈少校感觉到了妻子的不安，他带着无以言喻的感激之情瞅了妻子一眼，这让妻子瞬间安下心来。夫妻二人对视了一眼，而直到此刻，一直忧心忡忡的丈夫才发现，正怀着爱心和蔼地望着自己的妻子是多么地美呀。接待大厅里亮堂堂的，明亮的太阳光透过楼梯间平台宽大的窗户洒在她肩背上和细细的脖子上，把她一头高雅浓密的黑发照得黝黑动人。在这短暂的瞬间里，对于这位幸福的父亲而言，她就是神祇，就是赋予他以无价生命的女神。此时此刻，这位女神已经疲惫不堪了，于是，她温顺地躺在他的怀抱里，因预感到天国的信徒终究会把命运的礼物送到该去的大门，而心满意足地睡着了。

马特维爷爷修完门把手后，始终站在门口处，好奇地观察着这对夫妻。心里有一个声音在暗示他，这个孩子就是他祈祷上帝予以拯救的那个新生儿。他的眼睛由于饱尝苦尽甘来的滋味而温润了，继而溢满了幸福的眼泪。亚历山大的父母在和叶卡捷琳娜·巴芙洛芙娜道别后，此刻正经过马特维爷爷的身边向门口走，这对幸福的父母根本就没注意到，有一个大胡子的老头子正在为他们殷勤地开门。老头子冲着夫妇的背影鞠了一躬，口里喃喃地说了一句感谢天主的话。当他看见这对幸福的夫妇抱着长久盼望的孩子——是上帝赐给这孩子以生命，同时也赐给他以履行使命的无比珍贵的机会——时，他终于松了一口气。

很快窗外传来两声汽车喇叭声，怀抱宝贝孩子的年轻夫妇下了台阶，小心翼翼地坐进了一直等着他俩的汽车。这辆银灰色的汽车样式老旧，有点像德国产的"大众甲壳虫"，正是六十年代汽车制造业的杰作——"莫斯科人408型"。开车的是安德烈·谢尔盖耶维奇工作中的同事维克多·图雷宁，他是个身材矮壮、永远不会气馁沮丧的大活宝。十五分钟后，这辆苏联汽车制造业的骄傲就把他们送到一幢五层楼的门洞前。上了四楼后，奥丽迦轻轻敲了敲四十五号门。在此期间，亚历山大睡得正香，正舒舒服服地躺在笑眯眯的父亲怀里打鼾呢。门打开了，九岁的格列勃出现在门槛上。

"你好！"他大声打着招呼。

"小声点儿，格列勃，亚历山大睡得正香呢。"安德烈少校礼貌地提醒他道，说着指了指他怀里搂着的那个瓷实的包袱卷，可这并未引起格列勃的注意，他茫然地问："这是什么？"

"不是什么，是谁。"安德烈少校边走进屋，边小声而又飞快地更正他的说法。奥丽迦紧跟在他身后，脸上挂着微笑走了进来。

"那这是谁呢？"格列勃无疑已经猜出事情的原委了，但却还是故意装出不知道的样子，傻乎乎地问道。

"他是你的小弟弟亚历山大。"对大儿子的问题未去深思，也未察觉其假笑的父亲自豪而又骄傲地回答道。

"亚历山大？"他好像真的很吃惊，"爸爸，咱们要他有啥用呢，没他咱们不是过得也挺好的嘛。"经过一阵短暂的沉默以后，格列勃以一个孩子所特有的天真一本正经地说道："爸爸，你看，现在把他送回原处还不算太晚吧？"

听儿子提出这么个问题，安德烈少校先不怀好意地笑了笑，然后将眉毛挑了起来，拉长了下巴，绷起一张严肃的面孔。他猜自己的大儿子肯定又是在以自己习惯的方式故意装傻，逗父母玩儿呢，但他依然还是觉得这个问题提得不太合适，话虽然带有开玩笑的性质，但也明显可以听出有一种对别人的生命极不尊重的态度，这还不是对一般人，而是对自己的亲弟弟呀。况且，虽然安德烈少校尚未彻底搞清楚大儿子话中的真正含义，但却可以感觉到这句话里包含着一种隐秘的威胁意味。所以父亲没有多想，抬手就在大儿子的后脑勺上友好地弹了一下，为的是不要再就这个问题争论个没完没了了。然后他笑着说了一句话，这话让格列勃铭记一生："你要记住，总有一天你会对我和妈妈说谢谢的，说我们让你有了一个如此出色的弟弟。"他这么做是要让大儿子理解这样一个道理，即在一个人的出生这样的大事上，含讥带讽是绝不能允许的。

就这样，一九六七年十月十一日，安德烈少校家里迎来一个奇妙的淡黄头发的婴儿，这个新生儿的命运从他迈出最初几步起，就处于一些颇有影响力的神秘的观察者们的密切关注之下。

在亚历山大出世整整一个礼拜以后，在苏维埃街那幢楼房的地下室里，马特维爷爷去世了。他履行了上天赋予他的使命，上帝给了他一个不错的结局。夜里，心脏病的突然发作使其呼吸停止了，马特维爷爷在睡梦中，在这个世界毫无察觉的情况下，去了另一个世界，走的时候，他的脸上还挂着喜悦的笑容。

这个小男孩的父母都是普通人，其命运和常人相比并无任何不同凡响之处。亚历山大的父亲安德烈·谢尔盖耶维奇·沃龙佐夫，是"穆罗缅茨"军用宇宙火箭发射场的实验工程师。在他衣柜里的衣架上，挂着总是被妻子奥丽迦·鲍里索芙娜熨得平平整整，只有举行盛典时才穿的军官制服。在正装的肩膀上，有两个簇新闪亮的肩章，肩章上规规矩矩扎有小洞，还有两条红杠。他前不久刚刚从齐奥尔科夫斯基宇宙军事学院毕业，荣获少校军衔。他是在集体化时期，在远东地区一个贫穷的农民家庭里出生的，从很小时他就懂得饥饿是什么滋味，所以他从不允许格列勃乱扔没吃完的面包碎块，而且还总会伴随着训话："儿子，你可不知道，面包里凝聚着多少热量和水分呀，农民种庄稼可是真不容易。"安德烈少校善于说服人，即使不借助寓言，他也能不费吹灰之力地对格列勃采用别的方式进行教育。他最喜欢的书是马卡连柯的《教育诗》，是一本描写无家可归的流浪少年儿童的书。业余时间他喜欢和同事们适度喝两口，和大家一起唱唱《强大的红军》，而在第三杯伏特加下肚后，便开始破口大骂腐朽的帝国主义及其令人仇恨的本质。

安德烈不喜欢喋喋不休的人和官迷，对于那些说的多干的少只说不干的人，他也一向敬而远之。他身体强壮、意志坚强、胸怀宽广、勇敢无畏。他儿童时代唯一的理想就是想与泰加森林之王——体型巨大的灰熊在林子里一对一地交交手，而他的腰带上只会挂着一把猎刀。凡是对阿穆尔流域的泰加森林非常熟悉的人，都会说安德烈·谢尔盖耶维奇是个性格独特的狂人。在第一次休军官假时，他回了家乡——坐落在阿穆尔河上穷乡僻壤的一个古老的村庄德罗沃。众所周知，那个地方的灰熊想要多少有多少。这种模样笨拙、脚趾内翻的生物很久以前就开始在阿穆尔河流域泰加森林繁衍生息，而这些熊们根本想不到，在这块在它们祖祖辈辈世居的、到处打上了记号的领地里，有一个叫安德烈·谢尔盖耶维奇·沃龙佐夫的人竟敢独身一人闯入。他几乎不懂得什么叫害怕，甚至显得那么心安理得。谢天谢地，在这片广袤的森林里，人和熊终究未能碰面。

一年后，正在乌拉尔出差的安德烈·谢尔盖耶维奇结识了奥丽迦·鲍里索芙娜，并强烈地爱上了她。他是从身边经过的一辆电车的窗口里看见自己未来的妻子的。当时，上尉沃龙佐夫的心脏都快要从胸腔里蹦出来了,他彻底失去了自制力,连忙跟在驶过的电车后面,飞快地追赶起来。他当时觉得,如果不追的话,那个黑黑的辫子长到腰部,惊为天人迷人的少女将会永远从他眼前消失。凭借其体操运动员一般强壮的体格,安德烈·谢尔盖耶维奇终于追上了那个飞驰的铁家伙,飞一般跳进离站电车那扇行将关闭的门。

奥丽迦·鲍里索夫娜年轻时便是个大美人。曾经参加过一次市里的选美比赛:由于她头上盘了一百三十六条辫子而成为优胜者。这位年轻姑娘被授予最迷人的参赛者奖,同时授予相应的证书,该证书至今是其令人赞叹不已的美的无可置疑的证明。对于自己的优点她当然心知肚明,因而身边永远也不缺求婚者,可是,当在这辆幸运的电车车厢里出现了一位体格匀称、面色红润、充满爱意的年轻军官时,她晕眩了。当她听到这个男人用浑厚的声音说出那些温柔的、充满诗意的语句时,她就决定让之前那些求爱者都先一边歇着去吧。就这样,安德烈·谢尔盖耶维奇终于得以首次邀请这位姑娘赴约。他那情感炽热的话语,看待生活的浪漫主义观点,以及他那身非常适合于一个年轻男子的导弹部队上尉军官的军服,在奥丽迦·鲍里索芙娜做出选择的过程中曾经发挥了很大作用。我们很难说她当时对安德烈少尉的爱，是否像安德烈对她的爱那么强烈，而此时已经回到"穆罗缅茨"宇宙火箭发射场的年轻军官，竭力以优美的字体写了一封求婚信，并寄给了奥丽迦·鲍里索芙娜。

在爱情里没有比离别更严峻的考验了，可当奥丽迦·鲍里索芙娜读完爱人的这封信，看到信的末尾爱人费力地画的一个身穿军官制服的破碎的心时，她心中的郁闷即刻便烟消云散了，她连忙回复了一封短信，而这封短信令安德烈上尉高兴得心花怒放。

过了一个月后，奥丽迦·鲍里索芙娜和安德烈·谢尔盖耶维奇就结婚了，并且很快就生下了头一个孩子，这是一个肤色浅黑的小男孩，正是小亚历山大的哥哥。

对这对年轻夫妇来说，工作很快就成为他们生活中的主业。安德烈·谢尔盖耶维奇在工作中不断成长，职称和职位稳步提升，知识和能力也不断有所提高。每当看到有例行的火光射向夜空时，"穆罗缅茨"宇宙火箭发射场的居民们不用问就都知道实验工程师沃龙佐夫此时在哪儿——这个时候他永远不会离开宇宙火箭发射场，永远深处自己的战斗岗位。奥丽迦·鲍里索芙娜的工作岗位最初是在一家建筑托拉斯，她的职责是读图、拟定项目和做计划。和她丈夫一样，她也颇有管理人才的能力，很快就当上了生产处的处长。丈夫在工作中得心应手地担任指挥的角色，而在妻子领导下的生产处的工作效率也很好，而在家庭里，两个人的关系也非常的融洽，可两人之间的关系在亚历山大出生后彻底发生了变化。和通常一样，当相互的爱恋在家庭中不知不觉间退居第二位，空出的位置就会被在矛盾中滋生出来的骄傲所取代，并且随着时间的推移，不知不觉间把两个相爱的心的关系变成一种无形的对立关系。

安德烈·谢尔盖耶维奇非常不高兴的一点是以前他的决定都被当作是理所应当，而现在却总是会受到她的批评。夫妻之间的意见分歧越来越多，或许这实际上也是每个家庭里常有的事。渐渐地，因为琐事而引发的争论在安德烈家里成了常见现象，而且越来越严重。奥丽迦·鲍里索芙娜习惯于从小处着眼，或可以说是掰开了、揉碎了讲道理，而有着大男人主义味道的安德烈·谢尔盖耶维奇总觉得自己不仅理解牛顿定律，而且还懂得喷气式发动机的工作原理，因此无论如何无法苟同她那些感性的生活哲理。随着时间的流逝，两人之间的激情也渐渐熄灭了，取代激情而来的是已然变成陈规旧习的日常生活。傍晚时分在厨房里的争吵——此时孩子已经入睡——越来越频繁，也越来越像是两个斗士之间的一场旷日持久的恶斗。拥有铁的逻辑的丈夫,自以为对世界的了解足以令人信服,却越来越频繁地遭遇自己妻子埋设的情感地雷。他对生活所持的实用主义观点,一遇到这样的障碍物便会被打得七零八落,犹如第二次世界大战期间,美国强大的航母遇到了日本人的神风敢死队一样。频繁的拌嘴往往会发展为争吵,随后便继之以和解、原谅以及诸如此类的玩意儿。就这样,在他们自己也未察觉的情况下,夫妻二人被卷入一场这个世界无人不知、无人不晓,极其复杂繁难,使人精力耗散,具有破坏性的一种游戏中,这场游戏便叫"夫妻之间的战争"。

两人的性格都不乏骄傲和自负,两人都既不信任妖魔鬼怪也不信上帝,不过话说回来,所有苏联人实际上全都患有这种虚无主义的病症,在当时人看来,人们对这种病是无可奈何的。一般说,我们不能说他们什么都不信,这是当然的,因为这只能是彻头彻尾的谎言。例如,安德烈·谢尔盖耶维奇就一直认为世上有一种普及全面而又完善的控制系统,因此,从哲学方面讲(想到此处他总是意味深长地举起手指指着天花板上)有一个"什么东西"在控制着一切。对这种东西,坦白地说,他的想象是十分模糊的,而这种"什么东西"想必是在遥远上天的某个什么地方，它在操纵着所有的程序，其中也包括我们这个世界。当然，在他一个人独处时，他还是倾向于一种有关宇宙理性或与此类似的想法。当然，安德烈·谢尔盖耶维奇的哲学推论根本无法与哈姆雷特的议论相提并论，可他心目中对之加以信任的那种超自然物其实对这个家庭深有了解，而且很久以来就一直陪伴于附近，并且在密切关注着正在发展中的家庭矛盾。

好也罢，不好也罢，命运之神还是把这两个个性极为独特而有趣的人结合了起来。而在这种表面看上去如此荒谬的组合中，包含着黑暗王国恐怖天使萨塔甘的基本构想，他把他最出色、最深思熟虑的赌注，押在了一九六七年的第十个满月时分了。

第六章◎亚历山大

亚历山大出生后，安德烈一家的生活彻底变了样儿，所有家庭成员都增加了许多忙忙叨叨的事儿，对此感觉最强烈的是格列勃。他起初根本就没怎么留心这个笨拙的婴儿，但最令他恼怒的是婴儿因懵懂无知而给一家人造成的各种麻烦，而对此父母的回答则是：他在亚历山大那么大时，比亚历山大更不懂事。在婴儿刚满八个月那天，奥丽迦刚好工作上有事，忙得不亦乐乎，于是只好把照看亚历山大的重任委托给大儿子来办。那天的情形被他长久地铭记在心，命运给格列勃送上了一连串意外的不快，狠狠地打击了他从未经受过诸如此类的考验的神经。

两分钟前情绪还很好的亚历山大，忽然不知何故变得很不高兴，再加上在哥哥那里没有得到支持和鼓励，便开始大发雷霆起来。他红扑扑的脸蛋上一副可怕的委屈相儿,眼睛里泪如泉涌,就好像刚下过一场透雨,这可怜的孩子找不到呵护他的对象,便由于孤独而尽情地号啕痛哭起来。

可怜的格列勃竭力想用什么法子让伤心的孩子能够摆脱纠缠住他的那些神秘体验,于是他向他做鬼脸,想把这孩子给逗乐了,而当这样做也难以奏效时,他便开始跳起舞来。这之后他把孩子背在自己背上,学猪叫,再次扮鬼脸,甚至装出生气和沮丧的样子,他告诉小弟弟他错了,他的行为既不合适也不公正,可他就是使尽浑身解数也无法和小亚历山大达到任何和解,最后被折磨得一筹莫展的格列勃终于认输,决定给在班上的妈妈打电话。

奥丽迦通过话筒听到自己可怜的孩子哭得撕心裂肺,连忙丢下手头工作跑回家,好在从她上班地点到家里,步行只需要大约十分钟就够了。一进家门,她一眼就看出导致亚历山大如此伤心的原因何在了,她骂了格列勃一句"你真是个蠢货",并横了他一眼,连忙把奶瓶塞进婴儿的小嘴。伤心的小家伙刚一叼住奶嘴便不哭了,脸上重新浮现出情绪良好的特征,瞬间便把刚才的不快通通忘掉了。

在那个不幸的日子里,格列勃狠狠地挨了母亲一顿训,这事令他心里很不好受。

"我不是特意告诉过你奶瓶在哪儿放了吗,你怎么还会忘了呢!"奥丽迦生气地数落道。她给大儿子详细讲了道理,说新生儿的有机体需要随时补充大量营养,说到后来她甚至走到大儿子身边,动情地说:"弟弟还小呀!"

"妈妈,对不起,我真没想到他这么快就饿了。"格列勃低着脑袋,嗫嚅着认错道。他向妈妈保证,下次对小弟弟一定会更精心,即使弟弟不吃,自己也一定把他给喂饱。

对于正在长大成人的格列勃来说,这件事十分重要:他开始意识到自己对弟弟所担负的责任了,并且在他首次意识到自己大哥哥的地位后,开始对弟弟日渐喜爱。

在亚历山大身上,分娩时创伤造成的后果随着时间的迁移慢慢显露了出来,他渐渐变得行动迟缓,思维迟钝。受颈椎的挤压,他的动脉氧供血不足,因而直接导致他大脑的某些分区发育不良,可是父母却觉得这类消极方面是好事,奥丽迦在和朋友们闲聊时,常常说到她的孩子非常听话,不招父母烦,最使人惊讶的是，这孩子能一连数小时入迷地玩自己的，而不会引起大人的注意。

"你简直想不到亚历山大有多懂事儿：无论你把他放到哪儿，他都会始终安安静静地坐在那儿，玩自己的，也根本不哭。这简直是奇迹，哪儿像个小孩。"

"是啊，你太走运了。"她的女友懊丧地埋怨道，"我的那个调皮鬼，我都不知道该拿他怎么办好了。跑来跑去的，就像个上了发条的陀螺，一眼看不到就出问题。昨天身上又给磕青了。"

官方医学界并不认为这孩子的发育有何异常，按照本地专家的诊断，这孩子完全健康，从而在分娩创伤这个问题上，一劳永逸地画上了句号。孩子外表上虽没有留下什么后遗症，但显然不排除隐性问题存在的可能性。

时间不可遏止地飞快流逝，变换着大自然的色彩，同时也翻动着安德烈家史中的每一页。格列勃顺利地从中学毕业了，然后考上了莫斯科一所高校，而亚历山大则和许多苏联孩子们一样，上完幼儿园，接着又上了小学。在奥丽迦的密切监护下，他学习还算不错，可只要她的监管稍一减弱，儿子立马就会对学习丧失兴趣，从而导致与母亲的冲突。小小的亚历山大开始意识到要理解成年人，理解一个在他眼中异己的世界该有多么难。

他的童年是在"穆罗缅茨"宇宙火箭发射场所在的军工城镇度过的，此城坐落在阿尔罕格尔市以南两百公里处，建于五十年代末，位于叶利缅伊卡河流域无数森林和湖泊中间。小镇不仅以和平开发宇宙工程而闻名，而也以拥有具有威慑力的弹道导弹著称，此类导弹时刻处于战斗值班状态，并有能力对美洲发起首轮核武打击。在加勒比海危机期间，这些导弹强烈地撩拨着北大西洋公约组织国家领导人的神经，因为他们这些人正是从那时才第一次知道，像纽约和华盛顿这样的国际化大都市，实际上一直处于苏联洲际弹道导弹这种巨灵怪瞄准系统的瞄准下。毋庸置疑，这样的宇宙火箭发射场是保密单位，而且，在世人皆知的"冷战"这样一个忧心忡忡的时期里，这里被称为"第一试验场"。

和任何特别重要的国家级单位一样，这里的一切都是保密的：带刺铁丝网扎成的围墙包围着整座城市和发射大楼，昼夜二十四小时实施着严格的通行证制度，城内居民禁止在来往的书信或口头说话中泄露军事机密。

关于幽灵小镇"穆罗缅茨"，甚至就连地图上也没有标志。小镇的仿佛被用橡皮擦得没有了一丝痕迹，而在它的位置上，克格勃的制图员画了一条道路，它心安理得地穿过一所学校和幼儿园,刺穿世界无产阶级领袖列宁同志的纪念碑,再从宇宙火箭发射场主楼前穿过,直通阿尔罕格尔。

在夏天,那些傻乎乎的旅游者们怀揣着交通图,怀着对北方大自然的热爱之情,常常会惊讶地被"穆罗缅茨"的军人岗哨给撞上。而当他们得知根本没有一条可以绕行这座城市的道路时,则更会感到困惑不已。当然,此类爱好大自然的游客由于根本拿不出特殊的通行许可证而被临时拘押,而为了搞清楚他们接下来旅行的详细情况,军人往往会对他们进行"心理疏导",这类谈话总会带着一定的拷问性质,一般大约两到三小时,但事后一般都会将他们放了的。还有的时候,一般说五年或是十年当中总有这么一次,落入此类境地中的人们不知为什么偏偏是些从国外来的"旅游者"。看见自己面前站的是全副武装的军人和道口拦木,而再往前是一座陌生的城市,他们困惑的脸上又旋即被惊慌失措所扭曲,继而又被极端的惊奇所取代,接下来又会相当快速地被彻底的休克状态取代。恰在此时,一些身穿军装,脸上表情像石雕木刻一般木然的人会将他们拘留起来,直到弄清情况才能放行。这些军人会押送着这些倒霉的外国人上到一辆窗户上横着铁隔栅的专用汽车,送他们进城，当然，这绝不是为了向这些外国佬炫耀自己家里精美的水晶器皿和波斯地毯的。

此后这些不速之客与特工机关工作人员交往的脚本，更像是一个吃得脑满肠肥、营养过剩的燕子，在逗弄一只被吓得惊恐万状的不幸海豹。城里那些广播站立刻谣言四起，说抓住了敌人的间谍。其实对这种事老百姓并不怎么新奇，因为大家都知道，诸如此类的流言飞语总会有杜撰的成分，而且，即使根本没有此类间谍，政府也会杜撰出某些可怕的敌人形象，以便加强和巩固人民中间为光明的共产主义理想而奋斗的精神。

亚历山大是在两个强大的政治阵营相互竞争的意识形态氛围中长大的，这两个阵营的对立不光表现在无形的意识形态战线上，而且也在不知不觉中渗透到了苏联商店空荡荡的货架上：哪里都是商品短缺，小到口香糖和冰激凌，大到"李维·施特劳斯"时髦牛仔裤和"香奈儿"香水。电视上常常揭露资本主义的丑恶和恐怖——吸毒、卖淫，还有受狭隘帝国主义思维压迫的不幸的黑皮肤美洲人也是一个绕不开的题目。有时还会谈到印第安人居留地的故事，谈到疯狂的军备竞赛，正是后者剥夺了苏联人的舒适生活权和物质福利权。"高速"工厂生产的靴子，被细致入微的讽刺演员拉伊金①所描绘反转式男士上衣,以及等着买香肠而排得不见尽头的长队,所有这些,都毋庸置疑地证实了肆无忌惮的资本主义与发达社会主义自由社会残酷斗争的严重后果。当然了,处于对立中的两大阵营的意识形态,其独创性并无多少可炫耀之处,尽管如此,意识形态的宣传还是不可能不对苏联人的头脑产生巨大的影响,而其中也包括安德烈的家庭成员,在他们家里,常常进行相关题目的谈话。

小亚历山大天性好奇,因此,每当家里的客人们开始争论社会主义发展道路的优越性,争论妨碍苏联社会自由和来自西方数不胜数的威胁时,他都会不自觉地成为一个见证者。

亚历山大从婴幼儿时期就有良好的记忆力,因此大人们说的话,尤其是他父亲说过的话,他都会牢记不忘。他常常大声议论这些事,而且有时还会向母亲奥丽迦提好多好多的问题,说这样的关系是极其不公正的。他认为地球上所有的人类社会都应当和睦相处,互相帮助。人类在星球上的和平共处问题,在这位年轻人眼中,近来变得极其重大。终于有一天,他被吸收参加了

①拉伊金(1911—),苏联演员,苏联人民艺术家(1968)、社会主义劳动英雄(1981),他塑造的舞台形象讽刺辛辣,意味隽永。——译者注

基利克斯·埃德蒙多维奇·捷尔任斯基①少先队,十一岁的亚历山大·沃龙佐夫认为自己已经有权着手解决对于地球如此紧要而又迫切的重大问题了。而对其理论牢固性的首次检验,来自一家之主的安德烈·谢尔盖耶维奇·沃龙佐夫。

"爸爸,你能否告诉我,为什么美国人不希望和平呢?"小儿子固执地问道,并期待着父亲的回答。

"噢,儿子,这个问题很复杂," 安德烈笑着说道,"两句话可说不清楚。"他困倦地补充道,近几天他每天都是很晚才下班回家,一般他回来时,儿子都已经入睡了。

"可这又有什么难的!"火气很旺的亚历山大凭借大量论据,朝自己这位已经疲倦不堪的对手发起了全线进攻,"我们不希望战争,这一点很清楚。而美国人民——对此我毫不怀疑——同样也不希望战争。"

当父亲善良地微笑点头表示同意时,亚历山大却仍然兴致勃勃继续发挥道:"既然如此,不如双方见一面,开诚布公地相互说开了,说到此为止吧,让我们中断仇恨,永不打仗了。这又有何难?"

---

①基·埃·捷尔任斯基(1877—1926),苏联党和国务活动家。波兰和俄日革命运动的参加者。1917年起任全俄肃反委员会主席。——译者注

"如果世上的一切都这么简单的话,地球上早就不会有战争了。"安德烈·谢尔盖耶维奇努力想把谈话保持在一般的水平上,"和人的各种观点一样,政府首脑之间也会有种种分歧,这些分歧并非总是能以和平方式加以解决的。"

"噢,不是的,爸爸!你为什么总是不想理解我呢?!"小儿子仍不肯就此作罢,他要求父亲做出更详尽更有说服力的解释和说明,"使我感到非常遗憾的是,大人们不问我们孩子们的意见,而实际上我们这些少先队员们可以帮你们很多忙。"想要从父亲那里获得支持的小男孩伤心地说道。

亚历山大的观点很明确:战争会带来巨大的灾难和毁灭。他读过盖伊·裘力斯·恺撒[①]的《高卢战记》,书中描绘了罗马军团的伟大胜利,也描绘在战争中战败的各族人民所遭受的可怕的痛苦,这些人被罗马人无情地变作奴隶,当读到此处,他就认识到,在他感到十分奇特的那个历史阶段里,奴隶制即使创造了更高效的生产效率,但本质上仍然是极恶的。也正是在此期间,思

[①]恺撒(公元前102/108—前44)公元前49年,公元前48—前46年,公元前45年为罗马独裁者,公元前44年起为终身独裁者。统帅,由于共和派的阴谋而遭杀害。著有《高卢战记》和《内战记》等,制定历法(儒略历)。——译者注

维敏捷的亚历山大产生了一个想法,即地球上不应该有军事冲突,无论在美国、苏联还是在地球上其他地方都不应该发生战争。令人称奇的是这个年仅十一岁的少年,其思维居然会带有如此广阔的全球性。

亚历山大令父亲最惊奇的一点,是他那种非儿童所能具有的推理能力。亚历山大所提的问题,常常把父亲逼入死角。这倒不是说安德烈不知道怎么回答这些问题,答案他当然知道,但他觉得没必要向一个小男孩讲清楚两个超级大国如何为了争夺星球上的霸权而斗争的来龙去脉,所以更多的时候他会开个玩笑搪塞过去,心里并不认为小儿子提的问题有多么重要。父亲总是想要一有机会就改换话题,而在内心深处他又希望亚历山大能快快长大成人,这样他关心的问题便会有根本的改变,这样一来,这一于他的年龄而言对于国际外交问题的怪异爱好,也就会随着年龄增大而消失。

可是,善于分析的亚历山大这次却认为要解决这个问题,最低限度上也需要进行长期讨论,因此他并不愿意让父亲如此轻易地就回避这个问题。父亲见亚历山大只要没得到他想要的答案,就会大闹得自己都没法睡觉,而自己也着实不想欺骗儿子(在沃龙佐夫家骗人是不允许的),于是这一次到底还是竭尽所能地给儿子详尽讲述了一些妨碍两大世界强国在其混乱不堪的相互关系中达成一致意见的部分原因。听完父亲的说明，加上在解释中父亲使用了一些他不知道的复杂术语，亚历山大还是发现，父亲仍然还是不愿意对他开诚布公，因为实际上他所说的那套话充其量都是成年人事先就想好背会的说辞罢了，但那次谈话还是就此打住了，结果是谈话的双方都各持己见。一家之主的理由未能说服亚历山大，而他决定继续探讨有关未来的梦想。

亚历山大想，如果他幸而有机会见到美国总统的话，他会告诉美国总统，他那些属员们都没对一国领袖说实话，因为苏联人其实生活得很和睦、很幸福，他们个个都非常善良，每个人都向往和平，可就在此时，他的头脑里突然产生了一丝疑心，继而想起五年级B班一个胆大妄为、行为粗野的家伙说的话："可是否所有苏联人都不愿意战争呢？"他随即陷入沉思。"是呀，或许吧，也许还不是所有人，或许只有好打架的平丘克是个例外，他不光不想要和平，他其实什么都不想要。"亚历山大不快地想到，"但有一点十分重要，那就是犯不着把这件事让全世界都知道。"

亚历山大出生于一个正直的家庭，他做事不能昧着自己的心，但在家庭教育的法则里，在一种情况下，对美国人说谎是可以允许的,那就是为了地球上的和平。这让他立刻想起去年夏天在乌克兰度假时发生的一件事,他在那里和一家来自波兰的远亲结识了,一个叫瓦茨拉克的波兰堂兄很好奇亚历山大爸爸的职业,让他记忆犹新的是一旁奥丽迦·鲍里索芙娜的反应,她打断了儿子刚说了半句的话:"我父亲是火……"并且在瓦茨拉克无法察觉的情况下,狠狠地从身后拽了拽亚历山大的足球衫,在此之后,愉快而又充满自信地替他回答了好几个问题,亚历山大也是平生第一次才听到,原来爸爸的工作与火箭发射一点儿关系也没有,而且按妈妈的话,爸爸不过是一个普通的建筑工程师罢了。有一点他以前从未怀疑过,那就是他的父母从不骗人,可现在却……多年以来一直成为其骄傲的父亲的职业,于今却当着来自波兰的堂兄弟的面给说得那么低级。事后奥丽迦·鲍里索芙娜却把儿子领到一边,进行了一番短暂的"技术"指导,告诉他在这种场合下不能说实话的,而且,为了以防万一,最后她还补充了一句,这正是为了让地球太平。亚历山大却机械地记住了母亲的教训,那时他平生头一次认识到,在某些特殊场合下,撒谎是可以的。于是,在回到远非那么热爱和平的平丘克的那件事上时,他决定不能总是让那个缺心眼的苏联人让美国人民伤心了——这人的模样经常在他脑子里盘旋,使这位年轻的思想者无法为与美国总统的极其重大的会晤做好准备。

亚历山大常做同一个梦,梦里的他穿着雪白耀眼的衬衫,胸前那少先队员的标志——红领巾在迎风飞扬,他站在一个淹没在万绿丛中的非常巨大的广场的高高的观礼台上,而且不知为什么,每次梦中都是在一个阳光明媚、温暖怡人的白天,而他身边站着的就是美国总统,他正在发表一篇震撼人心的倡导和解的演讲。对面的广场上则是人山人海的美国人民,他们正在欢呼雀跃,向他挥舞着手中的小旗子,而且,就连美国总统也在向他发出微笑。美国总统很善良、很和蔼,他在听了亚历山大的表述后也认识到,原来苏联人也不希望美国人过得不好,可是在有关全世界伟大和解的梦境的末尾处,正当美国人民将他当做世界第一宇航员尤里·加加林般热烈欢迎时,观礼台上不知怎么竟然出现了平丘克那张满脸雀斑、下流无耻的嘴脸,从而给这一空前伟大的事件蒙上了一层阴影。亚历山大竭力想要从思想上先安抚住他,费尽九牛二虎之力地想要动员起疲惫不堪的全部脑力,以便挽救这一局面,别让自己在美国总统和他的人民面前丢脸,可是,唉,丝毫无济于事。小男孩恬不知耻地直视着他的眼睛,悄声嘀咕道:"并非所有人都想要和平,亚历山大,你在说谎!亚历山大!"而这句话就连美利坚合众国的总统也听见了,只见他惊讶地皱着眉头,用一种怀疑的眼神盯着英俊的少先队员亚历山大·沃龙佐夫。

谢廖沙·平丘克面带狡猾的笑容,发出伴随着搞笑而又调侃式的、声音洪亮的诗歌朗读声:"少先队员愣头青,肩上顶着青格楞!"然后,他那尖利而又无耻的笑声突然想起,广场上的人们全都听到了。梦刚做到这儿忽然中断,亚历山大惊恐万状地从梦中醒来,这才搞明白和解未能达成的罪魁祸首就是五年级Б班那个下流粗鄙的家伙。

每次正当小亚历山大在为与美国人签署和平协议而殚精竭虑时,这个喜欢害人的小男孩总是会出来捣乱,这使得尽管他不遗余力,但协议就是无法达成。于是这个缺乏经验的年轻外交官下定决心,定要好好地教训一下这个粗鲁的家伙,只有这样,才能完成自己的事业。

终于有一天,他品尝到了"战争"的滋味。奥丽迦·鲍里索芙娜徒劳地想要从儿子嘴里问出导致他左眼下面五彩斑斓伤痕神秘出现的详情细节来,在打架中败北的亚历山大脸上没有任何表情地说,他在翻越学校院墙时不小心从两米高的墙上摔下来了,结果一只眼睛正好碰在石头上了。亚历山大心想没必要让妈妈为一些琐事而操心,因此他自然也就不肯说实话了。从此亚历山大学会了说谎,而伤心的妈妈最终无可奈何,只能在心里指责丈夫对儿子关心得太少。

亚历山大不属于那种胆小怕事的人,对手的强大非但未能使他胆怯,相反只会更加激怒他,而且此后过了不久,谁都预料不到,小个子的亚历山大居然会把大块头平丘克打成了熊猫眼。亚历山大的特点是精神坚定、从不退却,甚至当他在灵巧性和力量方面明显输于和弱于对手的情况下也不服输。他的这种性格,显然是对其父亲勇敢无畏精神的一种继承。他在学校与平丘克的冲突,引发了四年级学生对于勇敢者亚历山大的赞美和尊重,因为他即便受了伤,但毕竟勇敢无畏地在好勇斗狠的五年级流氓面前为了捍卫朋友的荣誉。很快,亚历山大·沃龙佐夫就成为同年级学生中公认的领袖。

在平丘克和沃龙佐夫之间形成的力量均等的情况,使得年仅十一岁的亚历山大在想象中给地球上两大强国之间拟定了一个和平外交协议。有关协议的念头,尽管一度被他拖延了一段时间,但却始终珍藏在他童年的记忆里,并一直等待着合适的机会,总有一天会以一种必然的力量付诸实现，帮助亚历山大完成他在儿童时代就已立下的，让对立双方实现伟大和解的宏愿。

此前不久，大约八岁时，在他身上发生了一件非常奇特的事。他那时喜欢兴致勃勃地研究父母的书架，有一天，一本封面上印着一条大白鲨，里面还有好多精美照片的书强烈地吸引了他。可当这位富有好奇心的小男孩打开这本书的头几页，就看见一幅幅被野兽糟蹋得遍体鳞伤的残疾人图像。这种图像别说是孩子，就是成年人看见也会恶心呕吐的，他的心情败坏到了极点。天生具有丰富想象力的亚历山大很容易设身处地地为这些被摧残的陌生人着想：这些人真是不幸，竟然会一对一地与嗜血的海上怪物遭遇，亚历山大在自己身上，通过想象体验着这些人遭遇的悲剧。

此后在一个星期六的傍晚，亚历山大的父母正在入迷地看着电视，所以根本没注意到小男孩竟然钻进了他们的卧室，双手捧着用练习本上撕下来的纸叠成的两架飞机玩了起来。"梅塞施米特"[①]被击坠了，打瘪的机身横躺在穿衣镜褐色的桌腿旁边，而机翼上有两颗漂亮

[①]梅塞施米特（1898—1978）德国飞机设计师和工业家。设计了许多种军用飞机、直升飞机、滑翔机，包括梅-109，梅-110，梅-115，梅-262等型歼击机。成立了梅塞施米特公司（1923）。——译者注

红星的苏式战鹰则正在准备进行最后凯旋式的飞行。小男孩手一挥,只见纸叠的歼击机平稳地飞进军用机场,滑进机库,最后顺利地在吸尘机旁边的小工具箱边着陆了。亚历山大精确地计算过歼击机飞行的轨道,因而对结果非常满意,俨然把自己当做在一场激烈的空战后,唯一顺利返航归来的歼击机驾驶员。当得胜的歼击机消失在机库的门洞里后,亚历山大才回到现实中来,此时他吃了一惊,时间在游戏中过得飞快,不知不觉已经是傍晚,屋里已经黑了。转眼间他感到身上发冷,很不自然,这种感觉迅速传遍脊背,引起一阵莫名其妙的恐慌感。由于紧张,他的心跳也怦怦地加快了。他仔细地环顾四周,在用眼角的余光瞥向身体的左侧时,忽然,在机库门外有个什么东西晃了一下就不见了。这是,在机库漆黑的门洞里开始出现一个灰扑扑结结实实的斑点,这吸引住了小男孩的全部注意力。亚历山大所看到的一切,使他的理智受到了强烈的震撼:从机库的那个几分钟前他的飞机消失在里面的黑洞里,出现了一张大白鲨满口尖牙的大嘴。黑糊糊的门洞失去了惯常的硬度,竟然变得轮廓不清,而与此同时,屋里的空间却无可比拟地扩大了,并且就在他眼前变成了一个不知从何而来的大洋。他惊恐万状地死死盯着这头面目狰狞的海兽，恐惧和呆滞使得这位年幼的观察家完全变成了自己那种儿童式想象力的人质。这个小男孩平生头一次在无意识的状态下赋予想象的鲨鱼以物质的外形，并和自己创造出来的产物来了个近距离接触。也就是在这个时候，他那尚未健全的儿童式的心理体验到一种非尘世所能有的巨大的恐惧感，而对于这种恐惧感，他必须在远离亲人的帮助，在彻底的孤独中加以克服。

鲨鱼划动着鳍，轻轻地向前游去，它在小男孩头顶游了几圈，开始慢慢地升高，最后变成一个小小的、很难察觉的小黑点。小男孩终于松了一口气，可为了以防万一，他仍然死死揪住被头，生怕被子也会突如其来地消失，可这段喘息的时间并未持续多久，那条鲨鱼忽然转身，摆动着尾巴向恐惧万状、浑身颤抖、可怜兮兮的小男孩扑了上来。小男孩被吓呆了，他脑子里只闪出一个念头，自己马上要成为这条大白鲨口中的食物了！于是，他出乎自己意料地大叫了一声，拼尽吃奶的力气用被子把自己连头蒙了起来……

卧室里的灯忽然亮了，安德烈和奥丽迦走了进来，正看到亚历山大身上盖着被子，浑身发抖，不敢探头往外看。当父亲把儿子从床上抱起来时，儿子正处于万分惊恐的状态：他嘴里嘟囔着含混不清的话，用惊恐的眼神环顾着四周。父母起初也被吓坏了,以为发生了什么大事,可当他们听到亚历山大在回答他们的提问时,突然说到什么蔚蓝色的海洋,说到一条要吃了他的大鲨鱼时才放宽心,心想儿子不过是做了一个噩梦罢了。安德烈把儿子紧紧搂在怀里,说不用怕,这一带从前没有今后也永远不会有什么海洋,因此也就完全不用担心什么鲨鱼了,这一切全都不过是儿子的幻觉罢了,因此不要担心过虑,诸如此类,可在把泪水从腮帮子上擦掉的同时,亚历山大却反驳说他并不是在骗人,他说的是实话,现实生活中是有鲨鱼这种东西的,他害怕在黑暗中睡觉,他相信鲨鱼还会回来的,因为鲨鱼肯定有求于他。小男孩起初伤心地想自己是不可能从父母那里获得保护的,这个想法使他陷入绝望状态。眼望父母却又得不到他们的理解的亚历山大双手捂着脸,开始低声啜泣。奥丽迦·鲍里索芙娜把孩子抱在怀里,用母爱来温暖他,由于折腾得很累,亚历山大渐渐安静了下来,昏昏入睡。

其实早在鲨鱼事件发生的很久以前,他的这种病态的敏感就已经有所表现。当小男孩刚满四岁时,安德烈有一天打猎回家,看见小儿子正向他迎面跑来,便决定把他从森林里打到的猎物向儿子展示一番,却根本没料到儿子对此会有何种反应。他从子弹盒里拎出白天打到的一只大灰兔子，啪的一声丢在地上。怀着一腔好奇心想要看到爸爸的意外礼物的小亚历山大被眼前这只歪着脖子、极其不幸的兔子吓得歇斯底里，迫使安德烈和奥丽迦不得不在以后的日子里，每天都耐心地向儿子解释，杜撰出许多兔子是如何牺牲自我，甘愿当做猎物的匪夷所思的童话故事。

假如那时苏联著名音乐片《兔子，等着瞧！》的创作者听到安德烈那只兔子在临终前还做了那么多好事的话，或许他会立刻把已经他审定的剧本撕得粉碎，当即提笔另起炉灶重写一个，而在新剧本里，他一定会采用大量来自安德烈家庭档案里的那些独一无二的义学素材的。

归根结底，那只小灰兔到底还是被不动声色地吃掉了，是被当做一块味道鲜美的鸡肉，塞在敏感得近乎于病态的亚历山大的盘子里的。

从那以后，安德烈便总是会因为各种机缘巧合的缘故而打不成猎：不是正在关键时刻子弹里的火药突然受潮了，就是因为工作中有急事而临时取消打猎，还有就是他的猎狗忽然瘸了腿，这让狩猎的成功率大大降低。更有甚者，一次在打猎时，他借给好友使用的猎枪居然在射杀林中野猪时哑火了,眨眼间,那头公野猪尖利的獠牙便狠狠咬在了这位倒霉猎人的屁股上,以致事后请了好几位受过医学教育的裁缝在费了九牛二虎之力后才把受伤的皮肤按照上天最初的"图纸"恢复如初。而且,安德烈还和那位朋友大吵了一架,从那以后他再没去打猎,而是喜欢上了捕鱼,只是他还没来得及彻底想好为了重新获得的一种新的爱好,他究竟该谢谢谁才是:由于命运的拨弄,他对兔子一类产自森林里的美食都不再感兴趣了。

在安德烈家里,鲨鱼的故事很快就被大家忘得一干二净,而亚历山大从那以后也平生头一次接受了一个并不简单的道理:生活中必然会发生一些十分奇特的事,这类事可能会关涉到他,但却不知为何,此类事情在他身边发生时却根本不会触动他身边的亲人。他从这件事上感受到自己身上有一种独一无二的古老本性,可是要让他对自己身上所发生的事情进行解释和理解,对不起,这他可办不到。从那以后他就开始把自己封闭起来,再也不和任何人分享有关另一个世界的独得之秘,而与此同时,那个世界的幽灵却总是出现在他夜间的梦境里,甚至在白天的时候也追随着他。

有一天,不知为何,他发现自己居然能在不用眼睛观察的情况下感知外在的世界，这让他十分吃惊。他能感知到窗外有好多好多的楼房，楼里都亮着灯，而每个亮着灯的窗户里，都有他不认识的人和他们各自的命运，而此刻的他却在想着这些人，想着时间非同寻常的流逝。这多么的奇怪呀，他就是在这儿都能感知到学校院子里的冰球场，他的同班同学伊戈尔·特洛菲莫夫正在玩冰球，而伊戈尔看不见他，也察觉不到他此刻的想法。

四层楼上只有一扇窗户里没亮灯，那个观察者就站在这扇窗户后面，隐身在黑暗中。他就是一个中心，一个起点，而对于许多人来说，这个中心终有一天会成为拯救的坐标。他继续端详着窗外黑暗中的每个细节，却未能发现非他所有的思维仍然持续不断地向他理性的边界以外漫溢，缓慢而又不知不觉地毒化着现实的世界，将其含有毒素的成分融化在亚历山大的精神世界里。

这种对外在世界的超感知能力一直伴随着亚历山大，直到他年满十岁。他在童年时代与之遭遇的最后一件事，是一个来自内心的声音，它可能更酷似于一种思想，不知何时以及从哪儿在他的头脑里自发产生出来的。这声音颤颤巍巍的，很快就中断了，像收音机收到的一个广播电台，离得很远，音质不佳，但过了一会儿又响起来了，只是变得更加细微，依稀可辨。他似乎产生了一种印象，好像有个什么人正拼命想要克服以太的阻隔，想要告诉他一件非常重要的事。亚历山大站在阳台门口，冷漠地望着窗外，他清晰地感觉到这些奇怪的信号是从遥远的宇宙发来的。他仄耳谛听，忽然猛地吃了一惊，头脑里一个陌生人的声音响起，这声音尊敬地管他叫波里尔，接下来的那个词却难以分辨。这名字显得稍嫌长了一点，因此，亚历山大是在很久以后才找到他的那个神秘的名字里当初失落的那几个音节。

从这些由许许多多的断句里，他到底还是捕捉到了一些意义，并得出一个简单的结论，可以归结为下述一点：向他传达的信息称，他将在二十一世纪的上半叶完成一件非常重要的大事，可究竟是什么事，亚历山大还没能搞清楚。此外，就是他那不寻常的第二名字——波里尔。阿列克斯忽然产生了一个奇怪的念头：莫非他在出生以前，曾经叫过这个名字？不知为什么有一点他从未怀疑过，那就是他曾经在地球上存在过，但他怎么也想不起一个曾叫波里尔的人。

亚历山大对自己的推论很满意，它能抚慰他的心灵，可波里尔这个名字，不知为何他却觉得听起来十分刺耳，甚至有些荒谬绝伦，他怀疑自己从前怎么可能会有这么奇怪的名字。他一连念了好几遍这个听来的名字，竭力想要换一种方式来想象一下自己的样子。这时他偶然瞥了一眼窗外，突然看见在他家楼门外不远处的冰球场上，出现了一伙手拿木棒的孩子。亚历山大惊慌地忽然想起，他曾经答应科斯季克·扎瓦茨基，在今天要举办一场苏联队和加拿大队之间的友谊赛上，他要带领本院孩子队把邻院那些好吹牛的家伙打得落花流水。要知道今天将要在冰上出场的，是伟大的加拿大主攻手——传奇人物鲍比·霍尔呀。

阿英格姆

第七章◎阿里贡

阿里贡是最古老的贵族西马狄家的第二个儿子,他一出生,就和所有爱达洪[①]人一样,沐浴着天体阿英格姆[②]的神性之光。爱达洪还有一个极其温柔的别称叫爱旦,这颗像绿宝石一样晶莹、泛着沙拉色彩的温暖行星,拥有自己的大气层、汪洋、数不清的河流、青翠欲滴的峡谷和险峻的高山,她和地球极其相似,只不过比地球小很多,而且,处于人类尚不知道的另外一个维度上。

爱达洪人是阿英格姆统一文明[③]的代表,从外表看,他们和人类没有什么区别,但由于他们所居住的这

[①]爱达洪行星的居民。
[②]一颗和太阳相仿的恒星。
[③]是宇宙中在其周围凝聚了数千种最发达的文明的银河系里的起领袖作用的一种文明。

颗行星比地球小得多，所以他们的个头也比人类小很多。爱达洪人热爱和平和自由，这些特点在他们那飘逸、自由和奔放的行为以及灵气勃发的脸庞上，都有所反映。他们的思想焕发着新鲜理念和纯洁动机的光芒，因为他们早已克服了地球人身上那种道德上的瑕疵。

如果那些有幸征服了广袤宇宙空间距离的人们，得以用眼角的余光扫一眼爱达洪人的话，那么，他们毫无疑问会为创造了他们的那个世界至真的美与和谐而赞美不已的。人类的代表人物一旦得以结识高度发达的爱达洪人，未必会有重新回到地球的愿望。为了达到如此高度发达的精神，爱达洪人曾经历过漫长而又艰难的道路，经历血火的战争和无数的艰难困苦。命运并未对爱达洪人有特别的袒护，而是让他们遭受了各种灾难的折磨，而这些灾难都是从遥远的宇宙降临到这个星球上来的。正是因为他们经受了无穷灾难的考验，爱达洪人才逐渐认识到仅仅依靠技术发展的荒谬性，从而选择了一条地球上亚特兰蒂斯人曾经走过的神秘发展之路。

爱达洪人崇拜爱神雅贡娜，优秀的爱达洪人打小就会被选入特殊的小学进行培养，这种小学附属于强大的光明修会不朽的信奉者体制，这种体制简称鲍斯（БАОС）。他们在这种学校里，在信仰和爱的神圣的墙内，按照一种极其严格、极其秘密的教学大纲接受教育，学习文化。在学员的精神力达到修会规定的七级水平后，就跨越了死亡的门坎，获得"不朽者"的神圣封号，与世俗生活永远诀别。而学员一旦通过十级，便会进入烈焰熊熊的第十一级，获得进入优选者种姓的荣誉。从优选者中会选出一个最高委员会，最高委员会是等级制中的最高审级，它掌管被纳入其体制中的一切，并从创造了宇宙神祇和至高无上的雅贡娜那里汲取知识。

和地球人一样，爱达洪人也有总统和政府部门，区别仅仅在于总统那套班子直接隶属于最高委员会，并且不折不扣无条件地执行其意愿。精神上的统治权决定着这个文明在未来千年里的发展之路。爱达洪人并不利用这个星球上现有的实物来创造任何物质价值，他们很早以前就已经没有了各种轻、重工厂，也没有任何用以建设城市、星际飞船或是超空间隧道等所需要的现代技术了。他们早已采用另外一种方式来克服远距离输送的问题，而这种方法又为他们开辟一条精神发展之路。爱达洪人的精神能量犹如一股无形而又强大的电流，通过星球的大气层凝聚并保持在银河系的系际空间，就像地球上储油罐里保存的油料一样。这些能量是爱达洪人用自己思维力量汲取来的一种材料，他们把这种材料通过最高委员会的执行部门将其散发出去，用以在他们管辖的领地内发展基础设施。爱达洪人所创造的一切，如果从人类的观点看，都是一种匪夷所思的集体思维创造的过程。爱达洪人通过对最为强大的宇宙能量天才般娴熟的运用和操纵，以及对其来源在宇宙间进行和谐合理的分配，奠定了自身在银河系中的领袖地位。

在阿英格姆照耀下出生的人，其天性中都具有一种超越感性的能力，心灵之力极其发达。地球人在为组建家庭而选择其伴侣时，总是会犯数不胜数的错误，经历巨大的痛苦，一旦爱情之火熄灭，心也往往会变得又冷又硬，最后陷入彻底的孤独之中，而爱达洪人则不需要这一切，就像地球人所说的一见钟情那样，他们一见面就能感知到自己的另一半，然后彼此相爱，最后一劳永逸地建立起幸福的家庭。

爱达洪妇女的妊娠是个天大的秘密，其怀孕过程也与地球大相径庭：她们起先自己孕育胚胎，在规定期限期满后，将胚胎转植入丈夫肚子里一个特殊的腹腔里。等时间一到，婴儿发育成熟后，丈夫会重新将其交还给母亲，一家人如久盼甘霖一般的可爱的小宝宝，很快就可以出生了。

这样一种奇特的妊娠过程,使得未来的孩子们能和谐地汲取有关男性和女性的重要知识,这样就加快了新生儿适应和步入这种超级文明湍急而又充满机遇的世界。这里出生的婴儿,就其发育水平而言,要比地球上的新生儿先进许多倍:从刚一出生起,新生儿就能走路(这一点和动物一样);生下来一个月后,新生儿就能自如地表达自己的思想;出生六个月以后,婴儿就已经成为名副其实的社会成员,可以在学前教育机构里获得发展了。爱达洪过着氏族式的生活,家庭和亲属的地位起着很大作用,在他们的力量发挥效力的城市或地区,都保留着他们各自氏族的姓氏宗谱。

和地球人一样,爱达洪那些幸福的伴侣们往往会自行建造住房,或是去他们喜欢的地方自行选择住房。年轻夫妇在思维中共同创作出来建筑设计图,然后交给县长,而如果市政当局对县长没有别的要求,便会对建筑工期加以确认。接着会从市级大气能量资源库为此设计图分配一定当量的能量,然后在特定的日子里将其凝聚于爱巢即将落成的地方。随后在确定的时间,甚至精确到以秒计算的地步,一座人们期待中的新住宅就奇迹般出现了。随着时间的流逝,一旦新婚夫妇对新宅的内部装修感到不新鲜了,便会凭借创造性思维的力量,不费吹灰之力创造出更舒适、更能让生活幸福的新装饰来。

爱达洪人不会飞翔,但他们学会了空间移动,在城际主干道上储存的全球性能量足够他们用的了。该星球的圣人们凭借其思维活动就可以把能量转化为简约的胶囊,而这种胶囊就是一种能远距离快速移动物体的交通工具。爱达洪人把圆球状的旅客乘坐胶囊发送到距自己最近的速传站,胶囊便会在一眨眼间按照指定线路从爱达洪的一点快速移动到另一点。而在星际主干道上,则另有一种威力更加强大的专业设备,看上去点儿像是地球上的航空港,但所使用的依旧是能远距离快速移动物体的交通工具。星际交通就是按照这一原理工作的,只不过为了克服宇宙中更大的距离,使用了一种庞大的宇宙飞船城,它具备足够的能量储备,其能量使其足以完成在平行世界,或在距阿英格姆数百万光年那么遥远的银河系移动的能力。

而只有鲍斯修会的信徒们,由于他们拥有神秘而又神性的知识武库,能通过化身为宇宙间各种理性生物的途径在时空中实现超高速的位移,才能克服巨大的、现代技术手段无法达到的距离。

当地球上的人们刚刚开始兴建赫奥金字塔时,阿英格姆统一文明所创造的世界就已经完美如斯。也是在那时，人类的大脑里开始产生了一种有关存在着唯一的宇宙神祇的理念。

习惯于在时间中旅行的阿里贡，对其精细的肉体外壳上所发生的种种变化已经习以为常了。一切都在重现，意识也被重新唤醒，而刚刚经历了肉体损失的理性正由于恐惧而战栗，可和以前一样，理性很快又安定了下来，因为他看到了未来很快便将实现化身的希望。恐惧只能引起光明修会信徒心理上一些小小的不快，但却不足以给生理健康带来多么严重的损害。

意识渐渐恢复，阿里贡很快就感到有什么东西正顽固地想要钻进他思维的世界中来。

一束凝聚的光流轻轻地触动了这位沉睡了几个世纪之久的信徒，于是他在还没有睁开眼睛的情况下就皱起了眉头，有点儿生气地小声嘟囔了句什么，紧接着，在休眠状态下已经沉睡了数年之久的他终于头一次翻了一下身，意识彻底抛弃了处于第四维度中的躯体，而转入三维现实中的肉体外壳中来，这位信徒的眼睛微微启开了一道缝，于是，他看清自己面前有一座住宅的奇特轮廓。

阿里贡从柔软的床铺上刚刚欠起身子,眼睛由于还不习惯于明亮的光照而眯缝着,就发现一个异常喧闹、很难辨认出形状的生物发出的不无偏袒之意的夸奖和甜得腻人的祝词,那声音像从一个浑厚而洪亮的号角里发出一般,立刻从四面八方向他扑上来。在他们身边一俄里以外,到处都是红尘万丈、语声喧哗,这种生物那令人厌恶的刺耳噪音听起来是那么的纠缠不休,像刺目的光照一样使人不快。

"阿里贡,您终于醒过来了!我们真是太高兴了!欢迎您到爱旦来!"一个站在离他只有半步开外的毛茸茸的小生物发出的欢乐信息钻进了他的左耳。

"您好,浩瀚宇宙的征服者!"从这间卧室远处的角落里传来一个甜腻腻的、结结巴巴同时又十分尖细的声音。

"阿英格姆的英雄万岁!"屋子深处传来一个喑哑的男低音。

"欢迎回归故土,啊,无比睿智的伟人!光明王国不朽的斗士万岁!"此时,四下里响起了欢呼的声浪,只见一些足球大小、模样朴实的小家伙们友好地围住这个睡意沉沉的爱达洪人。他们仍在持续不断地颂扬雅贡娜,为阿里贡呈献上只有总统才配享有的荣誉,这一切令刚刚醒来的信徒头皮发痒，极其不快。

阿里贡的目光漫不经心地四下打量着，竭力想要从向他兜头扑来的恭维的潮水中分辨出所有这一切虚伪做作的言辞究竟所自何来。这些空洞的赞辞使他有些手足无措。他竭力想要看清楚什么东西，以使他能借以断定自己究竟意外地到了什么时间，什么地点。仅仅只过了一秒钟，他身上管理适应的基因就激活了他的大脑细胞，而他的大脑细胞则带有有关他的生物躯体基因构造的记忆。过了一会儿，这位信徒才恢复了记忆，想起几年前为在比昂星例行的化身做准备时，才在这个外表看上去如此荒谬的生物体上设置了自行苏醒的机制。

"啊，神性的雅贡娜！"阿里贡吃力地跪下双膝，感激涕零地说道。他终于意识到自己这是回到自己家里了，回到自己心爱的爱旦星球上了。"谢谢你让我回到故乡，让我身心健康！主啊，万能的主……"他面向至高无上者，刚想倾诉自己的祈祷辞，却被其中一个毛茸茸的小家伙打断，而他也终于认出这原来是他家的家奴。

"谢谢你，万能的雅贡娜，把我们爱戴的主人归还给我们了！"于是，家奴们再次像是听从号令一般热情地附和着，相互点头，并急急忙忙、步调一致地呼喊着阿里贡的名字,嘴里献上爱达洪人上流社会通行的最高荣誉,而这些谀辞刺,在此情此景下,似乎也显得不那么搞笑了。

"够了,闭嘴吧!你们的谄媚真令人作呕!"阿里贡傲慢而又严厉地冲他们喊道,于是,这一撮可笑的生物——把一些生物材料和卑下思想搅混在一起的产物们——一旦从主人口中得到完全明智的回答,立刻惶恐地跑回各自的角落里,干起自己的活儿来:察看屋里是否有尘土,察看各自分管的领地,清除不良的能量。又过了一会儿,阿里贡才彻底摆脱从比昂星归来并重获新生有关而引起的副作用,彻底恢复了意识。他的大脑疾速启动,分析着事件,并把这些事件与不久前在比昂时的场景进行比对和组合。他慢慢腾腾地站了起来,感到头有些发晕,但仍然还能站住脚,于是他披上一件薄薄的舍纶斗篷走上露台。清晨天空上一缕柔曼的轻烟一般的云翳,像是被造物主一不小心泼洒了的牛奶鸡尾酒般落在近处的山顶上。峡谷里一座像陶俑树①般神性生长着的东西,就是阿里贡心爱的亲爱而又可爱的城市,它美得像童话一般。和通常一样,恢宏壮观的城市景观

---

①陶俑树为一种强壮的阔叶树,有两百米高,在爱旦它象征着生命的源泉,灵魂的不朽。

超越了一切预期，巨型建筑高达一千米，以其雄伟有力的建筑风格令那些在其漫长的生命中造访过宇宙各个角落里的艺术鉴赏家也都叹为观止……而且，甚至对于此类艺术鉴赏家来说，整座震撼人心的城市都是爱旦的建筑大师天才的、无与伦比的、罕有的杰作。每幢建筑都像是地球上的"聪明屋"，都有其知性的模型用来计算大气层中的能量，把它们按照其在星球生物圈中的各种变化自动地分类整理出来，并对其外部形式、光色的变化做出调节。建筑给城市的各个街区那僵硬的思维构造注入生气，赋予其以健康的、完整的有机体的地位，使其与爱达洪人和谐相处。

对这座城市的空中游览也给人留下了不可磨灭的印象，其设计的天才构想也因不可思议的思维深度和形式的繁复多样令人赞美不已。入夜以后，整座城市灯火辉煌、光影闪烁，城市的各个角落都闪烁着千百种色调，致使来自别的银河系的数千万旅游者恍然置身于爱达洪人所创造出来的如童话般美妙的美景的深处，并为城市的大气层，平添了万千生命的能量。

阿里贡无数次地观赏着这奇美的景致，但每次都会有同一个奇妙的推断，即这座城市煞像一个巨大的活物，某一天突然来到这座山脚下，便在这条迷人的五彩斑斓的峡谷里躺了下来，想要全身心地静观彻底无忧无虑、百虑尽消的存在之美，同时又能给它的居民提供栖息之地和神性生活的欢乐。

人口多达亿万的超级大城市巴比伦，以其神性的壮丽恢宏尽现于他的眼前，它从山脚下延伸过来，直通达地平线的远方。形状奇特的摩天大楼像巨大的蘑菇般从城边漫游到中心，幢幢都高达千米。而在楼群周围，有数百万只半透明的胶囊，像一群群的蜜蜂沿着城市的空中主干道，以其光滑得犹如镜面一般的泛光的表层折射着阿英格姆浅蓝色的光芒。

阿里贡的宅邸是在悬崖上凿出来的，坐落在距海平面九百八十米的高处，是用非常稀有的粒碳硅钙石建筑的，这是一种高度坚固而又十分轻软的现代建材，外表酷似一种可溶性无光泽的玻璃。阿里贡对这个地方喜欢得要命。高山上清新的空气、像水晶般纯净的瀑布、如轻烟和牛奶一般的雾气和山坡上大块大块的积雪，所有这一切由声光色组成的壮丽的景色能使人精力充沛、神完气足，赋予人以充沛的活力，而冬天和夏天的长期共存，也以其奇妙的自然对比吸引人流连忘返。

欣赏完美景后，阿里贡回到自己那豪华奢侈的洞穴——很难给它起个别的名字——的大厅里。他喝了一杯冰镇水,坐电梯下到第一层,那里有一个微型的人工喷泉,池里储满了蔚蓝色的山溪水。这里有一个形如装饰了木头花饰、形状独特的播种机的豪华客厅,里面绝大多数用的是天然材料。他在整幢住宅中得以体现的构思十分复杂,因此,当初建造时可费了不少工夫,好在结果还不错,内部空间的分隔也独具匠心,里面有各种优良品种的树木、天然的石材和贵重的工艺合金,都表明其主人精美而又丰盛的想象力。阿里贡悠然地走到栏杆前,猛地打住脚步,向外一挥双手,然后小心地退后几步,走进他自己亲手创造的作品中。

在确信自己在经历了几年的嗜睡,身体又恢复了过去的灵巧性、耐力和健康后,他才坐在水下半米的昏暗的泳池的平台上,身体放松,随即便陷入沉思,给人以活力的温热喷泉冲涮着他的双腿。

给他的适应期不超过一昼夜,明天一早,在时间穿越委员会进行个别谈话后,就要公布他在NGI 559银河的使命了。在他那精微的机体组织的记忆里,很快就将发生不可逆转的改变。有关他不久前在比昂逗留的重要信息,有百分之九十将被他的意识丢失,被送到星球记忆深邃的核心中去,其余的资料将被保存在临时档案库里,只有通过种种考验达到十一级的修会信徒才有可能回想起自己过去的种种化身来，但这也只是其中的一部分，它们以信息流的方式存在，能够使记忆和理性清晰，为他们解读遥远往昔种种重大事件，提供线索。就这样，他们那不朽的灵魂，便将一步一步接近一个秘密，这个秘密将揭示他们神性的出身。在这一无限完善的过程中，他们在速朽的物质躯壳内逗留的意义，也就寓于其中了。

阿里贡昨天还在宇宙东部边缘的大半月星群，也就是比昂星上奋不顾身地投身于力挺"皇族基因"的戏剧性斗争中，把一些尚未强壮起来的年轻民族从黑暗的愚昧中解放出来，为了阿英格姆的统一文明而勇敢牺牲，可雅贡娜的构思却是：鲍斯的信徒必须对昨天尚充满戏剧性的、引起人们心灵痛楚体验的别样现实进行分析，而今天，这种现实则已然通过神性法庭正义之天平的无形衡量，而变为过去的陈规惯例。

阿里贡明白自己使命的所有阶段，明天都将在最高委员会被详尽地加以研究。委员会或许会做出决议，而这决议将决定他未来的命运。他感到自己能够完成自己肩上所承担的最主要的任务，可是在这过程中他究竟能否达到目的，这对他来说还是个问题。

阿里贡很难搞清楚，为了实现在比昂的使命，他对

阿英格姆◎第七章◎阿里贡

赋予自己的能量的使用是否得当。每次回归都会有同一个问题在折磨他，为了达到所树立的目标，他需要付出多大的代价？法利基人①的灭绝究竟有几分正当性，即便使命的最终结果是正当的？他知道委员会会对所有支持和反对的意见进行权衡，并且得出唯一正确的结论，而他除了等待决议外，别无他法。

阿里贡从水里走出来，来到露台，以便欣赏一下十分罕见而又不可思议的状态：感觉自己是一个爱达洪人的同时，他可以用大半月星群法利基人的眼光来观看自己所在的星球。

根据时间穿越法则，完成使命回到爱旦的信徒无权与本星球的其余居民接触，只有优选种姓的代表人物例外，而明天召开的所有时代委员会的委员们就属于这类人。他们是宇宙进化基因链的保存者，是雅贡娜充满活力的神性波涛成千上万个投身链的保存者。

阿英格姆星球体系的文明是具有领导作用的文明，它具有在处于拉明特莱乌奈克斯黑暗区域庇护下的边缘银河系形成和推广生命的种子的功能。在这个区域里，

---

①法利基人——比昂的土著居民。

时间和空间的流动是不属于阿英格姆种族①的知识范围的。阿里贡是鲍斯的成员,在回归以前,他的级别相当于火焰十级。他在大半月星群所完成的使命,应能给他带来十一级的荣誉桂冠和责任重担,而且十一级还意味着他具有自行选择其使命的特权,同时也意味着他可以跨入优选者种姓的行列。阿里贡在等待着自己最后一次化身的结果公布的最后时刻,他的心情十分激动,同时也很纠结,十一级的地位,毫无疑问,使他有希望找到自己的两个亲弟弟,他们是在三十多个爱旦年以前,在执行一个高度保密的任务时在CS-50蟹状星云失踪的。对于鲍斯的信徒来说,死亡这一概念本身其实并不存在。他们的身体可以活到千年之久,这使他们有可能有数万种化身的途径。这些不朽者们在阿英格姆的诸星球上栖息着,过着僧侣式的生活,每隔两三年就到拉敏特莱-乌埃克斯边境区域化身,完成一些普通爱达洪人无力承担的复杂任务。他们一般先进入宇宙中那些发展比较落后的星球,在那里过着属于那个时代的生活,在那里自然地出生和死亡,而从生到死按照爱旦的计算法也不过就几年时光。

---

①指居住在爱旦构成该种族的民族,是在阿莫格姆星球体系中生存和发展的。

因此，阿里贡搞不大清楚他的两个兄弟究竟怎样了，他心里的创伤始终没有愈合——时间也无法治疗这一精神的疾患，在每次重返爱达洪人，见到故土的欢愉之情之中，总是会蒙上为心爱的亲人哀伤的阴影。

他想到了自己被紧急召回最高委员会那个不幸的日子，人们告诉他弗里贡格和阿玛泰的任务失败了。原本弟兄们是要跨入遥远的过去，跨入黑区封闭的领地，作为阿英格姆统一王国的代表人物，要到这些地区进行最后一次大规模的化身适应。这次任务可以说和以往的使命毫无不同之处。由五位信徒组成的小组完成时间腾跃之后，来到了CS－50蟹状星云银河系。他们在做试验阶段的新栖息地，即盖依玛星球。

第一个走出去的是最年长的弗里贡格，阿玛泰紧随其后，可是接下来，正如委员会竭力想要解释的，发生了一件无法预料的事：为在星球化身用的临时通道突然关闭了，弗里贡格的其余三个陪伴信徒被留在了隧道的那面。银河际空间通道消失了，而弗里格和阿玛泰也随之一块消失了，与弟兄们的联系就此中断。他们后来怎么样了，谁都无法说清楚，任务当下就被加了密封条，而向这一领域派遣信使的尝试，也以彻底失败告终。弗里贡格和阿玛泰失去了陪伴者，而最主要同时也是最危险的是，他们失去了与鲍斯的联系。与母星球失去联系长达三次化身期的，被认为是基因结构的化生分离①，这也就是说，他们在失去与修会的精神联系以后，将无法独立保持其基因链，因而会很容易成为黑暗世纪文明信徒的房获物。对于信徒来说，这是最糟糕的一种结果：在他们的记忆里，过去在阿英格姆生活的信息将被彻底抹去，他们将成为某个世界里的普通实体，再也无法洞悉自己真正的神性本质。他们无比珍贵的精神经验无法积累和更新，这就关闭了这些信徒灵魂的完善之门，继之而来的那一过程就被叫做进化中的退化。

而黑暗王国的信徒们则会力求深入他们的基因链，歪曲他们的本质，破坏其灵魂的完整性。而接下来会发生什么也就不难推想了，就是对其心理施加非人性的负担。弗里贡格和阿玛泰脆弱的躯体一旦处于千奇百怪的失衡状态下，他们能否承受？他们是否会完全堕入黑暗世纪类文明的魔掌之中，我们还有希望拯救他们无比珍贵的灵魂吗？

西马迪一家是阿英格姆最古老的家族之一。很难想象已经通过了鲍斯的所有阶梯，达到光明之国所能有

---

①化生分离是指在灵魂精神的精神偶合体中的基因结构的破坏。当精神偶合体穿越到有着完全异样的上帝信仰之基础的文明时，便会发生这种情况。

的最高等级的爱达洪人竟然会消失得无影无踪,泥牛入海。但许多年以前,这样的事就曾经在他们的父亲身上发生过,那是一个已达到修会十二级的信徒,在执行一次例行的任务时没有回来,在他失踪后,很快连他们的母亲也不见了。家中的四兄弟忽然失去了父母的关爱,可是过后不久妈妈很快就发回了消息,要孩子们不要灰心丧气、气馁消沉。信上妈妈还说,她和父亲还活着,还在继续生存,只不过是在另一个爱达洪人所不知道的世界。阿里贡就是在那次事件时头一次从弟弟的嘴里听到"化生分离"这个奇特的词。他请弗里贡格给他讲讲究竟发生了什么事,因为当时长兄已经进入优选者种姓队伍里,可以接触到保密信息了,可弗里贡格却支吾其词,只是一成不变地说什么这是必要的,说这是雅贡娜在召唤优选者去完成她自己的意愿。他的回答如此简单,这令阿里贡很吃惊,但他却并未坚持,他知道长兄所说的只是他和阿英格马——西马狄家里年龄最小的弟弟——被允许知道的那部分,而阿英格马一般说来竭力回避任何解释,而阿里贡却从他们的眼睛里看出一丝惶恐来。

此时,这些往事如潮水般涌上阿里贡的脑际,他油然想起,对于他和阿英格马来说早已成为白衣天使的妈妈，在其一生中，每当有重大事件发生时，都曾经有好几次出现在他的梦中：拥有界外意识水平的母亲总是认为自己有可能提供帮助。对所有孩子们来说，她是个神祇，拥有自己的秘密，而这秘密他们五人中谁都无权揭开。许多年过去了，在兄长们的生命被不幸和灾难带走后，阿里贡和阿英格马成为伟大而又古老的西马狄家族仅剩的代表了。

在无端猜测的痛苦中饱受折磨的阿里贡明白，在他的家庭中所发生的一切绝对不是偶然的，他也明白对这些事件，他绝对不可能施加什么影响，每次回想这件事，他都不能不得出这样一个忧伤的结论，但他很确信：对于自己亲人身上发生的悲剧命运，他永远都不会善罢甘休。

比别人能更经常地见到妈妈并和她交谈的弗里贡格，曾多次和弟兄们讲述西马狄家族的基因链问题，他有时会引用一些妈妈所讲的非常奇特费解的思想，大意是说还存在着另外一个宇宙，可是，还是有许多内容兄长没有说，理由是上面对此有某种禁令。阿玛泰和弗里贡格后来像是变了个人似的，性格封闭，闭口不谈父母失踪这个话题，总有一些沉重的思绪压迫着他们的灵魂，想不发现这一点也很难。

在与弗里贡格和阿玛泰失去联系大约过了一周后，夜里，妈妈终于得以在阿里贡和阿英格马能够接收到的爱旦第四维度现身了，并且就在大白天向儿子们显现。两兄弟当时都在阿里贡家，他和阿英格马的知识水平都不允许他们看见和感觉到妈妈的物质致密性，可是，即使透过她那火焰般的身体的透明的烟云，他们也能完全感觉到母亲心里的忧伤和疼痛。

"我的孩子们，灾难降临咱们家了，"她轻声说道，"西马狄家族的基因链出现了混乱，它会牵扯到所有人。艰难时世来临了，弗里贡格、阿玛泰和我将遭受到最为严酷的考验，这种考验我们还从来没有经受过，任何人都不知道我们能否经受得住这次考验，可是事情已经发生了，我的儿子们也都自觉地迈出了这一步，而我呢，则不曾有过另外的选择：基因链被毁、化生分离是必不可免的了。"

"妈妈，你在说什么呀？！我们会把弗里贡格和阿玛泰解救出来的！"阿里贡自信地说，可与此同时，连他都觉得自己所说的话毫无意义，"只要我们团结一心，就一定能办到！妈妈，究竟发生了什么事呀？！"他失去自制力地绝望呼喊道，并且不由自主地紧捂胸口。他的心脏在怦怦地跳动着，无可奈何的眼泪也涌出了他的眼眶，此时此刻，一种狂野悲伤、失去理智的神色在他眼里闪现。

"求求你们不要浪费自己的感情，这事你们不明白，而我也无权告诉你们真相，因为这会把你们的身体毁掉。听着，我的时间不多了，有一点你们要记住，不要让任何人参与这事，我的话你们听见了吗？我们已经不存在了，但将来总有机会我们会见面的。求求你们，不要失去希望，无论将来遇到什么事，都要听从自己内心的召唤，你们的内心会提示你们正确的道路。你们中间有一个人，永远也不要离开阿英格姆领地的范围，尽量不要承担自己无力完成的使命和任务，珍重，保重。天主啊，时间怎么这么短暂呀！"妈妈悲伤地哭泣，"我的孩子们，以前我还没来得及告诉你们，你们还有一个兄弟。这件事自有其原因。他比你们都大，是在弗里贡格之后出生的。大儿子知道这个秘密，现在这个秘密也让你们知道了。关于这事你们什么也不要问，我已经没时间说了，"她的声音在颤抖，听得出妈妈很激动，"他的名字叫维兰德，他在跟着我。"

"妈——妈！！"

"是的，儿子，"她猜出了阿里贡的想法，"他马上就会到，仔细看看他，把他的样子记住，这一点很重要。"她叮嘱说,紧接着维兰德便出现在惊恐万分的弟兄们眼前。

一个身体强壮、意志坚强的人出现在弟兄们眼前,他脸部的线条刚强坚毅,眼神则和妈妈一样,充满了无声的忧伤,并且也和妈妈一样心里充满了对来自另一维度的弟兄们的充满战栗的爱。维兰德没说话,可是,和弟兄们一样,他对这种非同寻常的见面同样十分激动。沉默持续着,没有人敢在让他们相会的这短暂的时刻打破沉默,可这沉默的片刻也不知不觉地过去了,频道关闭了,维兰德消失不见了。"记住最后一点,"妈妈打破了寂静,"我要告诉你们一件未来将要发生的事,把它记在你们心底的记忆里,不要丢失本来已经被严重扭曲的含义。"

"有一天,一颗彗星将和一颗硕大的星球相撞,这件事将使光明王国大师们的心灵充满了泪水。此后过不长一段时间,银河系的空间会出现裂缝,宇宙间一个新的隧道会开辟一条后退的道路。有一个爱达洪人能识别其标志,只有他能看出落在他脚下的星星的降落方向。到那时,我们的相会就指日可待了。别了,记住你们的妈妈吧。我的孩子们,我非常爱你们,保重吧,万能的雅贡娜会保佑你们的!"

"妈妈，到哪儿能找到你呀？！"阿英格马绝望地呼喊道。他的声音单调地回荡在一片寂静中，他想要抓住母亲那正在消散的慈祥的形象……妈妈消失了，没有给儿子们以回答，没有告诉他们相会将在何时何地发生。阿里贡坐在安乐椅上，绝望得浑身战栗，他紧紧地捂住脑袋，攥紧拳头，竭力想让自己的理性有一种痛感，让此刻攫住他那颗豁达的爱心的痛苦与之相当。

从阿里贡和阿英格马得到令他们心灵如此忧伤的消息的那一刻起，爱旦的时间不可遏制地跨过了三十年的时间，阿英格姆王朝最古老的家族之一的基因链里只剩下了两个不朽者了，阿里贡对此知道得很清楚，在他身上，一度曾经陷于昏睡中的自我保护的本能突然意外地苏醒了，他感到自己又充满了许多内在的力量，勇敢地把西马狄家族姓氏雕刻在爱旦荣誉的走廊的重大责任担在自己肩上。无论情况多么复杂，他也要反抗自己的命运，他决心无论如何也要进入最高委员会里去，希望通过这一步彻底弄清亲人失踪之谜，找到总是对他隐瞒真相的那缺失的环节，把它与妈妈最后的话语连接成一个统一的合乎逻辑的链条。阿英格马也不甘落在哥哥的后面，在各个方面想方设法为哥哥提供帮助，他为自己树立的目标丝毫也不低于哥哥，有时在梦里，他会回忆起以前家庭生活中最美好的时刻，那时，他的家里有父亲，有兄弟，生活无忧无虑，充满了欢乐和亲情。

地球人是很难理解普通爱达洪人的生活方式的，至于那些达到传奇般的鲍斯修会第七级的人，就更不用说了。他们的生活遵循着另外一种更加严格的规则，要想对这种生活有一个概念，就必须对东正教教徒的尘世生活多少有些了解——他们将自己完全献给至高无上者，全盘接受了僧侣生活的禁律。光明修会的信徒们在不断完善自身和他们的世界的同时，从一次化身到另一次化身，要经受雅贡娜意志无穷而又严峻的考验。他们曾经是阿英格姆文明的活的盾牌，是造物主神性意志的执行者，是在时代和世界的交点上出现的圣徒。

每次完成任务回来时，阿里贡都要对杳无音讯的亲人做一次查询，可每次得到的回答都十分简单，药剂师兼信徒每次总会说："无法接通。"这听起来简直就像是判决辞。他内心感觉到，委员会对自己兄弟身上所发生的悲剧一定隐藏了什么，因此他非常希望获得久已期盼的晋升的机会，明天就会出现，这样就可以……可阿里贡的思考突然被一条消息打断：通向爱旦第四维度的通道敞开了。意识的重新启动实际上一眨眼就完成了，在此之后，适应和清理机体外壳的程序也开启了，但这却已经是在没有信徒意识参与的情况下进行的了……

当阿里贡睁开眼时,第一眼看见的是以鲍斯国徽——七彩彩虹——形式呈现的一则消息,这是每个执行任务归来的信徒都能领到的一个标准文件包。这一次没有出现等待,他被邀请前往最高委员会对其使命进行评估,同时领受例行的任务。使阿里贡高兴的是,自己这次和上次一样不必一等就好几个星期了,显然,关于他今后的命运,委员会已经有了一个深思熟虑的决议。

一小时后,阿里贡就进入了一个直径比驾驶员身子稍大一点的球状胶囊里。从外表看,这胶囊只是一个普通而透明的球体,但其各种参数可以随着操纵它的那个人的意念而改变。这些球体俗称药丸,药丸里什么也没有,既没有供操纵用的东西,也没有监视仪表和装置,里面绝对空空如也,清澈透明。总而言之从外表看,这绝不可能是一个可以在空间中移动的东西。药丸里有时会坐好几个爱达洪人,他们可以自由从容地坐卧,或是没有任何重量地悬挂在药丸里面。星球的万有引力定律对于人们眼中这一奇特的交通工具而言完全不起任何作用。

阿里贡把自己的飞行装置开到了爱旦首都的中心,以视察一下明天即将发生的那件于他而言十分重大的事件的地点。在下降到七百米高度后，他加入了区域间公路主干道的上层洪流中，路上疾速跑动着和他的一样的许许多多的胶囊药丸。

OЦA政府大厦引起了这位信徒的注意，而最高委员会就坐落在该大厦的中翼。他决定先去欣赏一下规模最大的银河系际文化与创作中心，那豪华奢侈而又令人心灵震撼的奥翁维世界之都令人过目难忘的美景。

市中心颇像一片浩渺无垠的森林，而森林的每一层都交织着成千上万条形状不规则的线路和通道，胶囊药丸们就在这些线路上飞速疾驰。这些药丸像肥皂泡一样，在阳光下变幻着色彩，并且由于速度快慢和制动方式的不同而变换着色调，傍晚时分随着黑暗的降临，它们那发亮的斑点非常酷似地球上的萤火虫。

阿里贡的胶囊药丸很快就又下降了两层，终于在远距离速传物体那深蓝色的大厦里消失了。这座大厦像一朵开了一半的三色堇，那些跨越边界的数不胜数的访客，有关他们意图的信息会被当下识别，并传送到一个装置的控制台，该装置能在一分钟内识别定为坐标的最佳线路，然后将人在转瞬之间发送到他们要去的爱旦的某个地点。对于阿英格姆文明的代表而言，这一切就像地球人每天要坐地铁或开车上下班一样。只是在一天当中，他们的换乘要多达数十次，有的甚至多达上百次。在视力所及范围内距离不大的移动，往往是使用自己储存备用的能量自动进行的，非常像是印度瑜伽的腾飞术，区别仅在于它不必让意识高度集中。地球的文明很难与阿英格姆相提并论，人类发展的水平与爱达洪人美轮美奂的意识水平之间的距离，恐怕不只是数千年距离，而要更多！

远距离速传物体大厦先是被蓝光照亮，忽然又覆盖上一波又一波的紫罗兰色，此时阿里贡消失了，但即刻又出现在同一个装置里，只不过地点已经是卡尼库阿广场，广场名是为了纪念阿英格姆统一文明王国的第一任总统。

阿里贡发现，在他不在这里的最近三年中，城里发生了令人惊奇的变化，出现了比以前更多的天然绿荫、花卉和从宇宙浩渺的各个角落运来的异国他乡的植物。得到翻新的市中心像是一个巨大的多层文化和休闲花园的核心，这个公园的核心是天才的建筑大师巴特契－李克的巨作，也是一座最高最复杂的建筑物，里面可以容纳星球政府和所有爱达洪人权力部门的最高机构。巴特契－李克把自己的作品敬献给了至高无上者，受神性存在思想鼓舞的他力求在创作中实现其天才的理念，使其星球的大气层充满高雅典致而又细腻温婉的创造性的音乐。

阿里贡不止一次来过卡尼库阿广场,曾经多次在那里心情怡悦地欣赏天才巴特契－李克所创作的一个个街区。他非常喜欢这位大师的作品,每次从宇宙遥远的角落回来都必定要到这里转一转,以尽情观赏一番这些未被时间所触动的美轮美奂的建筑杰作,这些在爱旦大气层神秘庇护下的艺术精品……

无数其他星球的客人也都像是被钉在地上一般,凝视着展现在他们眼前的精美建筑艺术的景色,惊叹其设计思想的大胆和新颖,丝毫不羞于表达自己那陶醉到无以复加的胸臆。一群群来自银河系的旅游者们,在殷勤好客的导游带领下,正从阿里贡身边经过,他们贪婪地欣赏着首都最古老中心的绝美风姿。照例有一群看热闹的闲人站在离他不远的地方,阿里贡从服饰上猜出他们是从紫罗兰戒指星群的约克曼星球来的客人,该星球坐落在与黑暗世纪文明交界的地区。约克曼人具有杰出的心灵感应能力,而这一点甚至也反映到了他们的外貌上来。他们没有用来听声的耳郭,取代耳郭的是一条勉强可以察觉的小缝儿,它可以接收到本星球地心深处在发生巨大变化时所发出的震荡音波。例如,他们可以感很久以后才会演变成的地震的星核深处的微小震动，他们还可以感知到地心深处炽热的岩浆的波动及许多与自然冲突有关的不幸，此类不幸在他们看来也都不是偶然的。像人类一样借助于话语来实现交际，这对他们来说这并不重要。当他们从身旁经过时，往往能引起周围的爱达洪人轻微的思维混乱，但这转眼就过去了，并不会引起理性的不安。约克曼人是全宇宙间理性生物中最善良可爱的，在某些方面甚至是天真幼稚的精神产儿，他们不会无缘无故地伤害任何人。有时人们甚至会觉得这些神秘、纯洁的神性的生物是从别的宇宙降临到这里来的。

望着来自紫罗兰戒指星群的客人们，阿里贡想起了弗里贡格一次非常重要的化身。那件事发生在伟大的阿英格姆统一文明王国的领地刚刚划定以前不久，那时约克曼刚刚被来自拉敏特莱乌奈克斯黑暗区域的信徒们所占领。文明处于生死存亡的关头，黑暗王国的斗士们把爱的能量从星球大气层中释放出来，同时让人民经受最残酷的考验，以此为其存在的秘密源泉补充能量。

弗里贡格的任务是把该星球的人民从蓝晶石——黑暗世纪技术文明最强大的黑暗王国——的斗士们的压迫下解放出来。当时他们已经失去了掩护小组最好的组员，而且他自己本人也跟死亡仅有一步之遥。蓝晶石王国的斗士破译了他们在化身时的代码，因此可以对鲍斯的信徒们跟踪追击，他费了九牛二虎之力，终于解救了被俘的阿玛泰，并以极快的速度将其送到爱旦。阿里贡则又一次为其哥哥的机智勇敢而震惊，而这一拯救的决定则从根本上改变了这个星球上的力量配比。"弗里贡格，"阿里贡想道，"他什么也不怕，他的独出心裁令最古老的鲍斯震惊，而后来则被写进了光明修会关于最高级技艺的所有教科书里。"当时关于这次缺乏理由的冒险，关于他这次行动的鲁莽和不够审慎曾经有过多少争议，可是无论如何最终结果出来了，而且毫无疑问是有利于弗里贡格的。使命以彻底胜利完成告终了，爱好和平的约克曼人也被团结起来了，在阿英格姆的埃格连马托尔①的领导下团结一致，为此，弗里贡格刚一到爱旦，他的级品就从九级提到十一级，可以参与优选者的议事，而这在鲍斯可是一个例外。阿玛泰也受到了重视，他的知识受到应有的评价，被晋升为修会十级。因此，有关他们已经再也不复存在了的念头，这种荒谬性

---

①生活在星球上的民族、人民和种族的一种精神结构和盾牌。其存在是为了保障精神灵魂的人肉、能量的交换、精神对偶体——灵魂—精神——生命能量的均衡以及维持与至高无上者的不间断联系的需要的。

令阿里贡一再吃惊——这念头压抑了生活的欢乐，但同时也依然是推动他沿着不朽斗士之路前行的动力。

弗里贡格和阿玛泰在此后的几个月里一直都被包裹在未知的迷雾里，而妈妈的意外传话也足以证实他们的生活存在着一种亲人所无法问津的、奇特而又无法理喻的一面。西马狄家庭出生的第三个孩子阿玛泰对世界具有一种非同一般的感受力，天性善于感受生活中的诗意，善于分析人类灵魂的实质，因此，他永远都是弗里贡格崇高的知性与非凡的意志力的理想的配合。弟兄两人性格各异，但却各有才华，而加在一起又一同创造了震撼宇宙的奇迹。"他们的消失，"阿里贡心想，"是奇怪的机缘巧合造成的……"

可是由于一种神秘的机缘巧合，他注定无法继续其阴郁的思考了：在他的忧郁的思维中，突然发生了勉强可以察觉的错位，一个来自紫罗兰戒指星群的擅长心灵沟通术的代表团直接呈现在他眼前。从他们的眼神里，可以看出真挚而诚恳的羡慕之情——显然，这座城市对他们的震惊是无以言喻的。阿里贡再次将目光停留在政府大厦上，心里却默默地祈求雅典娜的保佑，让他找到自己的那几个迷失在遥远而又具有敌意的世界的弟兄们。二十分钟后，为了以示恭敬，绕场一周后的阿里贡离开了卡尼库阿广场,离开奥乌威中心,开着透明的胶囊药丸往家而去。

在这里,他坐在自家露台上悬空的安乐椅上,欣赏着傍晚时分的景致,他凝视着这座伟大都市的无边灯火与黑暗,啜饮着水晶般纯净的冰冻水,审阅着全世界记忆库里的档案。夜里,他还记得与最小的弟弟——现在也是他唯一的兄弟阿英格马——约见,他此时还在NGI－559银河系里的比昂星球上。小弟已经完成了自己的使命,正是为重返爱旦蓄精养锐,为在无边无际的宇宙最危险的地段经受新的考验做好准备。

由于第一天与在爱旦逗留有关的情感体验过于丰富和强烈,阿里贡感到一种强烈的倦意,他肌肉肿胀、鬓角冲血,这说明生命在第四维度薄薄的躯壳里运动着。他再一次瞥了一眼被淹没在灯海中的奥乌威那恢宏壮伟的景观,然后疾速走进到屋里,好通过时间通道穿越群星,以便与阿英格马约会。穿越前,这位信徒再次在记忆里重温了一遍那天的详尽细节:那天,在弗里贡格和阿玛泰失踪一周的日子里,他和小弟一起发誓,一定要揭开亲人失踪之谜。这时,阿里贡的思维渐渐停滞了,失去了惯有的清晰性,而这正是在穿越到别的维度时不可见力量发挥作用的第一个标志。紧接着,在他眼前出现了一个紫罗兰色发光的屏幕，这预示着通向爱旦第四级的穿越通道之一即将打开。阿里贡的意识转移进了一个薄薄的躯壳里，于是，他开始以一种令人头晕眼花的速度，向银河系际方向的路由器飞奔而去[①]。

[①]银河系际方向的路由器 PΓH。是 OЦA 的同志们凭借创造性思维力量而创造出来的一种能量机制，作用是把鲍斯信徒快速转移到其他维度，以及世界及宇宙其他遥远的地域。

第八章◎穆罗缅茨宇宙发射场

今天天气温暖,阳光灿烂。凌晨时分蔚蓝的天空上,飘动着许多模糊不清的白雪一般的带状云,空中浮漾着一缕缕薄雾,他们犹如一群群候鸟组成的飞机群,从整个天空中穿越而过,消失在羽毛般的云彩那蓝色的轻纱之后……从天空到地面,温暖的风儿嬉戏着,轻轻地拂动着树冠,它渐渐降到地面,搅和着春天大自然的气息,温柔地抚慰着树枝上那正在怒苗的、鼓胀了的芽苞和蓓蕾,唤醒了从冬梦中醒来的草茎和树皮里的幼虫,向北方的居民们通告着早就期盼中的春天解冻时节的来临。林中的什么地方传来一阵咚咚的响声——原来是一只巨大的花斑啄木鸟,它正用牢固的爪子紧紧地抓住一棵枯干的老白桦树枝干,正顽固地从树干里剔出肥肥白白的、令人胃口大开的幼虫,同时用自己的喙在这棵朽树腐烂的洞里,探到最远的地方搜索食物。一群山灰鼠小心翼翼地从窝里爬出来,正在悠闲地晒着太阳,它们伸出自己那好奇的小鼻子,贪婪地闻着嗅着饱含馥郁醉人香味的春天的气息。融化了的雪水为地下河补充了水的储备,雪下到处都可以看到雪莲花。一只睿智的苍鹰正在空中孤独地翱翔着,他懒洋洋地扇动着翅膀,神情庄重地从高空中俯视着冬日最后的时光。苍鹰也看见了那只体形巨大的花斑啄木鸟儿,它看着啄木鸟如何津津有味地嚼着幼虫,看见潮湿的大地上有那么多的雪莲花和融化了的雪水形成的无数条小溪流。它曾经多次看到自然如何变换其神圣的色彩,而每当看到这一切,它的心里总会感到不可言喻的愉悦。睿智的鹰从不会为今后的日子拟定计划或是构想,不愿意用对美好未来的虚幻希望来安慰自己,它只不过活一天是一天,活着就尽情享受生活的美就是了。它每挥动一下翅膀,就与在这个神秘的、上帝赋予的这颗蔚蓝的星球上的永恒的和谐又近了一步。此时,在这颗星球上,正在它的身体底下,有一位无忧无虑的年轻中尉嚼着一根多汁的草茎,正沿着向前延伸的铁路线独自行走,此时的他,还不知道命运为他预备好了怎样狡猾的礼物。因而,这个年轻人每走一步都会不可遏止地逼近那致命的门槛,门后就是那喧嚣肆虐的未知的洪流。

　　距此一个小时以前，亚历山大·沃龙佐夫还坐在卧铺车厢的小桌前，琢磨着如何把昨天在和一个深懂牌技的后勤军官玩纸牌游戏时输掉的钱捞回来，可亚历山大今天仍旧不走运，他常常不得不弃牌，因为他不可能凭着手里攥着的一大把小牌占上风。列车快到终点站以前，牌运不佳终于令他忍无可忍了，他在生自己的气，也在对整个世界发火，于是他毫不犹豫地，也可以说是破釜沉舟地迈出绝望的一步，因为这将是他挽回败局的最后一次机会了。于是他不动声色地向牌友们宣布，他决定放弃手牌，这样一来，他又获得一次先抓牌的机会。亚历山大连抓两张，但立刻愣住了：他手里攥着一张方块K和梅花K，这意味着在这场与牌戏高手的对决中，等待他的只有彻夜失眠。冒险果然未能成功，而这个倒霉的玩牌人遭受了彻底的惨败，他欠债的总数已达到一百卢布，而这差不多相当于他月薪的一半了。他二话不说，立刻从自己钱包里数出钱来，和牌友们彻底清了账，而且还礼貌周到地对这局牌赞扬了一番。走出车厢来到月台上以后，他无精打采地看着班里的同事们急急忙忙地上了军用班车。他冷漠地瞅了一眼手表，然后决定这两公里路他要不慌不忙地走回去：这一天一开局就不走运，因而此刻在他的眼里，今天这四月里头一个解冻的日子，竟然是那么诱人，那么魅力无限。

漆黑的软革皮靴①闪闪发亮，压在额头上那顶军帽半月形的黑色帽檐为亚历山大遮挡住了刺眼的阳光。他脸上现出了忧郁的笑容，那是因为他忽然想起了早已不再的童年。他沿着黑漆漆的铁轨枕木走着，渐渐地蒙上了一层回忆的云翳，他对一生中那些幸福的时刻的回忆，此刻也被玩牌赌输时的情绪给败坏了。亚历山大的思绪回到了那个遥远的时代，在冬天寒冷的黄昏时分，一帮孩子们从街上玩耍过后，他疲惫地坐在自家门口的长椅上，牢牢地攥紧被冻僵的拳头，把手藏在湿漉又破烂的外套口袋里，好奇地瞭望着夜空。这个小男孩充满幻想好奇的眼睛一眨不眨地久久凝视着夜的空中一堆明亮闪烁、难以数计的星星。星群犹如夜间不可思议的一群流浪者，在把人吸引到永远都使人兴奋不已的未知的远方，而远方也在他那脆弱的心灵深处的某个地方隐约地闪烁着，为理性开启了无数个美妙异样的世界。他回想起七岁时的自己，压抑着怦怦跳动的心脏，观察着隐没在一层薄薄云翳后的银河，为自己提出了一个在这

---

① юфть 或 юфта，一种特殊的软皮革。

样的年龄看上去十分奇特的问题：他在出生以前的状态究竟如何，为什么他会只在此时此刻才出生。小小的亚历山大尽情地观望着群星，它们闪烁的微光深深地吸引着这位少年的心，促使他思考关于人的本性这种神秘的事。他感觉宇宙间有一种隐秘的力量，一种他无从理解的磁力，这种力量和磁力迫使他一连数小时地，眼球一眨不眨地凝视着夜晚的星空，而他的灵魂也在向天空飞升。有时他还能看见，忽然会有一些亮得出奇的飞火流星出现在夜空中，然后纷纷坠落到大地之上。那景象就好像宇宙此刻正在向他微笑，他为这一奇妙无比的发现而真诚地高兴，然后则会报之以灿烂的笑容。他挥着手，向这位无形的魔术师欢呼雀跃，向散布在这夜空中的温暖着她的心灵的，宛如柔润的水晶玻璃饰坠般坠落的星体欢呼雀跃。

亚历山大不理解他今天究竟是怎么了：心脏一阵阵发紧，时而怦怦地加速跳动，时而似乎又在转瞬间压迫着呼吸，引起了他的忧郁之情，而早已一去不复返的幸福童年的回忆，也开始一波又一波地涌上脑际。

在同一时间里，当"穆罗缅茨"宇宙火箭发射场的亚历山大中尉正在幻想中沿着铁轨独自行走的时候，在莫斯科的苏联国防部长沙什尼科夫元帅正打电话给其同事雷伯尼科夫上将,要他执行一项非常重要的任务。

"瓦列里·谢苗诺维奇·雷伯尼科夫同志,"话筒里响起部长威严地下命令的声音,"请您亲自监督这次发射,发射应符合规定程序,不许出现任何意外,任何东西都不得妨碍卫星顺利抵达预定轨道!我的话您明白了吗?"

"是,元帅同志。"上将明确地答道。

"您也知道,火箭的填料非常娇气,中央委员会的同志们已经亲自给我们打了两次电话,他们很担心。据他们说,我们能否获胜,全部取决于这次发射是否成功,所以必须由您亲自监督!"部长再次强调,同时,他机械地举起左手的食指,神经质地在自己的头顶上挥动着。"您听明白我的话了吗?"他意味深长地又问道。

"元帅同志,"听筒里响起军事空间力量总司令司令那因受风寒而嘶哑了的声音,"我已做好了准备,我和我的所有副职现在都在发射场。参谋长波克雷什金中将亲自担任指挥重任。去年他指挥部队进行了'平衡晶体'火箭的发射,他是一个有经验的、熟知自己业务的军事将领,因此不用担心,元帅同志,这不是第一次了。我这里每隔一个小时会收到一次汇报,一切都在按部就班地进行。"军事空间力量总司令充满自信地报告道。

"是啊是啊,我知道,"国防部长故作冷淡地说,"我记得很清楚,您两年前不就'成功'发射了一枚火箭烟花吗?而您应该也记得,就此事第一个发来唁电的,就是美国人。"沙什尼科夫元帅的声音里已经明显带有冷酷嘲弄的语调。元帅话说完就挂断电话,丢下手足无措的雷伯尼科夫。

亚历山大盯视着眼前这两条没有生命的狭窄铁轨,然后抬起自己那充满幻想的目光凝视着天空。天空上,随着慢慢漂浮过来的牛奶般的烟云,他突然发现一只苍鹰正在天空无声无息地翱翔,它是那么悠闲自在、从容不迫,它不用忙碌和操劳,也无须为明天而忧思忡忡,这位天空的捍卫者将它那尖锐的目光投向大地,在这片广袤的、淹没在绿荫中的无边无际的、肥沃多产的平原上空,优雅从容地做着自己的规划,并和这平原一起为这位年轻的军官开启了一个无限浩渺的世界,那里隐藏着打开所有秘密的钥匙,也包含着对他所有不可思议的问题的答案。作为一个生性浪漫而又好幻想的人,他内心深处不无痛苦地意识到,对食物的需求、对工作的需求……世俗生活归结起来不外乎诸如此类的简单活动。这种生活充满了欺骗和非正义,它不能给人以自由,只能给人以片刻的欢愉,而这种欢愉无法温暖抚慰他天生的一颗爱心,而只能使他空虚的心灵增添与日俱增的忧郁感。在步入成年人的过程中,他和这个冷漠的世界发生了冲撞,犹如"泰坦尼克号"在某天夜里撞上巨大的冰川一样。在当时苏联社会这一充满世俗欢乐和痛苦的小船里,汲取这谁都不需要的真理的苦水时,亚历山大无法迫使自己与绝大多数普通人的命运苟同,这些人毫无自己意志地与世沉浮,根本没有任何可能彻底改变自己命运的进程,而常常会在如一堵墙一样出现在他们眼前的延绵不断的、无法克服的门槛面前,撞得粉碎。亚历山大的灵魂无时不在向往星空,这种向往在推动他从事创造,他只不过是不知道,该如何实现自己身上隐藏着的潜力,如何冲破现实世界假定性牢固的遮蔽物,穿透这个世界那粗糙的镜面。有一个念头在使这位少年心思沉重,那就是生命在流逝,它流失得那么快,快得就像自己的童年,就在他自己的眼前,消失和融化在了熙熙攘攘的世俗的忧郁中,消失在他忙忙碌碌的日常生活中,消失在极其熟悉的颜色和味道苦涩的被时间所磨洗了的话语中,正是它们,迫使爱心恭顺地沿着被虚假的海市蜃楼阁割得奄奄一息的道路前进，通过一条深长而又乏味的道路，走向乌有之乡。

每次，当他竭力想要冲破压迫他灵魂的那堵无形的墙时，都会碰到于他而言毫无欢乐可言的同一个结果：一切的一切都终将过去，经过几代人以后，他也会和他心爱的爷爷一样，被钉进一口箱子，埋在土里，除了挂着镶着黑框的照片和刻着生卒年月的大理石墓碑，他在世上再也留不下任何东西。

年仅二十二岁的他，心还是太年轻，还读不懂命运的符号，所以，他根本不可能预见到自己很快就将被卷入一系列戏剧性事件无休止的纠缠中。无论他的知识水平有多高，也无论他愿意与否，他都必然经受一系列非人所能承受的考验，沿着上天为其所预设的道路走下去。

两条铁轨向左边延伸了下去，亚历山大看见在绿色葱茏的云杉树梢上，已经现出了自己十分熟悉的安装实验综合大厦的轮廓，这座大厦是该部队所有建筑物里最高的一座，恐怕只比巨大的发射塔矮一点，从那座塔上，苏联载人飞船"结晶体号"每月一次飞向太空。他快步走下斜坡，上了路，这条路通往一幢灰扑扑的、模样丑陋的、看外表像是硅酸盐砖砌成的兵营。几分钟后他从兵营边走过，又经过司令部大楼，随后来到加油队三层小楼门前的草坪上，那里聚集着数百个穿军装的人，这些人渐渐排成了十分齐整的军官纵队。场地上笼罩着一种严肃的军队气息，回荡着上级军官们威严的发令声——参加战斗值班的人员正在等着部队首长训话。站在讲桌前的列舍特尼科夫上校正在和司令部的军官同事们说着话，他从科长奥金佐夫大尉那里得知他的同事身体欠佳，和加油小分队军官中间通行的做法一样，奥金佐夫只能找一个听话的年轻军官来取代他了，而此时亚历山大正站在队伍里。通常每次遇到类似情况，他都会发现似乎没有比亚历山大中尉更适合的候选人了。就这样，近来由于领导阶层礼貌的请求日益频繁，亚历山大制服的数量在一个月当中急剧地从八套增加到十二套，但亚历山大觉得最显著和最扎眼的，是这些情况往往专门在休息日或节假日发生，使得这个在这种事上还缺乏经验的军官十分吃惊，但这位年轻中尉既不争议，也不固执地坚持自己的权利，而总是非常恭顺地领受照例分给自己的任务，并且不失一种乐观主义的精神。

当奥金佐夫再次询问沃龙佐夫是否有时间顶班，他沉吟片刻，随即便以其特有的讥讽语气飞快回答说，希望自己能在这一次捍卫自己的休息日休息权,因为明天晚上他还有一个推不掉的约会。

"大尉同志,"他对科长说,"就和从前一样,我很愿意荣幸地接受您的提议。"队列里响起了稀稀落落的笑声。"如果不是发生了一个于我而言十分微妙的情况的话,而这件事,有这帮可敬的无知汉在场,我是永远也不会说的。"亚历山大说着,斜了那帮笑眯眯的军官们一眼,但他们的笑声更响亮了。"可是,考虑到您交给我的任务是如此重要而又紧迫,"他恭恭敬敬地继续说道,"我因而想要诚挚地告诉您,我无法接受您的提议,其原因就在于,明天有一场意义重大的行动,而您恭顺的仆人也将积极参加这次行动。"

"什么行动?"奥金佐夫皱着眉头不耐烦地问道,但他心里对其这位下属意有何指渐渐开始明白了。

"非常重要,"亚历山大十分庄重地说,"为了这件事,军官之家还举行过一次非常奢华的仪式,在那次仪式上我还曾向一位显贵家族中迷人的女性做了一次重要的坦白。"这位年轻人打了个磕巴,做出某种窘迫的表情,但他很快就又恢复了常态,在经过一阵短暂的沉默之后,不太自信地小声说了下去:"我向她求了婚,同时我答应送她一件礼物……"亚历山大又犹豫了起来,他窘迫地扫了科长一眼,"送她一件,"他脸上出现了一种极端难为情的表情,欲言又止地说道,"送她一件……"

队列里瞬间安静了下来,军官们都在好奇地期待着他的下文。

"真是活见鬼,快说啊,你到底想送她一件什么?"对沃龙佐夫的这种扭捏的叙述极感兴趣的奥金佐夫声音里不无几分恼怒地问道。

"我还能送什么呢?"亚历山大困惑莫名地突然吼道,而与此同时,严肃的表情也从他脸上悠忽消失了,而变为丝毫不加掩饰的讥笑,"当然是送我的爱情了!"他兴高采烈地宣布道,话到此处,大家才明白,他刚才神神秘秘地说到的那个所谓的重要仪式,不是别的,就是一次普通的夜间约会,而约会的对象,不过是一个被这位年轻军官的甜言蜜语所俘获的又一个又漂亮的笨姑娘罢了。

军官队伍里爆发出一阵哈哈大笑,这笑声引起了加油队队长萨乌什金少校的不满。他个头不高、肩宽背阔、野心勃勃。他吼了一声,样子就像一只龇牙咧嘴、凶相毕露的史丹福斗牛犬。他身居此位已经多年,说出的话空空洞洞,犹如一只被丢弃在柏油路上的空罐头盒，一旦遇到破坏纪律的情况，自身不具有足够体力资本和领袖魅力的少校每次都会采取自己十分喜欢的一种手段：他的声音伴随着凶恶狰狞的表情，这表情使那些纪律松弛、善于敷衍了事的军官们明白，谁才是这儿的主人。喧哗声静了下来，而不具有足够的幽默感的奥金佐夫，已经不止一次从亚历山大那儿听到过诸如此类的引言，而这一次却上了他的当：他这次竟然没搞明白，在这位年轻军官的华丽辞藻后面，却原来一无所有、空空如也。但这次他到底还是笑了一笑，而且出乎亚历山大意料之外，他居然把亚历山大这番笨拙的表演当做是他同意代班的信号，而亚历山大却连反驳都来不及了。

"同志们，你们好！"突然响起了队长列舍特尼科夫洪亮的声音，这标志着在载人火箭"结晶体"的发射准备工作即将就绪的最后一天，检阅队伍的仪式正式开始了。

"您好，上校同志！"约百名归他指挥的分队的军官和士兵齐声响应道。

接下来是一系列专门的军队口令，而在此之后，所有带蓝色帽圈军帽的军人都齐刷刷地将头转向右方，紧接着，在一声响亮而又熟悉的"向右看齐"之后，重新站成一排排的士兵和军官们又以整齐的队列在同一时间内都把头转到上校所指的方向。在军队进行曲的歌声中，列队经过指挥部，然后马不停蹄地离开这块场地，前往发射平台。

　　离开发射平台还有不到十五分钟的步行时间，亚历山大还有一点时间可以用来思考一下奥金佑夫出人意料的建议。此刻这条建议很快就占据了他的大脑，一眨眼间，就把他全部有关如何度过明天晚上的计划给彻底打乱了。由于缺乏手机——"摩托罗拉"公司当时还没有发明这么个玩意儿——这么个俗气的原因，他无法决定究竟该通过什么方式通知这个自己昨天才结识的姑娘，说他出于可以理解的原因无法赶赴约会了。中尉的眼里立马出现了那位浅色头发、漂亮迷人少女那罗曼蒂克的肖像：这位脖子像天鹅般修长的少女，孤零零地站在列宁塑像旁边，神情忧郁地等待着的自己这位新出炉的崇拜者，而此时这位崇拜者却由于无法预料的缘由，正在向离她越来越远的反方向走去。

　　"是啊，"他沮丧地想，"真不走运，真糟糕。我真是个十足的傻子、笨蛋。我怎么就想不到问她一句，这么迷人又纯洁无瑕的人儿住在哪儿呢？"亚历山大沮丧地在心里责骂自己道。

　　作为此时此刻最有分量的大事件——即将进行的换

班还是把亚历山大的想象给排挤掉了，正是约会被取消使得压力山大回到了现实中来。他毕竟还有另外一个希望，明天他可以打发根卡·托罗鲍夫代替自己去给姑娘送一张纸条，以此挽救一下眼看就要破裂的，已经岌岌可危的关系。他轻轻地叹了一口气，决定明天早上一下班就去做这件事。

"发射时间定为一点三十二分，"亚历山大心里想，"这就是说，两点，或最晚两点半就会集合站队。一小时后，站台上会开来几节车厢，而我们到城里最早也得四点。"他在心里疾速地回想了一下自己面前的道路，即刻明白留给他睡觉的时间还不足两小时，必须再想个什么办法，最好是那种能更快一点的。他又思考了一会儿，最后终于确信一点：回城根本没有任何意义，可遗憾的是，要想在这里过夜，住哪儿就成了大问题。

青年军官亚历山大皱起了眉头，但只沉吟了片刻工夫，脸上却又浮现出笑容。他的情绪开始急剧兴奋起来，犹如牛顿因一只红彤彤的苹果而发现令全人类震惊的真理一样，亚历山大此时也电光石火般心念一闪，脑子里立刻做了一个决定，这个决定后来竟然彻底改变了他整个一生的命运。

十五分钟以后，面对КПП发射平台前的最后一道线路，军人队伍的前排停了下来。在听从执行战斗值班的指挥员的严格指令后，开始逐一进行检查，每队都把自己的通行证交给发射值日员保存，同时从他那里领来一块金属号牌，一旦发生悲剧性的事故，可以据此断定参与发射的死难者的身份。不过，发生此类悲惨事件的概率是极其稀少罕见的，因此，领取号牌这一程序在很大程度上只是走个形式。亚历山大顺利通过了检查，进入发射平台的封闭区域，发射架上正庄严肃穆地矗立着世界上最可靠的二级火箭"结晶体号"。

在"穆罗缅茨"宇宙火箭发射场上有好几支太空中队，而亚历山大所服役的只是其中一支。火箭中队的任务是把卫星送入近地轨道，这个发射场和三十年前把传奇人物尤里·加加林发射到太空的那个名震全球的发射中心相差无几。亚历山大喜欢发射场的工作，但作为工程师，他同时也清醒地认识到，整个加油管理系统的技术工艺虽然仍不失为高度可靠的，但却早已就陈旧不堪了。早在以前的军事太空学院内学习时，在第二十三教研室宽敞的展示大厅里，就陈列着一个名叫"能量"的运载火箭的加油系统。六年前，他作为工程师所受到的训练，就是在这个展台上开始的。在与美利坚合众国太空争霸的竞赛中，"能量号"和"暴风雪号"是苏联科学家对于竞争对手有力的回答。这两种火箭与可以多次使用的、在苏联被人称之为"沙特尔"的美国系统相反,苏联人建造了世界上独一无二的宇宙载重大货车,它可以把超过一百吨的有用物质传输到轨道上。这是科学技术思维的一次胜利凯旋,让苏联在火箭发动机液体燃料工艺方面领先了美国的科学家们足足有半个世纪之久。我们当然不会贸然贬低美国国家宇航局的优点,因为正是在那里,伟大的科学家维纳·冯·布劳恩[①]得以实现其征服月球的伟大理想,他成功地使第一批宇航员得以登陆月球,而这批美国宇航员迄今为止都是世界唯一和第一的。或许我们不值得把某些政治体制在争夺霸权的竞争与科学家们的劳动成果进行比较:无论是冯·布劳恩还是科瓦廖夫,他们都是为了和平利用宇宙空间而工作着,根本不是为了某个共产主义或资本主义国家的胜利。

亚历山大生活在沉重的、令人忧心忡忡的两个时代交替的特殊岁月。苏联衰落的时间已经可以用月来计算

[①] 维纳·冯·布劳恩(1912-1977),火箭设计师,德国佩内明德军事火箭研究中心的领导人之一(1937-1945)。该研究中心研制了 V-2 火箭,德国法西斯统帅部曾用这种火箭袭击美国和比利时的城市。1945 年起移居美国后,在他领导下研制出"红石"火箭、"木星"火箭、"土星"运载火箭等。——译者注

了，"改革与新思维"的声音已经撼动了苏联社会的基础，和那个时代的政治地震一起，促成了匆忙而又草率的政治决定出台这样一种无法遏制的巨浪狂涛的产生，而巨浪狂涛则在一路上把苏联科学界以前所取得的伟大成就通通一扫而光。

两年前，由于缺乏资金，"能量号"运载火箭的使用计划不得不下马，这件事也对一直想要学有所用的亚历山大的工作分配造成了影响。就这样，从学院毕业后，就在分配工作名额的最后关头，亚历山大意外地接到去"穆罗缅茨"宇宙火箭发射场工作的调令。分配委员会的决定令他没有了自己选择的余地——这位无权决定自己个人爱好的军官不得不与必须到北方发射场工作的想法做出妥协。作为一个世界主义者，亚历山大对于自己出生和童年生活的地方并没有什么特殊的依恋，更何况当时父亲安德烈已经在位于莫斯科的太空军事力量部门工作，并且和奥丽迦·鲍利索芙娜一起，住在离地铁站不远的地方。而格列勃则在一家设计局当工程师，结了婚，全家住在莫斯科郊区，住的地方离家也不远。

亚历山大每次走上发射平台，都会想起"能量号"首次发射时的情景，在他的一生中，那次发射是他唯一一次作为实习的学员参与的发射。今天，和往常一样，当他怀着忧伤的心情望着"结晶体号"时，他不无哀伤地想到"能量号"和"结晶体号"之间在诸多方面存在着天渊之别。如果你走出豪华典雅的奔驰，而坐上陈旧破烂的大众甲壳虫，就也会有类似的体验。

亚历山大走了一条他早已习惯了的路线，他绕过由一只只钢铁铁爪把"结晶体号"紧紧抓住的发射架，然后进了一道通向发射中心底层的门，通过一道螺旋状的旋转步行梯下去，来到电缆间的门口。然后，他又沿着狭窄而又弯曲的走廊很快到了地下。这里是一个加固得很好的小仓库，位于地下距离火箭约五十米到七十米的深处，为了防止不可预料的突发事件，这里还有一道厚厚的水泥防护墙保护着。这里的入口有两扇半吨重的、相互平行的钢门，中间有可以转动的轮子，和现代潜艇的舱口盖十分相像。

几分钟以前出现在他脑中的拯救的想法是这样的：他明天一早就将顶替别人去值班的那个亚硝酸厂，厂长是他的朋友格拉宁大尉，他完全可以临时安顿亚历山大留宿一夜，这样也就可以帮他解决难题了。

亚历山大经常到这个离发射台不远，只能履行油料低温冷冻功能的亚硝酸厂值班。是格拉宁发现了这位给人以希望的年轻军官，他发现亚历山大几乎把自己所有的时间都泡在了工作上，于是向加油小队队长萨武什金提议，让他来做自己职务的候选人，因为他本人已经在准备调到总队另外一种更安全的工作岗位。尽管萨武什金由于亚历山大那种自由随性，有时常常会别出心裁，做出让人意料之外事情的性格而并不喜欢他，但他也同意了格拉宁对亚历山大的评价和提议，因为他知道这位年轻的中尉做事十分认真负责，把这种高危厂子交给他管理，应该不会引起不必要的麻烦。

少校还记得亚历山大刚一出现在他这个小分队里时，这位精力旺盛、能力超群的军官，人们就已经开始议论纷纷了。此人在刚开始工作的头一个月里，就已经和小分队里那些上士们打成一片，而且更使人惊奇的是，他和基地那些极有影响力的军官们也相处得很好，这些军官们非常满意地把他作为中队上流社会的成员之一接受了下来。他似乎拥有一种内在的魅力，一种隐而不露的磁力，能把人们吸引到他身边来，围绕他形成了一个友好的同盟。他对下属总是既礼貌又得体，对同级有时略含讽刺，但却从不会粗鲁无礼。

亚历山大在上学的时候，读了很多有关苏沃洛夫大元帅远征的书，深知兵马未动、粮草先行的道理，可由于宇宙火箭发射场完全处于和平时期,所以也就基本没机会去缴获敌人的粮食和辎重了,于是这位心灵手巧的年轻军官便开始诉诸外交手腕。他的行动给他那个小队的士兵和军官们带来了许多好处:所有短缺商品总是会在第一时间如水一般流到小分队里来,而对于如此惊人的变化,要想不闻不问不察觉那是不可能的。亚历山大的威信急剧增长,但那些不如他那么机灵的同事们对他的嫉妒之心也与日俱增。半年后,他和多罗霍夫中尉干了一件让同事们大为震惊的事情:他们强迫数名老兵油子在新兵们的注视下,清理部队操场上的冰块。在苏联军队里要为那些"老爷子们"找比这更侮辱人的工作,还真的很难。从外人角度看这简直不可思议,这和强迫一头非洲野象毫无怨言地到沃尔库金伐木场去踩雪有何区别?

作为一个坚定支持公正原则的人,亚历山大最看不惯的就是头一年当兵的新兵们一大早站在他眼前,脸上就挂着一副睡眠不足的委靡之相。当问到眼睛下部的青伤究竟从何而来的时候,他听到的回答和他小时候因为打架而向妈妈撒的谎如出一辙。估计是这些体格尚不够强壮、缺乏纪律的新兵们不愿意因为一些鸡毛蒜皮的小事打扰中尉,所以举止谦恭而又羞赧地撒了谎,杜撰出这种一眼便会被看穿的假故事来，但亚历山大敢肯定，那些伤痕绝对是老兵的"杰作"。有一种说法说在亚历山大的前任中，没有一个曾经克服了这种根深蒂固的弊病，亚历山大对这种说法嗤之以鼻；还有另外一种说法说在整个苏军历史上，就不曾有过新兵违抗老兵并获得胜利的记录，对此，亚历山大同样不屑一顾。虽然自己充其量不过是处里的一个小小的工程师，这样的职位无法为他提供类似的全权，但也许是为了排遣郁闷，也为了一劳永逸地摆脱自己肩头所承担的值夜班的重担吧，他决定以快刀斩乱麻的方式彻底清除这些污点。亚历山大明白仅靠自己一个人单枪匹马未必能解决得了这个问题，但凭借多罗霍夫中尉这位同事的支持——他无论就身体条件和正义感而言，都不逊色于亚历山大本人——使得官兵平等和兄弟友爱的理念很快在士兵中间深入人心。两位军官在简短地商量了一番后，决定常上夜班，以便有机会为实现他们给自己树立的崇高目标而努力。很快实现这一代号叫"荣誉与良心"行动的合适机会来了，这件事成了他走向辉煌荣誉的起点。

使那些士兵们备感意外的是，有一次，正当那些"老家伙们"嚣张到了肆无忌惮，嚣张到了丧失荣誉和良心的地步时，亚历山大和多罗霍夫却与刚入伍一年的年轻新兵们混在了一起。老兵提交给值班军官们审核的新兵训练大纲被亚历山大和多罗霍夫当下予以否决，不但如此，还受到了他们严厉无情的批判，对此，就连一些极有威望的老兵们也很生气，并且竭力想要迫使两人为之做出迟到的解释。其中最嚣张的四人竟然敢到两人面前来兴师问罪，这终于把亚历山大给惹火了。谁都不知道为了打开这些人冷酷的心扉，他们究竟找到了怎样的钥匙，反正几分钟以后，这四个家伙全都在外面，在零下二十多度的严寒里清理起场地上十二月被冻得硬邦邦的冰雪，而那些一直受他们欺负的新兵们，则从二楼的窗户里面，带着赞许的神情在观察着这些老兵们干活儿。这件事对其他人来说不啻为一次教训，一个月以后，老兵欺负新兵的现象在第二加油队就绝迹了。

此事过去刚不久，新兵父母的礼物和感谢信开始如雪片一般从苏联的四面八方向多罗霍夫和亚历山大飞来。因为这些年轻的孩子们都不约而同地在给父母的信中，对两位年轻军官的军事业绩和高尚行为进行了讲述，当然也不乏夸张的色彩。使多罗霍夫和亚历山大更意外地感到惊奇的良好后果是：一些黑鲟鱼子包裹开始定期从阿斯特拉罕州寄来；从格鲁吉亚则令人羡慕地周期性地寄来恰奇酒和葡萄干；从达格斯坦寄来的是新家酿的葡萄酒和"卡兹别克"香烟；而从阳光灿烂的库班田野来的则是天然蜂蜜。这还不算，很快亚历山大收到了一封信，是从摩尔达维亚来的，是一位新兵不知名的父母用十分漂亮的书法体写的。写信人显然分辨不大清军衔，出于感激，他写道："备受尊重的亚历山大·安德烈耶维奇·沃龙佐夫中校……"本就不乏细腻的幽默感，而且喜欢在值夜班时一有机会就和朋友开开玩笑的亚历山大有时会把这封信当做对其为祖国所建立的军事业绩的最高奖赏和来自人民大众的崇高评价的样板，来读给多罗霍夫听。他读的时候，会特意加重中校军衔的语气。对亚历山大的把戏了如指掌的多罗霍夫，每当听见亚历山大用单调乏味的声音读到"备受尊敬的中校同志"时，都会无法保持克制，浑身颤抖地狂笑不已。他笑得是那么强烈，以致亚历山大不得不用双手抵住自己所坐的椅子，以防——谢天谢地——可别闹出什么不幸来。从此以后，加油小分队的纪律以及与之相伴随的诸项指标开始急遽地直线上升，为此小分队队长萨武什金少校时隔不久就获得了表彰和奖励。他不知道该怎么处理亚历山大的事，后者一值夜班，一个人就可以抵他半个军官队的人力，与此同时他又很担心，这位年轻工程师的威望在闪电般地增长，从内心讲，尽管连他也不懂得是为什么，他就是对亚历山大十分反感，而且这种反感在他心里与日俱增。有时他甚至还想假设自己落在亚历山大手下，那就完全有可能会像那些年轻士兵一样，在操场上练队列步伐，心怀羡慕而又轻松自如地执行着他的口令。

和父亲安德烈·谢尔盖耶维奇一样，作为儿子的亚历山大在生活中什么都不怕，任何时候办事都是既干练又果断，可在这个意志极其坚强的人所有这类的品质的背后，隐藏着一颗易于受伤的善良的心，这颗善良的心任何时候都乐于对人们的求助积极给予响应。

亚历山大走进加油站办公室，办公室就在发射控制仪表房的旁边，这里协调和控制着运载火箭"结晶体号"发射准备期间的所有工作。面部表情十分紧张的军官们在进进出出，到处传递着"一号"压低声音的指令，根据军事暗语，发射指挥员被简称为"一号"，而按照惯例，"一号"通常由该部队首长或他的副手之一来担任。这是在火箭发射时唯一还有人在现场的地方，其他人早已离开发射平台，坐车去了五公里以外的隔离线以外地区了。亚历山大属于直到最后时刻也仍然会留在地下仓库的军官之一，他不光可以从屏幕上观看火箭强劲起飞时的状态,而且还可以感受到这个强大的巨人挣脱地球怀抱时那种惊天动地的战栗。

亚历山大再次检验了一遍所有的仪器,确信所有环节工作正常后,他走到内部联系用的电话前,拨了硅酸盐厂值班员的电话。听筒里响起了助理值班员拉兹巴什中士的声音。

"我是沃龙佐夫,"亚历山大冷冷地报了自己的名,问道,"可以和格拉宁大尉通话吗?"

"中尉同志,请稍候,我这就去通知。"中士连忙回答道。

两分钟后听筒里传来大尉高兴的声音:"喂,亚历山大,请讲。"

"我想请你帮个小忙。"亚历山大平静地说道,然后向格拉宁简短地讲了自己突然受命顶班,因而想在他所在的硅酸盐厂过夜的意图。

"没问题,我今天要进城,钥匙放在拉兹巴什那儿,祝你好运,中尉。"格拉宁说。而亚历山大于是也在这一整天当中头一次感到心情放松了下来。他接下来所要做的,就只是给姑娘写一张纸条,然后派托罗鲍夫明天一早就交给她。他放下听筒,对自己的机智很满意,于是,便接着全身心地投身于工作中去。

阿英格姆◎第八章◎穆罗缅茨宇宙发射场

距发射大约还剩下一小时时，专用对讲机传达了指令，于是，坐在仪表控制台前的亚历山大和他那个处的其他三位军官按照惯例活跃了起来。管理中心的工程师检查员马尔科夫上校走了进来，并且立即向奥金佐夫下达了一系列指令。运载火箭"结晶体"的燃料装填程序开始启动了。起初一切都是按照规定程序进行，没有任何出错的征兆，可是当通过二级输送管道装填液态氧时，不知出于什么原因，已经开启的26－K阀门突然开始漏氧。根据内部对讲机的讨论，情况非常之严重，应该把已产生的问题汇总起来，提出取消发射的建议。亚历山大听到了"一号"和负责破损的输油管道结扣的贝格斯基大尉的谈话，从而逐步得出结论：这不是一个普通的意外事件，漏氧可是带有毁灭性灾难性质的。又过了一分钟，马尔科夫被叫去了，而奥金佐夫也不知去了哪里。亚历山大利用这一时机，神不知鬼不觉地离开了岗位，从口袋里掏出一盒自己十分喜爱的莫斯科出产的"爪哇"牌香烟——这烟是无微不至的母亲奥丽迦·鲍里索芙娜亲手寄给他的，为了以防万一，他请搭档帮他盯一会儿。老实说，他已经行使了自己的职责，而一旦要他关闭阀门的话，他可以不费吹灰之力地就把开关拧回原来的位置。他本指望从外面的军官们那里打听一下所发生事情的详情细节，可出来一看，竟然一个人也没有。一种职业好奇心紧紧地攫住了他的心，就这样，他决定无论付出多大代价，也要亲眼看一看究竟出了什么事。亚历山大心想，想要满足其不健康的好奇心，他只需要十分钟就足够了。

一分钟后，他开始沿着电缆线往"四棱堡"——这是一个四角形状的水泥设备的名称——走去，这家伙的外形酷似一枚四角被牢固地焊接起来的螺丝帽，高达十米开外，"结晶体号"就端坐在这枚螺帽的中心，从远处看，四棱堡就犹如火箭第一级发动机腰上围的一条腰带。四棱堡上集中了所有从亚硝酸厂引出来的输送燃料的管道结节、电缆、泵、压缩机、发电机及其他设备。此时，四棱堡的构件由于震动而发出颤动，从里面传出工作中联动机组吓人的轰鸣声，这里的一切都在咆哮，都在轰响，以至于连他自己的脚步声也被淹没了。沃龙佐夫只需要不多一点时间，好沿着宽大的螺旋状的梯子爬到这个技术设施的次高层，即第四层去。

他爬上平台，一眼看见上面有一群人，都站在不幸的输氧阀门26-K旁边，可是，这帮人所做的事情却令他感到万分恐惧。他没发现，自己身后居然站着太空军事力量司令部参谋长——波克雷什金中将，而且，他正对着宇宙火箭发射场指挥部可怜兮兮的上校的耳朵在嘶喊着什么。由于发电机的轰鸣声,亚历山大听不清这些人在说什么,但在这里一眼就可以看见冒着气并像一股股强劲水流似的液态氧,大部分滴落在了一只小小的洋铁桶里去了,桶就放在破损的阀门底下,而放桶的是一位他不认识但显然非常勇敢的军官。压力令结着冰同时又在沸腾的水流咕嘟咕嘟地冒泡,煞像一条蛇发出的骇人的咝咝声,每当水桶装满以后,便会有另一只铁桶接上去。

如果不算几乎充斥了四棱堡内部一半空间的一团团液氧气体,以及参与维修人员的高级级别的话,亚历山大所看到的一切,与"下水道管理局"派出的事故维修队,在某个由于日积月累而腐蚀破损的城市地下管道系统排除中央供暖管道破裂事故的场面十分相像。假如一个幸运的美国宇航员能透过水泥掩板看到苏联军界工程师们表演的这一套仪式的话,其惊诧的表情你都可以一下子就想象得到,因为这些工程师们居然在滥用能够带来死亡的、正在挥发的液态氧气!这时他的好奇心定然会令他焦灼难耐,迫使他竭力为自己解答这样一个无解的问题:"距离火箭发射剩下顶多二十多分钟了,可这帮俄国的伊万们究竟还在入迷地搞什么呀?"

亚历山大呆若木鸡，他即刻明白了：发射并未取消，未来的整整一个小时都将会在无谓的忙乱中过去。站在前面的那些人仍在持续不断地干活儿，每秒钟都在拿自己的生命冒险。他愣怔地站在那儿看了一会儿，直到他终于认识到，他本人也和这些人一样，距离苏联政府通常只会颁发给已经牺牲的祖国英雄的最高奖章只有几步之遥。两百吨液态氧和煤油已经注入火箭的燃料仓，只需一粒小小的火星，就会引发这庞大的能量产生巨大的爆炸，就连正在现场进行监督的波克雷什金中将也将无法幸免。

"快离开。"身后忽然传来一个声音。

他浑身一激灵，连忙回头看了一眼，可平台上连一个人也没有。奇怪，但这声音他却觉得很熟悉，他又看了一眼站在他前面的那些军官们，此时，他们腰部以下都淹没在水汽化成的白雾中了。军官们的注意力都凝注在26-k阀门的已经破损的插销上，谁都不曾注意到他。他再次四下里扫视了一圈，身边没有其他人，于是他便又兴致勃勃地看起四棱堡里这一既可怕又迷人的场面来。

"赶快离开！"那个神秘的声音充满威胁意味地轰鸣着。

亚历山大已经没有时间理会自己身上究竟发生了什么事，只有一种感觉是他所能领会的，那就是恐惧，恐惧紧紧地攫住了他惊恐万状的身体，于是他飞身逃离了这块万分危险之地，逃离期间的数秒钟变得像童年时代夜间噩梦里那样无尽漫长而又沉重。他没有觉察自己在昏头昏脑的情况下，竟然从四棱堡里跑了出来，并一脚踩在了"结晶体号"主发动机下面的零度标记上了。直到此时，他才惊恐万状地意识到，在逃命欲望的驱使下，自己显然犯下了最后一个致命的错误，那就是自己所逃的，恰恰不是能够使自己逃离的方向。此时，距离火箭发射剩下不到二十分钟的时间了。

零度标记区域里没有任何人，这里弥漫着一种非常呛人的氧气的味道。亚历山大就恰好站在发射时最危险的那一点上，一动不动，这种状态即所谓的心理休克。"结晶体号"的肚子里盛满了可以使人致命的液态氧和煤油的混合液体，距这样一个庞然大物如此之近，令他处于彻底呆滞和崩溃的状态。

"你到这儿干什么来了，亚历山大！"他身后忽然响起指挥员严厉的声音。

亚历山大连忙转过身来，眼里掩饰不住震惊之色："是你？"他充满疑问地瞧了瞧又高又瘦的军官一眼，因为他压根儿就没想到会在如此危险的地方看见一位第一分队发动机专家中的一员。

"亚历山大，要想活命就赶快离开！我的话你听见没有？！"别列戈沃伊大尉狂怒地喊道，而亚历山大直到此时才看清他那倦怠万分的眼神里的疯狂神情，那是一种野兽般疯狂的，同时又充满了抑郁和毫无出路感的神情。大尉用倦怠至极的眼睛扫了中尉一眼，显然他从对方眼神里，看出对方的内心和自己一样恐惧，于是便绝望地一摆手，一声不吭地向四棱堡跑了过去。

列舍特尼科夫上校通过扬声器，宣告十五分钟发射倒计时准备开始，这声音一下子使一动不动的亚历山大动弹了起来，他不顾不管地撒开腿向距离他三十步开外那像个丢弃不用的熨斗似的东西跑去。发射点上这个丑陋的凸状物是一个救命的定向物：在它旁边，就是从零点撤退的一个备用出口。几秒钟再次变得如几分钟一样漫长，亚历山大感觉自己似乎已经从如影随形地跟在他身后蹑踪而来，打算将他扑倒在地的死亡的危险中逃出来了。

一分钟后，他已经闯入半开半合的一道金属门里，一步几层地飞跃过梯子，开始沿着电缆坑道灯光昏暗的走廊加快自己获救的步伐。此时的亚历山大还不知道，与此同时，他刚才在发射点上见到过的别列戈沃伊大尉的下属们已经终于胜利地把绕行26－k储油段管道传输液态氧的阀门给关闭了，从而得以在距发射仅剩十分钟时彻底杜绝了发生可怕的毁灭性灾难的可能性。

当亚历山大出现在"结晶体号"的冷却剂操纵控制台前时，任何人都未曾注意到他。操纵室里如常的工作氛围和军官们脸上镇静的神色令亚历山大吃惊不已。那枚火箭仍然矗立原地，已经完全处于待发射状态，火箭已经被冷却下来的箭体正在蒸发着一团又一团的氧气。门后传来高级军官充满自信的口令声，以及输油操纵系统继电开关单调的轰鸣和噼啪声。

亚历山大故作镇静地走进屋，坐在自己工作的椅子上，任何人都不曾发现他消失过一段时间，这使他感到奇怪。马尔科夫和奥金佐夫上校在仔细偷听着一号在内部通讯系统中的谈话，他们脸上的表情显得平静和自信。毫无疑问，发射准备系统现已处于规定状态。

"阀门怎么了？"他装作无所谓的样子向处长问道，竭力想要抑制住心头的激动和兴奋。

"你到哪儿去了？"奥金佐夫突然问了一句，他脸上那种冷静如常的表情明显说明他已把这位老中尉归入了知情人的行列。

"屋里闷得慌，出去抽了支烟。"亚历山大眼也不眨一下地回答道。"26－k阀门的险情，终于排除了吗？"他又问道。

"一分钟以前，别列戈沃伊向'一号'报告说第四处发射准备已经就绪。"奥金佐夫平静地回答道。

对于亚历山大中尉来说，处长自信的回答是个好消息。于是，他怀着赞许之情回想起了碰到那位勇敢的大尉的短暂一刻，那位大尉勇敢地肩负起了今天这次折磨人神经的发射的全部重担，并且驱赶了死亡的幽灵，把数十位为发射进行辛苦工作的人的生命拯救了出来，而这些人却对别列戈沃伊手下那些工程师们在输氧主管线上进行的艰苦卓绝斗争的详情细节毫不知情。只是在几天以后，亚历山大才得知真相，原来是因为别列戈沃伊的下属们在给输氧管道打压时疏忽大意，没有认真检查26－k阀门的连接是否正确……在俄罗斯从古以来就有一种传统，即人的高枕无忧的精神与其著名的弟兄——英雄主义——颇能和平共处，相安无事。

"打开发射锁！"输油室仪表控制台前的扬声器里响起了"一号"的声音。这声音立刻又像回声一般，在稍稍迟缓了一会儿后回响了一遍。屋里顿时一片寂静，军官们的眼睛紧盯着终端机的屏幕，连眼珠也不转一下。最令人揪心难耐的、以秒来计算的火箭发射的最后时刻来临了。这枚火箭的外舷上还绑着一枚秘密的军用卫星,里面装载的东西更是价值连城,最令国防部长沙什尼科夫担心的正是这个东西。

"是!"主管发射操纵的军官精神饱满的声音从扬声器里传来。

"开始排除瓦斯!"

"是!排除瓦斯!"

"计时!"

"是,计时!"

"排气!"

"是,排气!"

"点火!"

"是,点火!"

"发射!"

屏幕上出现了一道烟云和一团团的火焰,气液分离器被一股巨大的力量分割了开来。一股强大的冲击波使得墙壁震颤了一下,犹如受到强烈地震一般,屋顶掩盖板上的墙皮纷纷落下了碎屑。伴随着一种可怕的、低频的嘶吼声,发动机发出了震撼人心的强大的震动,这只意味着一件事,即在距地下发射控制坑道只有五十米的地方，运载飞船"结晶体号"成功地脱离了地球的引力，向着明朗的夜空奔去。它也带上了亚历山大中尉和他那些伙伴们的喜悦，将其汇成一股人类欢乐的沸腾的洪流，这洪流把这一天疯狂劳动和大家倦怠的意识都一下子吞没了。

"成功了！！"马尔科夫上校的欢呼声骤然间划破了这一片寂静。

"成功了！！"留在现场的其余军官们也纷纷从座位上站起来，大声地欢呼着，呐喊着，他们感谢命运是如此宽容，让这次发射有一个如此出乎意料的幸运的结局。

第九章◎ CS-50 蟹状星云

第二天正午时分，阿里贡出现在阿英格姆统一文明政府大厦前。他走进宽敞的前厅敞开的大门，走上通向远距离速传大楼最近入口的侧滑道。转眼之间，这位信徒就已出现在了传说中的鲍斯修会的墙内。大厦的最低一层聚集着数百位爱达洪人，他们也和他一样，都是刚从宇宙遥远的边界回到这里来的。

时间穿越委员会的工作正在以其惯有的紧张节奏进行着。阿里贡停下脚步，仔细听了听，开始急不可耐地等待着被召唤。他在此时此刻所能体验到的，是一种无论如何也无法克服的激动状态，这种考验的能量在大厅里无所不在，并且无时无刻不在密切关注着他和每个不朽者的状态。

在一个和足球场一样大小、没有窗户的房间里，昏暗散漫的绿光正散发着，地板呈流动状态，使得它们每时每刻都有可能丧失其致密度，以便从下面开辟一条穿越的通道，这些通道可以让修会成员穿越到某一等级去考察信徒执行使命的情况，以便将信徒从业已经历的托身的因果重力状态下解救出来。这样可怕的场面阿里贡已经不止一次看到过，对此他很难使自己适应起来，也无法预先做好心理准备，可经受上天预备好的考验又是必须的，因为只有这样才能再次证实其不朽者的地位，并使其在阿英格姆文明中以一个爱达洪人的身份复活。每次当远距离速传大厦的门在其身后关闭时，他都能感觉得到一种无形的颤动，这种颤动迫使他心脏紧缩，紧缩到心口剧痛的地步，而眼睛却在一片昏暗中寻找着敢于惊扰其灵魂的那个来源。修会的每个信徒每次都能看见同一幅画面，看到形如一颗无光泽的黑色小球似的一团能量，其周身笼罩在一层烟灰色的光圈下，在雅贡娜那镜面一般平坦的表面上滑行，把空间弄弯，伴随着其庄重的步伐的是无限恐惧的气圈，这气圈犹如渴望美味的舌头一般，在信徒们中间寻找着愿意把自己与神秘的再生结合起来的爱达洪人。

阿里贡看见一颗小球如何在它所选定的那位信徒的头顶上，只悬挂了几分之一秒之久，随后又以一种狂暴的力量吸引着信徒,然后完全将其融化在旋转的漩涡里。紧接着因果报应的磁力场被接通了,小球也被颤动中的能量给吞噬了。在场的斗士们中,任何人也不知道他经受考验的时刻何时来临,因而考验成为了一种永远压迫人灵魂的仪式,这种仪式从阿里贡证实荣膺不朽者地位以来不曾有过任何变化,可是,他却并未等得太久,他抬起头来,就见自己头顶上有一台毫无怜悯心的、正在飞速旋转的"死亡机器"。有什么东西在他眼前闪了一下,便即刻又灭了。阿里贡的意识融化进了小球疯狂的拥抱中,并且紧跟在他的身后。

名门望族西马狄的代表人物在瞬息之间失去了意识,当他醒来时,看到自己眼前是一个大到无法比拟的大厅。准确地说,他是置身于一个没有墙壁,只有星空照耀着他的广阔空间里。这位信徒稍稍抬了下头,看见漆黑的天幕上有一颗明亮的星星。毫无疑问,这就是NGI-559银河系里的比昂星。那颗星星逼近了,而他最后的使命就与这颗星星有关。阿里贡舒舒服服地坐在风中翱翔的安乐椅上,看着忽然出现在眼前的屏幕上,屏幕上正回放着他在比昂星上化身的经历。

他看见了自己是如何诞生的,看见了自己的童年。这些画面在屏幕上高速旋转着,这也就说明,他在这个星球上生存的最初阶段里一切都是正常的，可毕竟还是有些个别的小事情放慢了速度，它们还被用大写镜头加以强调，这种刻意突出只能勉强被人发现，但紧接着关于其往昔生活的"影片"中的镜头再次被加快了速度，童年不知不觉变成了少年，而阿里贡似乎觉得，自己一生中的这段时期同样也没有犯过任何重大的失误，可画面的运行很快就以令人可以察觉的速度慢了下来，而且其运行的速度，和其发生时时间流逝的速度，保持着一致。阿里贡皱起了眉头，竭力想要回忆起自己在这里犯下的那个错误，究竟会是什么。

屏幕上出现了一个广场，广场上站满了人，大约有将近两百个阿克尔马人，而在广场祭坛中心的那个人——阿里贡发现竟然是他本人——止在充满激情地向他周围的人们解释和说明着什么。

呵，他终于想起来了！那时，他正竭力想要说出在黑暗世界文明信徒们的压迫之下，比昂人民宛如奴隶般生活的真相。那是比昂星上头一次公众集会，在那次集会上，扎姆盖——阿里贡的化身——首次公然走上讲坛，命运使之获得的机遇使得在行将到来的政治博弈中，与关键人物的重要会面存在了实现的可能，因为而这场政治博弈将直接通向齐阿尼特文明信徒们的政权体制。揭露比昂星上所发生的一切的真相，阿里贡是要冒着暴露自己光明修会使徒身份的风险的，但假使会面实现了的话，那这次冒险就毫无疑问是值得的。遗憾的是，会面并未发生，他犯下了第一个不可饶恕的错误，屏幕上出现的画面，也证实了这一结论是完全正确的。忽然，只见一位疲惫不堪、满脸菜色的乞丐老头穿过密实的一排排的人群，慢慢腾腾、一瘸一拐地拄着拐杖走到他身边，边走便毫不礼貌地打断他的话，给他提了一个看似毫不起眼的问题："孩子呀，我眼神不好，请告诉我，我该往哪儿走，请给我指指路，我没听清。"说完，这老头带着不加掩饰的好奇心仔仔细细地看了年轻的演讲者一眼。

"老人家，你应该跟着理性的力量走！在你努力认识自己和世界的追求中，它会成为你的依靠和支柱，它会给你以无上温暖，让你那些尚未实现的理想有个栖身之所！"扎姆盖眼睛一眨不眨地朗诵着充满诗意的即兴诗。

听众腾起了一片哄然大笑，于是，那个叫扎姆盖的年轻人继续采用诗体形式进行详尽解释，希望人群中会有那个闲汉能够发现他是这桩使命的关键。衣衫褴褛、白发苍苍的老乞丐脸上带着一种奇特的责备表情，默默凝望着阿克尔马人民的这位未来领袖。他的眼睛不是由于星光闪耀而发光，而是由于他的眼眶里充满了忧郁，充满了绝望而又哀伤的泪水，而且，扎姆盖话说得越多，乞丐老人的神色就越阴郁，而他脸上的轮廓也就越是模糊。随后其他居民也开始相继提问，紧接着还有更多的居民相继提问，任何人都不曾注意到，老乞丐悄悄地准备离开了，正在慢慢地从人群中往外挤。尽管这位老人年龄已经很大了，但阿里贡却直到此刻才看清老人的仙风道骨。在仔细观看这一场景的过程中，他心里始终有一种感觉，即这位老乞丐的气质里有一种奇特的东西，并非是普通阿克尔马人所能拥有的。一秒钟后他意识到，那个第一个向他提问，而此刻正准备离开场地的人，恰好就正是扎姆盖当年苦苦无望地期待着与之见一面的那个关键人物。录像停了下来，一个特写镜头把那老人的面庞突显出来，一切疑虑均被彻底打消了：阿里贡清清楚楚明明白白地看出，此人那单薄的身体和眼睛都被笼罩在一种紫罗兰色的光晕里。在这位瘸腿的乞丐形象里，有一种和他同等的鲍斯十级信徒才具有的神采。接下来继续发展的情节表明这位白发苍苍的阿克尔马人是阿克尔马官僚等级制里一位位高权重的大官员、齐阿尼特文明最重要的秘密部门之一的头儿，而扎姆盖竟然未能感觉到这位站在距他几步开外的阿英格姆的信徒,这正是他所犯下的第一个致命错误。阿里贡一切都明白了:那时,年仅二十八岁的他,由于自己那心比天高的骄傲和自负,由于自己那极不适当的虚荣心,他使自己的使命沿着一条分外崎岖坎坷的路进行了下去。已经毫无疑问了:刚才出现的这个老头正是被派来陪同他的最强大的信徒。由于有这样一个颇具影响力的人物的保护,自己在与黑暗世纪使徒们的斗争中又会增加许多胜算。

银幕上又有几组选自他前不久生活中的镜头闪过,并且也和上次一样,照例会在重要的部分降低速度。

在一间半地下室的桌子前,昏黄的光线照亮了人们的脸庞,大家正在热烈地争论着什么。阿里贡想起扎姆盖那时已经当上了一个在本国被严厉禁止的宗教派别的领袖,当时三十五岁的他首次向阿克尔马人讲述他们被严禁问津的秘密,给他们以希望,并且已经开始着手培训他所选定的比昂未来的领袖们,以反抗其自由的永恒的奴役者们。由于发觉自己显然照例又犯了一个不可饶恕的错误,阿里贡变得更加窘迫了。这个错误就在于不能向没有任何准备的土壤播撒真理的种子。他奢谈自由的时间实在过早,并且直到此时,他才认识到自己鲁莽草率说出的话,会产生多么致命的不利影响。

他看了一眼业已化身为扎姆盖的自己,但却以爱达洪人的理性头脑对自己的行为进行了一番反思,因而得出的评价显得十分怪异。阿里贡看见一位他非常熟悉的、招人喜欢的年轻女性,那女子正忠诚地凝视着扎姆盖的眼睛,紧接着屏幕上又出现坐在那女子旁边的索非特的脸庞。这个勇敢坚强性格果决的人无愧于一名光明修会的信徒,他曾经是扎姆盖的左膀右臂,曾在比昂的北部大陆上举行过起义,在即将取得伟大胜利的前几个月,索非特被叛徒出卖,英勇就义:他急于品尝自由的果实,竟然疏忽到不必关心自身安全的地步。阿里贡心情激动地观看着这段情节,心里无法彻底搞清楚自己的行为和这位勇敢战士荒谬的死亡之间,究竟有何关联。

接下来他看到了在索菲特士兵的环护下前来会面的那位女子的布道辞。她的名字——阿尼克雅——阿里贡记得很清楚,她后来成为比昂人民的精神之母。她温情地讲述着爱情、上帝,讲述宇宙间美好的世界,怀着无限赞美之情给阿克尔马人讲述无限、不朽的灵魂是如何渴望品尝自由那令人难以忘怀的美妙味道。阿里贡看着她如何激情洋溢地演说着,可实际上,她用的正是他曾用过的话语,而那些话语实际上是无论在何种情况下都不宜向没有准备好的人透露的。这位信徒的心脏紧缩了起来,因为在接下来的一秒钟里,他看见了蹲在牢房里的阿尼克雅。她躺在潮湿冰冷的石头上,已经被监狱里的刽子手们折磨得遍体鳞伤、体无完肤。这是她生命的最后一天,夜里人们对她实行了公开处刑——在火红的木炭上被烤死,这是那时常用的刑罚。阿里贡感到很不自在,不幸的女人的死令他心里很难受,同时他本身也体验到了一种过度的痛苦,因为他感到自己对其悲惨命运担负着责任。在这些戏剧性的事件之后,比昂的统治者们才得以首次注意到他的行踪,而对扎姆盖战友们的迫害也就此开始。索菲特在阿英格姆的弟弟,以扎姆盖小弟形象出现的拉维戈利亚首先遭到袭击。有关其命运的"电影"仍在放映中,阿里贡心脏战栗地看看这位掉在陷阱里的阿克尔马人的领袖如何因失去信仰而注定走向死亡。扎姆盖的灵魂在受难,而有关死亡的想法也平生头一次造访了他的理性,并暂时遮蔽了他的理智。阿里贡对那次彻底的绝望如何取代了勇气的情形仍然记忆犹新。扎姆盖似乎觉得,他已经别无出路了,阿克尔马人的神祇们已经再也无须他的帮助了。齐阿尼特文明的信徒们会像善于捕猎的猎犬一样蹑踪而来,把已经疲惫不堪、筋疲力尽的猎捕对象逼进黑暗王国的无形的网络里去。阿里贡又一次体验到那种生活的巨大恐惧感。在这种生活里，他不得不攀登到比昂政权的顶峰上去，而这样的生活却是阿克尔马人扎姆盖注定永远也无法重复的。

过了很久以后，当光明修会的这两位不朽的兄弟攀登上了权力的奥林匹克山峰以后，在保密部门的档案里才发现了一份十分奇特的文件，读过这份文件后，阿克尔马的这位统治者才明白谁才一直是他秘密的庇护人。广场上那个衣衫褴褛的老年乞丐在多年以后曾下达过解救令，让自己手下那些探子们根据虚假的线索在追踪，使得自己为了拯救阿里贡的使命而付出了生命的代价。伴随其执行使命的这位光明修会使徒的一生，无限度地加重了阿里贡因果的负担。

屏幕关闭了，宇宙再次以其无可比拟的美展现在眼前，此时阿里贡心里已经再也没有丝毫疑虑了。他在二十八岁时所犯下的错误导致了陪伴使徒的死亡，并且也连累到被委托给他的数千条比昂人的生命。他能看清他们当中的每个人，无论在自己身边的，还是为了自由的缘故而付出其生命的。他们心里没有仇恨和怨怼，仍然无比忠诚地望着自己的领袖——这是些美好而又纯洁的灵魂充满了爱。

周围笼罩着一片寂静和黑暗，阿里贡所能听到的只是自己那颗受伤的心脏的跳动，他已经倦于领受死亡，它正以一种伤痛的、疯狂的节奏狂暴地撕裂着他的心灵……炼狱——一种地狱的机制——再次开动了其令人无法忍受的颤动装置，只见一个神秘的密码译员从阴影里走出来，稍稍打开了他那理性之门……

这位信徒的思维停滞了，但在最后失去意识之前，他能从宇宙材料那黑色的覆盖物上得以看清的最后一件东西，那是阿克尔马明亮的光芒——黄色喷泉星群里的火的女神。

而在此之后所进行的过程，则已处于人类意识所能理解的范畴以外。当阿里贡重新获得意识后，他的记忆力已经无法全部再现其在比昂所负使命的所有细节了。他被悬吊在距离地面约一米的空中，脚下是拉波尼亚[①]带有淡黄色丁香花色的美丽地毯，所以他并未当即注意到自己身后还站着一位优选者里位高权重的信徒。

"和平属于您，阿里贡。"陌生人突然打断了他的沉思。

[①]拉波尼亚 Лапония，一种四季开淡黄色小花，在黑暗中泛着丁香花色的植物。

"您好。"阿里贡不大自信地回答道。

"我叫祖安马,最高委员会委员。祝贺您胜利完成在阿克尔马的光荣使命,这证明我们没有看错人。希望您永远不辜负鲍斯十一级修会会员的荣誉。"

"祖安马大师……"阿里贡以混杂着惊奇和喜悦之情的声音说道,他还无法快速接受和消化思维,但与此同时,他又很清楚这一切都不是在梦里发生的。祖安马所说的话,恰好是自从他的亲人失踪以来,他一直都盼望能听到的。"我没有听错吧,您说我是……"

"是的,您没有听错,您的使命完成得非常出色,阿克尔马人民战胜了自己的敌人,我希望阿英格马能继承您所开创的事业,并胜利返回。全能的雅贡娜会保佑您的。"

"谢谢您,祖安马大师,我无法用语言来表达我的一片赤忱的感激之情,我已经幸福到了极点!可我的错误又该怎么办?我的错误是如此地严重,不良影响是如此地恶劣,所以,我无权指望委员会给我以如此崇高的褒奖。"

"阿英格姆信徒们在阿克尔马人家庭托身时所用的基因材料是非常复杂而且是具有一定风险的,并非所有人都能把自己的精神结构与其未来的肉体材料在基因方面融合起来。的投身方式可以说是最复杂的一种，因此，年仅二十八岁的扎姆盖无力接受光明修会使徒的帮助，这也是预料中的事，不过关于这一点我们已经聊得够多的了，就别在您灵魂的记忆里挖掘个没完没了吧，让它稍稍歇口气，前面还有数不清的凡人无法承担的任务等待着你去完成呢，而要完成这些任务，你的帮助是无可取代的。"

在鲍斯的官吏等级品位表里，在通过光明十二级以后，信徒们通常会获得一种特殊的地位，而祖安马即属于这个级别。他是光明修会大师，在整个最高委员会，像他那样级别的信徒满打满算也不超过一千位。而大师们又有自己的一套等级品位表，这证实阿英格姆信徒们的精神圆满之路是无穷无尽的。

阿里贡稍稍冷静了下来，但他还是吃惊于如传奇般的祖安马大师、最高委员会资历最老的祖安马竟然会亲自对他表示祝贺。

"那好，咱们该谈正事了，"祖安马不愿意拖延时间了，"我的任务是向您传达即将执行的使命中的某些细节，您开始执行该使命的准备期不超过三十天。"

"祖安马大师，"阿里贡慌乱地说，"难道我无权选择化身的任务吗？"

"您当然有这个权利,但这次是个例外,这是委员会的决议。" 祖安马沉静地回答道,同时仔细观察着阿里贡的反应。

外表镇静如常的阿里贡,灵魂深处却在为自己突如其来被剥夺了选择权而不安。"我会万分感激地接受任何任务的。"他语气铿锵有力地回答道,同时又对最后判决有所期待。

"太好了,我想您也不会有别的回答的。" 祖安马满意地说道,他的脸上浮现出一丝笑容,这一点被阿里贡看在了眼里。

"您会进入一个由五千信徒组成的小分队里。行动的方向是CS-50蟹状星云。" 祖安马缓慢地说。

话到此处阿里贡突然明白了:他没弄错,委员会对他家发生的事情一清二楚。这一消息使他找到,至少是打听到有关弗里贡格和阿玛泰命运真相的希望又插上了翅膀。

"这次使命的目标," 祖安马继续说道,"是把信徒的各个分队转移到ZXC区的搏动通道上,研究时间穿越和发现这一空间理性生命的生存方式问题。寻找失踪信徒也是你们这次考察的任务之一。其余的细节我们过后再讨论。"

"请告诉我,祖安马大师,关于我的兄弟们有什么消息吗?"阿里贡忍不住又提了一个问题,他已经再也无法压抑自己那喷薄而出的好奇心和求知欲了。

"所知甚少。这是一次高度机密的使命,只有优选者才有权接触相关信息,但对于作为弗里贡格和阿玛泰兄弟的您而言,是可以例外的。我们也希望阿英格马也能接受这项提议,当然只能在他胜利地从阿克尔马凯旋之后了。"

"祖安马大师,您甚至难以想象我们等待这一刻究竟多久了!您能在拯救他们的行动中为我们提供帮助,没有比这更大的奖赏了。我斗胆问您一句,"阿里贡声音颤抖地说,他满以为从这位大师的嘴里所能听到的,也还是药剂师信徒们曾经不止一次对他说过的那句简单粗暴、毫无心肝的话,"他们怎么样了?关于他们的命运,委员会有没有什么消息?"

"遗憾的是,我们并未掌握很多材料,但毕竟还是知道一点儿情况。这样吧,让我们在记忆里复习一下早已过去了的那些事件吧。三十二年前,他们被派往ZXC这一封闭区域,即尖角穆弗星群。他们在完成使命期间的新居被确定在盖伊马星球。你们被告知,阿玛泰和弗里贡格成功地托身到这个星球上来了,但是通道被封闭了，使命也就不可能完成了。是这样的吧，我没有落掉点什么吧？"祖安马询问地看了激动万分的信徒一眼。

"是的，除此之外我们没有别的信息了。"

"遗憾的是，一切的一切都远比这更复杂。你和你的兄弟都没有被算在这一高度机密的使命的知情者之列。现在听我说，下面就是实际上所发生的一切故事。"祖安马神情严肃地说道。阿里贡从他的语调里听出来一种惊慌不安的味道。

"这一使命的实质在于要研究银河系搏动通道，也就是要研究所谓的黑洞，如今被人们称之为格拉贡大嘴的那种东西。在盖伊马星球上托身仅仅只是一种掩护而已。弗里贡格和阿玛泰是无权告诉你们真相的。这是一条独一无二的通道，阿英格姆的科学家们这是头一次碰到他们无法破解的难题，所以只有派光明王国的大师级人物到这一区域的地带搜集信息。委员会起初把弗里贡格和阿玛泰只当做是陪伴信徒，可当大师们组成的小分队在进行了一次托身实验以后，使委员会大为吃惊的是你那两个哥哥的成绩居然名列前茅。"

阿里贡也很吃惊：在光明王国的大师们中间，弟兄两个居然会成为佼佼者，这条新闻在他看来简直荒谬绝伦。阿玛泰当时的级别和他今天一样，而弗里贡格则刚才晋升到第十二级。

"这不可能!"阿里贡吃惊地嚷道。

"请相信我,吃惊的不光是你,就连亲眼见到那番景象的委员会高级人士们同样也很吃惊,这样的结果任何人都未曾预料到,因此两人入选了此次任务的最终名单。

"轻型侦察用的小艇'迪安果号'驶离了巡洋舰基地的锚位,很快进入黑洞最危险的引力区。在进入其腹地时,你的两位弟弟汇报了一则非同寻常现象的信息,对此现象,当时的我们无法予以解释,也无法确定其本质……只是在过了许多年以后,科学家才慢慢揭开了在这一魔圈里的发生事件的真相。"

"究竟发生了什么事?!"阿里贡忍不住喊道。

"通道原来是多维度的,"祖安马仍然心平气和地说道,"可当时的我们却对此一无所知。实际上当时'迪安果号'被一个未知的作用力场给控制了,在此之后,由于失去了控制,小艇被慢慢地拖进了隧道。当时还有通讯,弗里贡格告诉基地说正在丧失对小艇的控制权,但所有仪器都还正常,他和阿玛泰决定继续进行实验,一直坚持到脱离点。"

"坚持到脱离点?"阿里贡反问了一句,"这是什么意思？"

"类似知识只有十二级信徒才懂得。这是肉体死亡的多种类型之一，在坚持到脱离点后，他们灵魂会返回到在爱旦备用的躯壳中去。

"我们也明白，我们已经无法保存弗里贡格和阿玛泰的生命了。鲍斯信徒全力以赴的一件事，就是拯救两人不朽的灵魂，因此委员会对于弗里贡格继续进行实验的决定表示赞许。一分钟后，形势急遽恶化，委员会命令两人立刻抛开自己的躯体，但又过了两分钟后，我们收到两人发来的信息，看起来局势似乎已经得到了控制。参与考察的所有成员仔细地观察着处于搏动通道强大重力场压力之下的巡洋舰'迪安果号'生命的最后时刻。"

"可是后来呢，他们怎么样了？"阿里贡再也无法压抑感情，神经质地问道。关于兄弟命运的信息，他已经焦躁不安地等待了三十年了。在他以往的思考中他曾经设想了好多方案，但却都不是如此这般的结局。

"接下来就只有一些推断了。在得到灵魂开始向备用外壳转移的消息以后，这次考察的所有参与者们都松了一口气，开始安安静静地注视着'迪安果号'消失的一幕。可从最高委员会忽然来了一道命令，要求所有人火速离开ZXC地区,这引起了恐慌和困惑。这一命令的下达就意味着这次任务失败了,他们理应撤退,但在阿英格姆,抛弃自己人是不道德的行为,这让行动的执行者们进退维谷。可当要行动小组立即离开的命令再次下达时,他们已经别无出路,只有执行委员会的意志。

"紧接着第二天我们就得到了一个悲惨的消息:弗里贡格和阿玛泰并未回到他们在爱旦的备用躯壳里去,他们失踪了。格拉贡的大嘴对于他们的命运来说是如此无情如此冷酷。在得到这一消息后,最高委员会的委员们都惊得呆若木鸡,搞不懂究竟发生了什么事情。阿英格姆文明首次与真正具有全宇宙规模的问题遭遇了。

"委员会所采取的第一个决议,是把这次考察的结果保密到鲍斯十一级(含十一级)以上。我受命亲自担任调查此事的小分队领导。科学家、哲学家以及鲍斯创作界的代表人物们,还有修会分布在宇宙各个角落里的成千上万名信徒们,多年都在为猜透格拉贡大嘴现象之谜而劳动,而直到今年,我们才稍稍启开了这个黑洞之谜的大幕一角。

"科学家们和修会信徒们共同研究并确认了这个通道的各个阶段及其某些特点。这时产生了一些推断,说黑洞不是什么别的,就是一扇通向其他宇宙的大门,是一种全新的，目前科学还无法解释的全新通道。针对格拉贡大嘴还派出了另外一个考察队，这次这个小分队的成员里还有三位鲍斯等级制里的最高官员参加，此外还有四名陪伴信徒。您也明白，根据阿英格姆高级官员的水准就足以判断，这次任务被界定为复杂程度最高的级别，并且带有所有可能具有的最高等级的加密级。半年前，小分队成员在'法里阿德恩号'主力巡洋舰的护送下，前往ZXC地区执行使命。

"在CS-50银河系预计着陆点着陆后，在等待的第三天记录到了通道开通。这时修会高级官员们突然彻底修改了执行这次使命的计划，并决定让'法里阿德恩号'直接进入通道。在最高委员会论证了这一决断的可靠性后，小分队成员便开始着手在我们整个文明史上进入最神秘的时空通道的行动。

"所有四位信徒全都顺利地脱掉了自己的躯壳，并且转瞬之间就消失在格拉贡大嘴那含有敌意的黑暗中。一星期的等待使人焦急难耐，考察队没收到任何信徒发来的消息，和你的两个兄弟的遭遇一模一样，这次的信徒们同样也神秘地失踪了。在近一个月的等待后，考察队收到了返回爱旦的命令，这时却出乎意料地收到了行动参加者之一的返回信号，此人叫季安泰，是陪伴小分队的人。我们简直高兴坏了，可是真是应了那句乐极生悲的话，季安泰的意识没有恢复过来，他被紧急送进了鲍斯下属的位于爱旦的实验医学院，这所医院的复苏科在两个星期中竭力抢救这位对于整个阿英格姆文明来说都价值连城的生命。最初研究的结果表明，季安泰在回到爱旦以后，其灵魂和薄弱的物质外壳无法在备用躯壳里得到托身。穿越过程中，在他身上突然由于不明原因发生了脱氧核糖核酸紊乱，而且作为其结果之一，产生了基因冲突——备用躯壳的细胞开始出现快速分裂的症状，其生命的时间因此也就必然被缩减了。

"阿英格姆最优秀的科学家协同鲍斯的光明大师们辛苦地工作着，以便制止在这位濒临死亡的信徒的细胞中所发生的致命化学反应。大约过了一个星期，原因终于被找到了，我们终于得以判明脱氧核糖核酸中受到感染的区域，并把异己基因分割开来，这种基因后来就被叫做适应性基因。根据在第二十三天获得的研究结果，最高委员会决定把季安泰转移到基地的主要躯体中，这种机体当时已经被转移到爱旦来了。

"研究结果表明，我们这是在与一种独一无二的通道打交道，而且毫无任何疑问的是，已经吞噬了八名修会信徒的格拉贡大嘴——这个独一无二的黑洞——把两大宇宙的多维度空间联系了起来。"祖安马兴致勃勃地看了惊讶不已的信徒一眼。

阿里贡从最初开始就屏住呼吸听着祖安马的故事,生怕漏掉什么重要的细节。他完全沉浸在故事中,就像为一个名叫《格拉贡的大嘴》的童话故事而入迷一样,他知道诸如此类的假设很早以前就已经有过,但是阿英格姆世界的许多思想家中,没有一个人可以举出例证来证明创世的新模式。在这种创世新模式中,也可以创造其他的神祇,宇宙的多样性其实是其创造者的多样性存在的一种可能性而已。虽然并非所有人都同意这样一种大胆无畏的观点,而且大多数人都倾向于另外一种说法,这种说法把新宇宙的出现归咎于天主雅贡娜的生命创造力。

"真令人惊奇!"惊讶不已的阿里贡嚷道,"如果是这样的话,如今所有我们有关现实的观念就都会遭到革命性的变革!另一个宇宙,是不是意味着新的能量来源、新的理性生物的出现?"

"不仅于此,这只是很少的一部分——将来会发生很大的变化,规模巨大的变革。我们暂时不急于公布最初研究的结果,为的是不要破坏阿英格姆现有的力量均衡。这个现象还需要进行深入研究,才能搞清楚我们的文明究竟是和什么东西发生了碰撞。"

"那季安泰怎么样了，活下来了吗？"阿里贡忽然问道，因为他想到自己竟然没有分辨出祖安马大师所讲故事中最重要的要点。

"季安泰？是的，他被救活了。他就那样无声无息地躺了整整一个月，没有任何生命迹象。最好的医生、遗传学家在为解决这个难题而工作，他们被折磨得疲倦不堪，但终于不负众望，在付出了海量的劳动后，创造出了一种防止细胞分裂的工艺。基因设计师在适应基因的基础上，在季安泰的备用躯壳上成功进行了实验，就这样拯救了他的生命。在接种了疫苗以后，他被转移到了基础躯体内，在那里他成功地恢复了意识。后来，科学家们的发明使得我们有希望深入探究多维度通道，而不致损伤爱达洪人细腻的物质躯体，同样，我们也非常希望爱达洪人未来的托身不会引发不良后果。"

阿里贡本来还想照例提一个有关季安泰的问题，但此时祖安马身边恰好有一个爱达洪人现身，阿里贡一眼就认出他是弗里贡格使团的陪伴信徒之一，也来自紫环星群，但他忘掉了此人的名字，更确切地说，他的记忆尚未来得及复原，但阿里贡感觉自己与这位如今距离他只有几步开外的人很熟稔。他那细腻的会发光的肉体构造说明，站在他面前的，是一位鲍斯修会的信徒，而且其级别丝毫也不亚于光明大师。

"您好。"陌生人热情地说道，并展开笑颜。

"您好。"阿里贡同样也高兴地回答道，并且兴致勃勃地仔细瞧了瞧对方那非同寻常的眼睛。此人的眼神里有一种很神秘的、似乎并非阿英格文明的代表人物所特有的味道，但他却还来不及看清楚或是充分感受这种区别时，就听祖安马插话了。"你们不妨认识一下，"他声音欢快地对两人说道，"这位是鲍斯修会最高骑士团的高级顾问，此次考察的领队光明大师季安泰！"听到这个消息，阿里贡一时有些反应不过来，祖安马发现了这一点，便对出现的客人又说道："他昨天刚从比昂归来。"

"是的，我理解。我和弗里贡格是好朋友，很高兴与他的兄弟认识。早在阿英格姆联合王国建国以前，我和弗里贡格就曾经一起多次在完成任务时实施穿越了。"季安泰自信地说道。

"弗里贡格给我讲述了好多您的故事，当然了，您在修会内部早已大名鼎鼎。"阿里贡恭恭敬敬地说，而内心好奇却在成倍地增长，季安泰居然可以从恐惧骇人的格拉贡大嘴的俘虏里活着回来。

季安泰默默地观察了阿里贡一会儿，随后平静而又自信地说出了一个十分突然的消息："委员会推荐您担任我的第一助手。虽然这是一个例外，但现在我丝毫也不怀疑我们两个能够真诚合作。您的准备工作做得非常出色，我很满意。我相信，获得鲍斯十二级的知识，对您来将是铁板钉钉的事情。"

"我被任命为这次行动的副指挥了吗？您没搞错吧？"阿里贡吃惊地问道。

"没搞错。我还会告诉您更多的消息，这决议正是在您犯下致命错误的时候决定的。"

阿里贡被震惊得哑口无言，同时也搞不明白：在他的这次任命和在比昂发生的那些事件之间究竟有何种关联。

"从阿英格姆具有如此崇高威望的信徒的嘴里听到这样的话语，着实使人感到奇怪。我似乎觉得诸如此类的失算不但无法提高知识水平，反而会降低的。"

"说得对。"季安泰说道，他对阿里贡的反应没有感到丝毫吃惊，"最高委员会决定的逻辑并非总是那么易于被人所理解，而您也不必感到为难。此刻我们不会去讨论'扎姆盖错误'的详情细节，以后还会回到这个话题上来的，请相信我，时间不会拖得很久的。"

"那就好，"在此期间一直在仔细观察两位信徒谈话的祖安马插话道，"我必须离开最高委员会一会儿，请原谅，我有许多不容推脱的事情要办。阿里贡，从此时此刻起您完全服从季安泰的领导。有关你们这次行动的详情，您可以询问他。很高兴见到你。"光明大师祖安马话刚说完，人即刻就消失得无影无踪了，就和几个小时前他突然出现在检阅大厅里的情形一样。

祖安马走后，季安泰从安乐椅上起身，沿着黄色的如同活物一般的地毯走了走，地毯上满是令人心情愉悦的、抚慰人的目光的拉波尼亚小花。随后他停住脚步，陷入沉思，几秒钟以后，他的身影突然开始在地毯表面上滑行，而且滑行的速度越来越快。他像旋风一般在惊奇不已的阿里贡面前转了好几圈，并像闪电一般变换着运动的方向，最后，他一个急刹车停在了距离阿里贡只有三步开外的地方。

"请原谅，思维转换装置的工作刚才有些紊乱，适应基因因而输入了自己的修正值。对如此激烈的转换连我也始终难以适应，而对此问题的答案显然同样也隐藏在格拉贡大嘴的彼岸。"他说着笑了笑，然后重新坐在悬在空中的安乐椅上，兴致勃勃地看着阿里贡。

"你是不是对我如何回来的问题感到不安？"季安

泰毫不客气地换了"你"的口气问道。

"是的，实话说，祖安马大师所说的一切都令我分外惊奇，同时也让我很伤感。另一个宇宙，多么奇特的结局呀。"阿里贡悄声说道，"如今找到弟兄们的几率实际上可以说等于零了。我甚至都不敢想，自己该到哪儿，怎么去寻找他们。这次又和以前一样，无限浩渺的宇宙将我们分隔开来。可是，季安泰，如果我的理解没错的话，我没有别的选择，我所能做出的唯一的选择，就是亲身体验大师您所曾体验过的一切了。"

"是的，我的朋友，没有别的路可走了，而在我身上所发生的这件事，使我们大家全都对此次使命的顺利完成产生了一线希望。不过你可要听好了，这很重要，也许我们要经受弗里贡格和阿玛泰所经历过的考验。"

阿里贡点点头表示同意，并且也不再提问题了。他怀着希望瞅了瞅季安泰，希望从他那奇妙无比的返回中看到拯救自己亲人的出路。

"在从主躯体出来以后，"季安泰开始讲述起来，"我们短时段内转移到了通道重力场影响的范围内。相互作用力简直大得不可思议，一道强大的吸引力立刻把我们卷了进去，并且以极其巨大的速度把我们抛到引力旋涡的中心。你在盖伊马大约不止一次看到过可怕的龙卷风吧？"

"是的，这种龙卷风在那边每隔一段时间就会来一次的。"

"格拉贡大嘴的引力旋涡非常酷似龙卷风，只不过它比龙卷风强大数千倍都不止。这种场面让我的血液都沸腾了起来。"季安泰沉思地说道。

"一旦进入龙卷风的中心，我们当中的每个人都会体验到一种从未体验过的感觉，那是一种足以彻底毁灭理性的状态，于是，我失去了与现实的联系，意识被屏蔽了。

"当我的眼前重新开始有光芒闪射时，我看见自己面前站着这次行动的头儿——光明大师苏曼徒。他仔细地察看着我，然后松了一口气，并告诉我说我是所有通过隧道的七人中的最后一位。我们已经处于另外一个维度了。站在空间隧道的出口处，可以看见眼前是一个陌生的星系。天空上的星星不知为何闪耀着某种奇特的橙黄色调。毫无疑问，我们已经到了另外一个宇宙：在空间中的移动变得十分艰难，原来习以为常的行动方式十分缓慢且毫无效益，每迈出预定的一步都要付出十倍的力气。思维停滞了，变得黏滞而又不听话。我们觉得这应该只是暂时的困难，可遗憾的是，适应过程极其缓慢，而且对于所有这次考察的参加者来说，甚至是病态的缓慢。最令人感到不快的，是不久后出现的一种可怕的恐惧感，它破坏着我们的心理，不允许我们的内心力量达到平衡。

"随后陪伴小分队的信徒们身上开始出现幻觉、臆想，并且已经很难区分现实的边界何在了。我们当中的每个人都感觉到某种东西在监督着爱达洪人的行动，但要想在新的空间环境中把这种影响力的来源找出来，简直是异想天开，甚至就连光明大师也办不到。

"虽然不知道周围到底在发生着什么，但苏曼徒大师最终还是做出了选择：小分队要力图到最近的星系里托身，但不是全体都去，我们当中的一个人应当回去。对于这个决定我们都觉得很惊奇，可是，谁都没有勇气与大师的决断争论，于是大家都决定服从大师的意志。我很难说大师是否已经掌握新的空间规则，但我们这些陪伴的信徒们都无法适应这个新环境，我们意识的水平无法经受这种考验，心理病态也开始出现了，生命循环的能量很快就衰减了，因此苏曼徒决定把我们当中的一个人叫来，想尽办法把他送回去。或许这看起来是疯狂之举，但此刻我理解，这样的决断无论看起来多么奇特，却都是唯一正确的。

"苏曼徒和康瓦尔托决定把我送回去。当命令下达时，我已经对如何决定感到无所谓了，反正无论死在哪里都是死，惊恐不安的情绪被镇静所取代了。除了尽快在物质环境里托身，我们根本不可能有其他的机会。从与苏曼徒的最后一次谈话中，我已经知道在离我们不远处，有一颗行星很适合于临时托身之用。这颗行星的方位坐标和秘密信息都被记录在了我的潜意识里。随后我就感觉到一种奇特的加速……回程路上的情形在我的记忆里没有留下任何印记。我是何时醒来的，这你是知道的。医生让我在基地的躯壳里复活了。"

"您以为小分队有足够的内心力量，足以保障他们在另外一个宇宙的星球上化身吗？"阿里贡半信半疑地问道。

"我想是的。只有雅贡娜自己知道他们发生了什么事。"

"您是怎么想的，弗里贡格和阿玛泰是不是处境非常糟糕？"阿里贡忧郁地问道，他心里明白季安泰未见得能回答得了这个问题。

"安全的机会的确很小很小，但却并非一点儿也没有。"

"您以为我们能找到？"

"这是个很复杂的问题。你也知道弗里贡格的性格,他具有一种独一无二的超凡的能力,就是善于正确而又快速地从任何情境下解脱出来,更何况在他身边还有阿玛泰呢。我想他们一定能够活下来,并在这个宇宙间托身的。我们也会和他们走上同一条道路的,为的是继续寻找他们。"

"季安泰大师,"阿里贡此时毫无任何怀疑地回答道,"我愿意跟随您赴汤蹈火。对我来说,能和您在一起,是我最大的荣誉,我在等待您下令。"

"那太好了,现在让我们简短谈一谈即将做的几件事。这次军团成员总数将达到五千信徒。最高委员会推荐您担任安全骑士团团长职务,两百名信徒将被派到你名下听从直接指挥。对于鲍斯来说,找到失踪的本国人是首要任务。假如我们能完成这个任务的话,除了能回答你一直在找寻的问题的答案以外,阿英格姆科学界还可以有独一无二的机会亲眼目睹伟大的阿因格人的基因在实践中是如何坚强和强大起来的。如果事情真的办成了,我们就会成为新的精神力量诞生的见证人,成为我们这个文明的代表人物具有无限可能性的见证者。我希望你能够理解,最高委员会执政官们的目标是多么地伟大恢宏、壮丽雄伟呀。在行将到来的这次托身中,我们没有权力犯错误，你要记住，你的陪伴使命已经结束了，现在最严峻的考验时刻到来了。你最重要的任务之一是寻找到以苏曼徒大师为首的小分队的下落，并且尽可能地寻找到他们本人，然后继续寻找弗里贡格和阿玛泰。一旦发现他们的踪迹，无论在何种状态下，都要立刻将他们护送回来。这次行动的所有详情细节你都可以通过鲍斯的秘密思维联系通道得到。祝你成功，所有神祇的上帝——伟大的雅贡娜会保佑你们的！"

"谢谢您，季安泰大师。正如我已经说过的那样，得到如此珍贵的使命是我的无上光荣，我甚至恨不得明天就开始着手进行准备工作。"

"明天？"季安泰吃了一惊，"已经没有明天了。今天夜里从爱旦的远距离速传中心就会有一个小分队出发到阿龙进行这次考察的准备工作了。我希望你有足够的时间把自己的事情安排好。"

"是，季安泰大师。"

阿里贡直到此时才明白他近些年中的幻想终于开始慢慢实现了。妈妈在其最后一次传话中只是简略提到过那些考验，而这些考验此刻距离阿里贡已经不远了。从得到弗里贡格和阿玛泰悲惨失踪消息的那天起，他的心头一次感到些许轻松，有关爱达洪人从格拉贡大嘴里逃离并且成功返回的消息使他的心里充满了拯救的希望，这正是他长期以来一直期待的希望呀。

"那么好吧，阿龙见。" 季安泰说着，在分别时紧紧地拥抱了一下阿里贡，"我心情激动地接到了最高委员会关于你的任命的消息，并且很高兴第一个告诉你。"

两个朋友就这样分手了，只见阿里贡脸上挂着凝固的笑容，充满幻想地沿着弯弯曲曲的走廊走去。周围有许许多多的爱达洪人，他们正忙忙碌碌地从旁边走过，压根儿就不曾留意到这个鲍斯修会不朽的信徒，而这个信徒却正走向其或许是最后一次的考验，为的是拯救整个阿英格姆文明未来的命运。距离他转移到阿英格姆第六颗行星阿龙，剩下的只有几分钟时间了。

第十章◎宇宙的放逐者

站在庄严队列里的亚历山大十分疲倦，他感到一种不可言状的空虚感。这是在"结晶体号"发射以后很快就进行的一次队列训练。他站在第一排，神情决绝地望着宇宙军事力量司令部总司令波克雷什金将军，将军正以激动的声音在向值班的上兵们宣读用语含啬的军事条例写成的祝贺词。由于语词匮乏，他常常不得不借助于手势，以加强多年以来就已经形成的指挥官的威仪。亚历山大看得很清楚，将军的手指正在轻微地颤抖着，这位中尉油然对这位勇敢的将军生出了同情和赞美之情，因为这位将军和那些普通军官们一直并肩作战，甚至不惜牺牲自己的生命。

"今天是多么疯狂的一天呐。"训话结束后，亚历山大的嗓音里带着忧愁，轻微地嗫嚅道。他走出发射圈，并且最后一个离开宇宙飞船发射中心。

当一切都结束以后，从一片黑暗中钻出两辆暗绿色的公共汽车。汽车亮着前灯，车身上有军用标识和号码，最后在发射值班室门前的平地上停了下来。沉默寡言、身心疲惫的夜间发射的参加者们迅速地占据了所有的空位，随即听到两声口哨声，只见最后一位迟到的军官身手灵活地跳上脚蹬，挤进已经水泄不通的车厢里，汽车门随即就关闭了。然后，虽然破旧然但依然运行良好的齿轮传动箱带着人们都十分熟悉的轰鸣声，精神奋发地怒号起来，把战斗值班小分队送往铁路站台的方向。

亚历山大怀着嫉妒的心理望着卡车的背影，又想起了自己的值班命令。他神情倦怠走向不远处的仓库，一路感到脚底沉重、睡意沉沉。他的脸上失去了欢乐，像死人般苍白的没有一丝血色，沮丧的心情攫住了他年轻而又强壮的身体。空气中散发着潮湿的气味，那股潮气都渗透进了躯体，不知不觉间从他身上揭去了轻松欢快和自信的神采。

他用散漫而又黯淡的眼神望着前方，然后十分惊奇地发现森林上空有一个很大的黄色斑点。在他一生中，他这还是第一次看见如此庞大的、笼罩在橙黄色光晕里的月亮，有次哥哥从莫斯科带来一盘平克·弗洛伊德乐队著名的专辑《月之暗面》，亚历山大在听歌时，心中所想象的月亮和眼前所见的简直一模一样。

一天当中，他的心脏已经好几次令人不快地紧缩，使他惋惜的是现在他的口袋里没有装着伐力多[①]片。此时，在他眼前浮现出四棱堡最后关头的景象，这让他联想起了那个奇特的、不知从何而来的声音。"不过，"他想，"或许根本什么声音都不曾有过，这只不过是因为恐惧罢了，出于恐惧什么怪事没有呀。"

这些念头在这位年轻军官的脑海里变得固执起来，而被一天所发生的事折磨得疲惫不堪的他也已不愿意深入探究这个神秘声音出现的原因了。他把自己的注意力转移到路上，再过几分钟这条路便会将把他带到大小相当于两层楼的地下设施的大门，这座建筑物的外表酷似一个长满了杂草的高高的土围墙。从外看去，很容易推断在它的内部，在地下二十米深处可以宽宽松松地放下一个液态氧氮工厂，现在这里被当做液态冷却剂仓库使用。亚历山大按了按门铃，开始耐心地等待开门，很快那道坚固的金属门慢慢地打开了，门槛上出现了一脸

[①]戊酸薄荷脑酯，一种药名。——译者注

睡意惺忪的拉兹巴什中士。

"祝您健康，中尉同志，"他惶窘地嗫嚅道，"您是明天的班吗？"

"你好，拉兹巴什，怎么，有点儿不高兴？"亚历山大略带嘲讽地笑着问道。

"不是，不是，"中士窘迫地说，"完全不是，相反，甚至更好。"他边走便急忙说道，并且恭敬地走到一边，飞快地让比他官大一级的军官过去。

"今天谁值班？"亚历山大在沿着金属梯子走向工厂值班室的同时问道。

"普罗申中士。"

"他人在哪里？"

"在睡觉，中尉同志，现在已经是夜里两点多了。"中士回答道，并不由自主地打起了哈欠，一张脸顿时扭曲了起来。

"原来是这样，这么说，你刚才也睡着了？"亚历山大装出严厉的表情问道。

"绝对没有，中尉同志。"拉兹巴什声音洪亮地报告道，力图向这位军官表明自己的精神饱满。

亚历山大笑了笑，心中更加确信自己的判断是正确的了。

"好吧，今天我顾不上你，你这里能找到什么热的东西吗？"沃龙佐夫说道，脸上的线条也开始变得轻松和善良一些了。

值班助手断定沃龙佐夫的请求是善意的表示，于是立刻消失不见，连忙去执行中尉的指令去了，并且对中尉如此宽宏大量而心存感激。

格拉宁处的士兵们在亚历山大的指挥下常常值班，所以，对于这位年轻军官好发脾气的坚硬个性深有了解。而当中尉处于正确的一方时，犯了过失的下属们便会竭力避免撞上他，同时还会找出各种各样的借口，以避开与这位雷霆震怒的军官见面。可如果亚历山大心情很好，由他带班的那些士兵们就会把他围住不放，因为他们知道，在这样的时刻里，中尉愿意聆听任何请求，有时甚至就连十分荒诞的请求也不例外，他会深入探究下属此类请求的实质，并毫不拖延地解决他们所提出的问题。因为时常替下属解决那些他们关心的问题，这位年轻的军官在士兵中间享有应有的威望和尊重。

亚历山大坐在工厂值班室的安乐椅上，开始耐心地等待拉兹巴什，他的胃饿得像一条滑溜溜的狡猾小蛇一样，在不停翻搅蠕动，而脑袋里则仍然还在回放着这次发射中好多种奇怪的情况，夜间发生的那一幕差点儿把加油分队的全体军官们送上西天。他无论如何也想不通，一个插销居然会成为如此规模巨大的灾难的原因，而他自己也差一点儿成为这场灾难的见证人和牺牲品。亚力山大头一次感到生死之间只有有一条细细的线横亘在那里。正在这时，沿着金属旋梯走近前来的脚步踢踏声打断了这位军官的忧郁思路。

"中尉同志。"中士高高兴兴地报告道，同时把他们平时小心翼翼藏起来的食品和给养摆放在桌上，那堆食物包裹在一层结实的油纸里，纸的边角露出了肥腻的牛油斑点。"请慢用，我去去就来。"说完，中士即刻飞奔出了房间，但很快又返回，手里拿着一只铝制的碟子和叉子茶匙，还有一只士兵用的铁制大缸子，里面盛着热乎乎的咖啡饮料和四块方糖，以及好大一块白面包面，上面还抹了厚厚一层奶油。他将所有这一切端放在中尉面前。在吃饱之后，亚历山大立刻感到身体的困倦感比刚才更甚，于是他连一分钟也没犹豫，决定立刻动身寻找格拉宁的宿舍。他从中士那里要来了钥匙，而中士则又一次不由自主地在他面前打了个哈欠，就像欧·亨利笔下那个窘迫的小偷，他连忙避开亚历山大的目光，脸上腾起了红晕。

"让他和他那些同样都在打哈欠的同伴们都去见鬼

去吧,我可得赶快找到床铺,要不然就会在值班室睡着的。"亚历山大想着,便向螺旋状的梯子走去,那梯子通向库房的最底层。

下了两层阶梯,亚历山大来到一个大约四米见方的房间里,这个房间的天花板上点着几盏昏黄的值班灯,在他的右边是健身器械,中尉常常在这里锻炼他那早已异常结实的肌肉。对这间宽敞的屋子他很熟悉,于是他选定了自己要去的方向,飞快地沿着对角线穿过,最后在一道没有灯照的豁口前停下脚步。豁口外是一条只有五米的短走廊,走廊尽头被封死了。

"嗯,宿舍应该就在这一带。"他向前又走了几步,出声地说道,紧接着,他那肩宽背阔的身影便很快就消失在豁口的黑暗中了。

一根火柴嚓地被点燃,火苗照亮了亚历山大干瘦的脸庞。他向四周看去:走廊紧贴着天花板的地方居然还有裸露的管道,管道下面有由天花板上冷凝水的滴水形成的一小摊水,散发着潮湿的气息。亚历山大皱了皱眉头,觉得这个睡觉的地方似乎寒碜了点儿。他四下里打量了一番,前面右手方向距他大约三米开外,有一道灰扑扑的钢制大门。

格拉宁的房间坐落在走廊的远端,因此很安静,没有什么人会过来打扰。他走近一点,又擦着一根火柴照了照,找到了门锁所在的位置。他竭力想要把结实的钥匙捅进锁眼里去,一连试了好几次,钥匙在黑暗中的锁眼附近晃来晃去,在第三次尝试时捅进了狭窄的锁眼里去。锁眼里什么东西咔嗒响了一声,于是,他期待中的那道门吱呀一声开了。他用手在黑暗中摸索着,终于摸到墙上的开关,把灯打开。

这个房间三乘四米见方,很是普通,因为深藏地下,所以连窗户都没有,如果屋里没有家具的话,就像是间被人抛弃的墓室。房门的右手有一张小桌子,桌上有一盏小台灯和闹钟,门的正面是张一米宽的床。墙上有几排搁着书的书架和几条破旧的宣传画,借以遮挡墙上很大很宽的裂缝。画面上那些穿着灰色的布琼尼军衣的人们都愤怒地皱着眉头,脸上的表情凝重而又果决坚毅。对这一番快速巡视感到满意的亚历山大脱掉衣服,把闹钟定在七点三十分,现在的时间是两点四十五分,他心想他有足够时间整理内务,并来得及赶上交接班的。待灯一灭,他惊讶地浮现出一个念头,一个没有窗户的房间的确很不舒服——现在可是绝对的黑暗了。亚历山大慢慢把手伸出去,但却看不到自己的手指。

"这可太不舒服了,在地底下,或许就连自己的幻觉也会有其特点的吧?"他想到。这些想法渐渐地消散了,让位给久已期待中的彻底放松状态,和对于期待中的无忧无虑的休憩来临的愉悦感受。

这已经是多少次了,在一天当中,他的记忆里竟然会一再浮现出遥远的幸福童年时代的生活场景。他在不知不觉中再次沉浸在对过去的体验之中,而这次他想起的是他还是一个十一岁少年时进行的实验,其目的是为了猜透梦的秘密,用理性深入洞悉梦的本质,并且能够从另外一个角度来观察梦境。有一天深夜,还是孩子的亚历山大突然决定一定要解决这样一个秘密,于是决定用机智战胜自己的大脑,因为正当他的意识马上就要发现某种不同寻常的东西或是强烈吸引他注意的事物时,他的大脑便会叛变似的打起盹来。一连好几天他都竭力想要找到其原因,可每次一大早从梦中醒来时,他都会心情沮丧而又悲伤地坐在床头,与此同时,心里又很清楚,这次梦境又赶到他前头去了。在一个星期当中,他一直都在顽强地在重复着自己毫无希望的实验,想要偷窥一下覆盖在夜的帷幕后面的意识究竟是什么模样。可时隔不久,他还是不得不承认了自己的失败。从那以后,小小的亚历山大就对自己发誓,等长大了,一定要找到给执拗而又任性的梦戴上笼头的方法。

年轻人大吃了一惊,他不无忧郁地发现,现在的他居然把这件迄今仍未能完成的许诺忘得一干二净。"无论如何都必须而要尝试一下如何修正,如何修正……"想到此处,他那对梦境探求的渴望之情最终战胜了他那疲惫不堪、倦怠已极的身体,于是,和童年时期一样,一道轻烟一般的迷人的梦境包围了他的理性,并且很快就令他的理性沉浸在深邃而又愉悦的梦境里。此后又过了不一会儿,亚历山大就感觉自己浑身无比轻愉悦,可极其不幸的是他的梦境十分短暂,并且也并不深,梦很快就消失得不见踪影了。他睁开眼睛,心里还不相信自己竟然彻底醒了,屋里仍和刚才一样黑暗,而在门外,聚集在管道里的冷凝水仍在一滴一滴颇有节奏地滴答着。梦让位给了清醒和兴奋,这很奇怪,就好像他就压根儿没睡着过一样,就好像根本就不曾有过这样一个繁忙疯狂的日子,没有身体的重量,没有心理的紧张……一切能让人感到疲劳的事情似乎都不曾有过,似乎什么都没有发生过。他感到自己精神饱满、精力充沛。"这真令人惊奇!"被完全搞糊涂了的年轻人心里想到。

突然,一种不明所以的冷战,像手臂的轻触一般从他的背部滑过,并且快速向他的两腿之间延伸。他浑身一颤,这种感觉很不愉悦,甚至可以说是令人厌恶。与此同时,亚历山大觉得屋里似乎还有另外一个人在,他立刻害怕和不安起来……这里有些事不对劲。门外响起了沙沙声,在他的听觉里,滴滴答答的水声似乎变得更加响亮、更加尖厉了,并且在一片寂静中还能引起短暂而又清晰的回声。

一种不祥的预感在心脏波浪形的搏动中反映了出来,而和这种搏动一起,在黑暗中,他上方的某个地方有一种无形的压迫力瞬间把他的身体紧紧地推挤到床上,一动也不能动。轻松感消失了,让位给了一种如铅般的沉重,这种沉重感渐渐地渗透进了他身体的每个细胞,引起他一种痛苦而又病态的感觉。他很想即刻站起身来,但要做到这点,此刻却变得不可思议地困难。他尝试了几次都不成功,压力仿佛和他的努力相等,也成比例地多次增加,使他根本没有任何可能实现自己的意图,哪怕只是动一动身子。

"脑梗塞?中风?"亚历山大心念一闪,"不不,这不可能,我还年轻……那会是什么呢?"亚历山大疯狂地思考着,却苦于找不到合适的解释。"难道真是瘫痪了!可究竟因为什么?怎么会这样了呢?"他在脑子里快如闪电般设想着各种关于所发生事情的异想天开的解释方案,却绝望地意识到以自己的知性潜力而言,这一切都是徒劳的，是找不到任何合理解释的。

由于压迫他的无形力量实在太强大了，他已经感觉不到疼痛了。压力在不断加强，那股力量开始沿着脊椎逼近他的心脏，并且开始威胁和压迫他的肺部。"天呐，太可怕了！"亚历山大无声地呐喊道，而与此同时，他感到自己身上血管里的血液在沸腾，在咆哮，感觉得到他那些细细的而又脆弱的静脉血管里的血液如何在他的太阳穴里绝望地跳动着。在几秒钟内，那股不知从何而来的力量实际上就已经使他的全部躯体处于瘫痪状态了。压力又增加了好多倍，身体已经被嵌进了坚硬的木头床板里了，体内强健的肌肉仿佛弓弦般被拉紧，已经接近极限了。亚历山大曾从爱伦·坡的小说《钟摆与水井》中读到过类似的事情，俘虏夜里在一间没有窗户的囚室里醒来时，他感到墙正从四面八方向他慢慢地压过来，而与此同时，俘虏被烤得浑身火红，从而使这个不幸的囚徒生命中的最后几分钟宛如身处地狱。亚历山大觉得某种与此类似的事情现在正在他身上上演着。由于体力透支，他的大脑已经罢工了，无法思考所发生的事情究竟是怎么回事，他的眼睛也无力地合上了。亚历山大感到自己正走近其人类潜力的边界区域了，他已经无力抵抗释放在他身上的灾难般的压力，并且已经情愿交出自己灵魂的圣殿了，而且这种富于侵略性的力量甚至都不屑于自我介绍一下，就从他那里夺走了身体的支配权。继之而来的是呼吸急促和紊乱，如咽喉被紧紧抓住一般的窒息压迫着他的喉咙，大脑也已经接近于虚脱了，脑子里只有一个念头，那就是行将降临的、命中注定的毁灭。

压力仍在急遽加大，最后几次想要恢复呼吸的尝试使得亚历山大本来就已经毫无希望的处境更加恶化，从而把他的意识推到一个无法挽回的边界。他大脑里发出砰的一声巨响，攥到疼痛地步的拳头忽然松弛下来了，战栗和愤怒震撼着他那软弱无力的躯体，但他暂时还感觉不到这一点，坠落向深渊的感觉对他来说成为生命中最重要和最严酷的考验。亚历山大似乎觉得自己似乎开始急遽地下滑，已经滑过了床和工厂的水泥地面，并开始急遽地加大下滑的速度，而攥住他灵魂的，就只有极度的恐惧。

灵魂的坠落和上升一样，是从人类躯体的怀抱里开始的，因此它没有稳定的速度，而且无论早晚都总是会停下来的，会在达到另外一个维度的边界地段时静止不动。在亚历山大身上所发生的事情正是这样，最终加速开始渐渐变缓，又过了一会儿后，仍然处于坠落状态的他开始慢慢恢复了意识。

"难道我还活着？"亚历山大带有几分诧异地自语道，他还不相信宇宙间居然会有这样的事情。

大脑开始从不久前的震撼中恢复了过来，心脏开始有力地跳动着，使他的身体也温暖过来，犹如冰山在太阳的照耀下渐渐开始融化，他终于苏醒了过来。这结局真是出乎意料！

"我这是在哪儿？"他激动万分地自言自语道，可立刻就陷入了失语的状态，因为他看见了头顶纯洁的天宇和闪耀的星星，感到自己轻轻飘飘的没有一点儿重量，这种奇特的感觉使他萌生了给人以希望的猜测。

"呵，原来是这样！"亚历山大兴高采烈地喊道，"我怎么竟会落入圈套，的确是的，这充其量不过是一场和现实搅浑在一起的噩梦罢了。这样的事情以前也曾经有过，只是时间过去太久了，好像是在童年时期吧，当然，我怎么居然没猜出来呢……"

可他的这句话突然中断了，因为大脑在几秒钟时间内，在记忆里把他生命中最后几分钟内所发生的诸多事件的真实面目给复原了。这个年轻人被震撼了，所发生的一切都历历在目，甚至就连最细腻的细节都栩栩如生……

"不，不是这样！"这个不幸的人在祈求着，可他的心却揪得生疼，一种抑郁的预感在他心里纠结着。他突然之间领悟到的那些东西使自己感到震撼，而他却还不愿意彻底相信，自己已经与地球上的生活说再见了。他发狂地盯视着包围着他的这个世界，竭力想要在这个世界里找到地球上有过的、与他的理解相接近的东西来，而当他看见自己伸长着两条长腿，无可奈何地被吊在充满繁星的宇宙的空间里，他又怎么能不大吃一惊呢——这根本不是梦。

他处于水平状态下，所以未能一眼就看见原来他现在的肉体外壳只是粗略地描绘了他在地球的肉体的轮廓而已，这层外壳是透明的，并且微微闪烁着一种泛白的光线。亚历山大看得很清楚，这并非他在地球上的肉体，而是另外一种东西，一种他并不熟悉，感觉轻飘飘的东西，仿佛充满了空气的东西。他竭力想要动弹一下，可新的肉体却依然一动不动，根本不服从他的指令，尽管它的体重看上去似乎轻飘飘的，但却任何无法移动。这种情况使他很尴尬。这个年轻人知道，在他身上发生了一件前所未有的、非同寻常的事情，于是他便想借助于理性的力量，对所发生的事情进行一番分析解剖。"这么说，"他想，"我还具有推理的能力、思考的能力，这也就是说我还活着，而不是死了。那就好，确定了一个好事实，就能给人以希望。在我身上究竟发生了什么事呢？"他问自己道，紧接着，记忆里便会浮现出一些相互之间暂时还没有关联的、不久前那些事件的断片。他知道自己不久前还是一个军官，但在哪支部队，在哪儿服役的，却怎么也想不起来了。随后他又看见，有一位穿着军装的年轻人站在一座酷似金属蒸馏罐的建筑物旁，而在他身边，冒出了一团团的蒸汽。"哦，这就是我呀。"他突然回想了起来，"一点不假，是的，当然了，我认出来了，好像这就是四棱堡。"渐渐地，昨天的情形开始慢慢浮现了出来，于是，他足够详尽地回忆起了昨天在他身上发生的这次事件。甚至就连串班，就连他的军事宇宙力量的中尉军衔也想起来了，但糟糕的是，他却记不得这件事究竟是什么时候发生的了。他觉得自从他离开地球以来，这件事已经发生了好长时间了，一个月，或许更多，因为这些回忆里没有任何感情色彩：浮现在记忆中的都是地球上所发生的片断和残篇，都已成为暗淡的照片，成为无伴音的电视录像中的镜头，没有灵魂、也没有声响，引不起任何人类所能有的感受和体验。从一方面说，他知道这里的那人就是他，但从另一方面看，他又更多地觉得现在的自己和在其短暂的回忆里的过去的那个人截然不同。他已经猜到关于地球生活的最后一段回忆是"结晶体号"的发射，和他在工厂地下室里度过的那紧张的一夜。他再次审视了他在睡觉以前所发生的事件，随后，他想到了一种恐怖的可能性。

"哦，天呐！"他呐喊道，同时又为自己的猜测感到震惊，"这次该死的发射究竟是什么时候发生的呢？昨天，还是今天？"发觉自己居然无法确定时间的亚历山大自问道。

"不，不不，这件事发生于不久以前，是的，时间过了没多久。"他安慰自己道，可是，记忆却在执拗而又自信地重复着相反的观点：这件事发生于好几天以前，或许，甚至是好几个月以前了。

"天主啊！"年轻人在为自己的猜想而感到害怕，"假如这是真的，那么在地球上的我恐怕已经被人们给埋葬了，而所有……所有……所有……没有肉体，也就不会有生命。"可总有什么东西在妨碍他彻底感受到这一情境的全部悲剧性，或许要感受这一情境的全部悲剧性，他所需要的其实很少很少，那就是人类感受能力的敏锐性。他的记忆不足以把过去的事件牢固地保持住，而是顽固地把过去当做是已经用过的东西一样丢弃掉，而把注意力转向在生活中非常重要的今天,因为今天往往更加激烈地声张其权力,要求给予其更多关注,而不是沉浸在对已成为过往烟云的地球生活的无谓的怀念中。

在认识到人类的回忆已经不再能抚慰自己的心灵以后,亚历山大决定再审慎一些。他心中已经再无任何怀疑:他处于一个无穷无尽的宇宙之中,处于一个完全没有任何生命的宇宙真空中。他不仅可以观察到这幅画面,而且也可以体验到在真实的时间流程中进行的一切。

"天呐,"他再次发出这个感慨无限的词,"我也可以在这里呼吸,在这个完全不是为此而设定的地方生存!一个人能托身为一个透明的无家可归的生物,这该会有多么奇妙呀……"他沉思地说道,并且从此时此刻起,过去已然不再令他感到有兴趣了。

在抛弃了有关过去的思维以后,他开始怀着好奇心仔细凝视着群星所发出的光辉熠熠冷光来,这种冷光在他的童年时代就让他如痴如醉。就在这时,一个以前从未想到的念头涌上他心头,那就是上帝是否存在。现在,无须像在地球上那样争论不休了,上帝是存在着,对此他再也不会有任何怀疑了。

"遗憾的是，我没来得及给人们讲述一下，说死后生命仍然可以继续。"想到此处，他稍稍沉思了一下，逐渐沉浸在有关人类灵魂永恒存在的问题上来，但就在此时，一道非常明亮且不同寻常的蓝光在他的左前方出现了。他用眼角的余光发现了这道蓝光，然后便不假思索地想要转过身来。身体这时居然听话地转到他想要的那个方向，于是他看到了一颗包裹在白色的烟云和氤氲的大气里的蓝色星球。毫无疑问，展现在他面前的，在神性的生命之光中熠熠闪亮的就是恢弘壮丽的地球。他就像是被催眠了一般，凝视着蔚蓝色的天宇穹窿不肯移开视线，这种美丽的景观他曾经多次在天文著作里见到过。地球以其魔法般的磁力和庞大的生命力吸引着他的注意力。亚历山大屏住了呼吸，心口似乎在隐隐作痛，他感觉自己犹如一个黄口的布谷雏鸟儿，一不小心从鸟窝里掉下地来，并因此而永远失去了母亲的关爱。忧郁紧紧攫住了他的心，眼泪涌上了眼眶，他不由得开始顾影自怜起来：要知道在这一片空旷中，是没有任何人会去可怜一个被抛弃的人类的孩子的。直到此时，正是在这里，他开始真正明白自己忽然之间失去了什么，他还未能来得及了解真正的人类之爱究竟是什么。他那水晶般透明的心颤栗了，并且在一瞬间充满了为失去的生命而哀伤的感情，生命的丧失对他而言必然成为一种巨大的、焚烧一切意识，烧焦灵魂的悲剧。

"我究竟是什么人？！"绝望的亚历山大呐喊道，可回答他的，只是一片沉默和寂静，是对一切都冷漠无谓的无穷无限，是在眼前闪烁不已的、毫无灵魂的、形状单一且令人乏味的星尘。它们已然无法和以前一样，以其神秘使人耳目欢悦，而只会因为冰冷无边而使人心情压抑、害怕惊恐。他凝视着虚空，心里默默祈祷着，希望能听到人类的声音，可是没有任何回答。灵魂的痛楚是如此强烈、并开始在他没有重量的身体里散播，渗透到每个角落、每个细胞，使他浑身上下充满了对已失去的人类生命的哀婉和悲伤。

"宇宙的浪人呵！"他绝望地呐喊道，"无可奈何地悬吊在宇宙空间，毫无出路的人类理性的残余呀。"亚历山大闭上眼睛绝望地嘶喊道。有一段时间他处于一种绝望遮蔽了理性，根本就不愿意活下去的状态，可是，此刻，当时间也失去的时候，他又不能不把这种状态充分地、彻底地汲取和体验，因为这是一种根本无底的状态，他那祈祷的目光无论投向哪里，到处都能一成不变地令人感觉得到同样一种令人哀伤无限的无穷无尽的味道。

一个曾经叫亚历山大的人，记不起来自己在失忆状态下究竟经过了多长时间，他不知道在这个陌生且不好客的世界里，自己究竟该怎么做，从哪儿迈出第一步。亚历山大悬挂在宇宙空间中，不愿意睁开眼睛，他甚至都不敢设想，处于宇宙空间无底深渊中的他，已经变成了一种只能用显微镜去观察的渺小可怜的东西，根本引不起和他类似的理性生物的哪怕一点点兴趣。他越是思考，越是对自己失去信心，越是会带着无所谓的态度去看待自己模糊的未来，群星的闪烁在他心里引起的感情，变成了一种彻底的厌恶。

最后，就连这种心态也变成了一种无法忍耐的烦闷，亚历山大明白了，无为并非医治孤独的灵丹妙药，必须主动出击寻找出路，全神贯注地以冷静的头脑看待自己的新生活，因为这是唯一他所能做到的。在下一秒钟，他感觉到有一个人正把目光凝注在自己的身上，于是他小心地稍稍欠开眼睛，然后这位宇宙的流亡者看见自己面前有一个凝胶状的奇特的生物。这个生物和他本人一样，也是半透明的，看上去有点像是海里个头很大的梅杜萨[①]。亚历山大能够很清晰地看见其眼睛，准确

[①]梅杜萨，希腊神话中女妖戈耳工三姊妹之一，头上无发，为许多蛇所缠绕，目光所及之物或人都要化作石头。——译者注

地说是眼窝,那眼窝深深地嵌入躯干上半部陷落的地方,坐落在原本是脑袋的地方。这个生物全身呈浅绿色,身上发散着极端强烈的好奇心。这个不速之客是如此专注于研究其奇特的发现,以致并未察觉自己始终处于亚历山大的密切观察中。未知生物的样子并不那么招人喜欢,但也不像星空中的空漠一样么怕人,总而言之,在亚历山大那已经失去的人类灵魂的眼里,这次会面并非是一件多么不好的事件。

"到底是来了,要知道我始终不清楚理性生物在此会是什么样子的。"亚历山大心想,"外表其实不那么重要,最重要的是会说话,而且我也能听懂他的话,可我实在是搞不明白他们的嘴到底安在哪儿。"就在此时,只见那个奇特的生物以极其好奇的神态直视着他的眼睛,随后在其脸上现出一道半月形的皱褶,非常像笑容的那种。

"你好,孩子!"未知生物高兴地对他说道。

"你好。"亚历山大窘迫地回答道,他很高兴,因为他可以听懂来人说的话,却无须通过话语这种方式,思维同时既是传递者也是翻译者。

"你真美!你究竟是从哪儿来的?"未知生物又问。

"我从地球来。"亚历山大骄傲自豪地说道,然后笑了笑。许久没人能交谈让他烦闷不已，此时的他甚至愿意对着一块陨石的碎片喋喋不休。

"从地球来？"像梅杜萨的家伙一副很吃惊的样子。

"是啊，"亚历山大回答道，说完，他把身体稍稍转向左边一点，用眼睛指了指按照他的设想地球应该在的那个方向。

"可怜的孩子，可那里什么都没有呀，你或许是搞错了吧？"未知生物礼貌地纠正他道。在亚力山大的意识里，他思维的语调听起来温柔犹如百合花，就像父母通常对待其还没有思维能力的小孩子那样。

对于这样的回答亚历山大感到十分惊奇，他小心地往旁边看了一眼，不久前那里还闪耀着地球蔚蓝色的光辉，可此刻令他惊骇的是，现在那边竟然什么都没有了，甚至就连地球曾经存在的影子也找不到。他惊慌失措，眼睛里再次浮现出惶恐不安的神色：他再也无法冷漠地忍受失去故乡的苦痛，甚至就连酷似梅杜萨的那个家伙——亚历山大决定就如此称呼这个家伙——对于他宣泄感情来说也不成其为障碍。痛苦的神色浮现在他的脸上，梅杜萨看到地球人如此沮丧，眼里满含着悲伤的泪水，似乎想要安慰眼前这个人："嗯，好吧。孩子，不要哭,现在一切都清楚了,你迷路了。请相信我,这没有什么可怕的,我向你保证,我们会找到你的星球的。"

这句话令亚历山大浑身一震,他的眼里闪过一丝希望,于是,他半信半疑地望着酷似梅杜萨的生物那暗绿色的眼睛。

"这是真的吗,你没有骗我?"他天真地问。

"你说什么呀,当然不会骗你了!这里有许多美丽的星球,相信我,你可以为自己选择其中任何一颗,只要你喜欢就成。"

"我只要地球。"亚历山大回答道。

"地球?"酷似梅杜萨的生物吃了一惊,"地球,"他好象不很自信地重复道,"哎呀,是的,请原谅,地球,我怎么能把它给忘了呢,有这么个地球。"他连眼睛也不眨地说道。

"好吧,我们就不拖延了,我们即刻飞往地球,为了这么可爱的小东西还有什么事不愿意做的呢?"酷似梅杜萨的生物快速说道,但在他的思维里,地球人感觉到了一种惶惶不安的语调,这让亚历山大再次怀疑起来。

"那颗星球稍稍有些发蓝,球的周围有一颗黄色的小球在围绕其旋转。"酷似梅杜萨的生物似乎能听懂他的思维似的。

"是啊，你说得完全对，而这颗你刚才说到的小球就叫月亮，它是地球的卫星。"亚历山大高兴地附和道。

"喏，正是这样，既然如此，那咱们就不要耽搁了，地球离这儿并不近，我们还得赶路呢。"

亚历山大默默地打量着这个奇特的生物，无论如何也摆不脱这样一个疑心，即这家伙并未跟他说真话。他心想："不过，我还能有别的选择吗？如果我不答应的话，不知道这家伙何时才能回来，而且如果他一走，就又剩下我一个人孤零零的了，到那时我该怎么办呢？地球消失了，但他却说他知道地球在哪儿，甚至肯定说要到地球去得走很远的路。"

与此同时，酷似梅杜萨的生物忽然显得兴奋起来，并扭来扭去的，表现出一种奇特的惊奇感，这种感觉即刻在他那亚历山大还不太习惯的浅绿色外貌上显现了出来，他似乎皱了下眉头，随后耸起了全身肌肉，身体上行使脑袋功能的那个部分探出来很高。他以一种奇特的不安谛听着和嗅着，就像地球上的动物通常所做的那样。

"发生什么事了？"他问道，对于奇特客人的行为感到不快和惊奇。

"出什么事了？！"酷似梅杜萨的生物同样也神经质地反问道，并且不太友好地盯了他一眼，"呵，孩子，原来你并不是一个人，你爸爸也来了，可为什么没人告诉我这件事呢。这不好，哎呀，你这件事可做得很不好呀。哎呀呀呀，孩子，我还以为你真的是迷路了呢。"他生气地嘶嘶叫着，凶恶地拉长了每个词，丝毫也不向地球人掩饰其极端的不满了。

"我是孩子？"亚历山大惊诧地问道，他这时才想到来客对他的奇特称呼的含义，可客人已经不愿意回答了，而是继续忧心忡忡地凝视着空间，可那里似乎什么也没有。随后他忽然身子往旁边一闪，外貌渐渐变得苍白起来，他开始快速变换颜色，身体的颜色从深绿到黑褐色变换分不停。"他身上的确出了什么问题，"亚历山大心想，"这个酷似梅杜萨的家伙浑身似乎已经由于恐惧而战栗不已了。"过了一秒钟后他消失了，和他一块消失的，还有尽快回到故乡行星的希望，这使得这位宇宙的流浪者感到无以言喻的悲伤，情绪再次消沉了下去。

孤独感再次涌上心头，或许这是令一个脱离了时间之框架之外的、正在一无所知中等待着命运的判决的人最令人不快的一种考验吧。除了单调的像画板一样的星空空间外，周围什么都没有。失去与人交往的乐趣的亚历山大即刻对与来人的意外相逢做出了积极的评价，并且马上就为自己当时未能及时赞同他的建议而后悔。

"或许能在故乡待不只是几个月，而是好几年呢——呵，我可怜的父母呀。"亚历山大难过地想道，他又一次回想自己在地球上生活时的种种小事，"我是多么惋惜呀！现在没有任何办法去告诉他们，他们丢失的儿子现在哪里。多想告诉他们，说我还活着，只是在非常非常遥远的地方……不过，我已经永远都无法亲口向他们解释了。"亚历山大心情沮丧地悄声说道。

可是，他仍然紧紧抓住不放的过去正在飞快地被从他的记忆里抹去，所有的详情细节都在逐渐消失，在某个时刻他忽然警觉地意识到，他妈妈眼睛的颜色究竟是什么颜色，在他的记忆已经开始变得模糊了。他甚至惊恐地发现他的兄长长什么样他也根本记不得了。

此时在他哀伤伤感的思绪里忽然涌现出一个想法，他觉得十分有趣，值得一试。这个念头迫使他更加关注自己内心的声音。他想起当他还在地球上时，他的脑际曾经涌现出很多的回忆，记忆力能够很快再现似乎早已就失去其迫切性的以往事件。亚历山大想到：或许一颗星球与自己距离的远近，可能会影响到他记的深度。可是这种影响力究竟是怎么发生的呢？正当大脑在顽强地回想其作为一个人的历史中正在失去的某些片断细节时，亚历山大觉得自己发现了一个规律，这也就是……于是，一个天才的猜想出现在他脑际。

要知道当他对与丧失的生命有关的一切都失去兴致时，他合上了双眼，只是过了一段时间以后，他又在另外一个地方苏醒过来，就是在那里，他遇见了酷似梅杜萨的家伙，地球并不在附近。他以某种奇特的方式在空间中实现了位移，而记忆在此期间实际上并未关注过去，而是仅只记录了那些在当下发生的事件。

"原来如此，原来如此，"他心情激动地想，"或许我必须找到这一切的结点，找到可以让我在空间逗留的那个结点，它就像轮船上一条强大的链条，而锚就栓在上面，好让轮船能抵御风浪和海底的潜流。"亚历山大急速地思考道，"我们假定人类的记忆就犹如一艘船，而海洋就是宇宙，人类的思维就是系着锚的铁链，同时也是产生位移的来源。"

他为自己这一令人震惊的发现而赞美，并继续往下想："风帆已经张开，而这就等于说大脑持续处于现实中，而无论在何种情况下，其共同点在于都缺乏运动。如果事情果真如此的话，那么也就可以明白，为什么酷似梅杜萨的家伙管我叫小孩子，要知道在它面前我完全软弱无力，一筹莫展。"亚历山大继续着自己的推理，为自己脑子里充满卓越的思想而备受鼓舞。"我就像一个诞生在地球上的婴幼儿一样，在出生的第一个月里，所能做的唯一一件事，就是发出一些简单而毫无意义的声音。老实说，"亚历山大充满自信地推理道，"在新生活中我所能学到的，就是这种身体在无意识中的扭动。地球上的死亡不是什么别的，而是生命在宇宙空间里的继续，而我在宇宙中的出现就其实质而言也与人在地球环境下的出生十分相似。在地球上，刚一出生的孩子们还不会走路，而在宇宙中，像我一样的生物则完全不会位移。前者和后者的本质其实都是相同的，即大脑和身体还没有完全相互协调和配合起来！"

亚历山大关于宇宙空间中运动操纵的最初理论就这样诞生了，而他已经变得急不可耐了，想要即刻着手开始实现其理想的操作过程，例如：深入涉足太阳系宁静的港湾，在离地球不远的地方把宇宙之锚给抛下去，或者干脆回到地球上去。这个念头令亚历山大心情激动不已，他已经猜想到今后或许有可能回一趟星球，即使不是穿着原来的躯壳，但总归会以某种外形回去的，而这归根结底并不重要，重要的是要理解位移法则发挥作用的方式。在宇宙中操纵自己的身体，或许已经不像前不久那样，在他眼里显得那么困难和复杂了。

"必须摆脱婴幼儿似的愚蠢幼稚，必须学会在今天和此刻操纵自己的思维，这样我才能找到一把打开过去记忆的钥匙。"他在心中冥想着，接着睁开眼睛，又一次看了一眼苍穹，却没有看见那幅熟悉的画面，他在最近一次与酷似梅杜萨的家伙见面时所记住的那颗明亮的、带白银般亮点尾巴似的星球从他的视野里消失了，正如在此之前地球也蒸发了一般。摆在他面前的完全是另外一幅星图，它与他的推断完全相符：只要他在其一生当中始终在寻找着这个最复杂同时也最有趣的问题的答案的话，躯体就可以在空间里实现一次次飞跃。虽然现在处于陌生星域，但他对如此糟糕的境地反而丝毫也不感到困惑，他准备好要实施其第一次考验了。

这次考验的实质在于要想向后退一步，就必须迫使自己尽可能清晰地回忆起前不久与酷似梅杜萨的家伙会面时的全部详情细节来，只有这样，借助于思维锚的帮助，他才必定能够位移到那与之初次相会的那个地方去。"嗯，如果一切顺利的话，那到地球不过举手之劳！"他满怀希望地想到。

为自己意外的发现而沾沾自喜的他，再次仔细地察看了一番满布星星的空间，以便记下必要的方位和坐标，正当他做好一切准备工作时，一种无法解释的现象发生了：某些星体不知为何开始渐渐黯淡了下去，并且就在他亲眼所见之下熄灭了。亚历山大心里搞不明白究竟出了什么事，并且即刻就发现，这同样一种过程竟然覆盖了大半个他目力所及的宇宙空间。明亮星星的光辉开始渐渐变黯淡了，随后一个接一个地慢慢从他的视野里消失。

"这又是什么妖魔鬼怪呢？"亚历山大心情不快地说道，并且暂时放弃了自己手头正在进行的空间位移实验。

天上很快就形成了一块被燃烧的星星包裹着的黑暗区域，外形酷似一颗巨大的人的颅骨的轮廓，这引起了亚历山大心中一阵阵无可言喻的恐慌和不安。巨人颅骨般的轮廓很快就具有了致密的质地，渐渐开始带有人脸的特征，最后变成了一幅陌生人的肖像。亚历山大发现，这个照例是非请自来的客人的侧影渐渐从黑暗中推近前来，身后拖着由宇宙物质组成的细细薄薄的透明织物。

随着那个黑色的生物的出现,其形象变得越来越清晰突出。他吞没了光明,强烈地扭曲了空间。亚历山大眼睛一眨不眨地看着这一过程,心绪不安地感到自己体内有一种病态的震动,且伴随着一种低沉压抑的声响,这种声响在他身上引起了一种已经非常熟稔的恐惧感。在那个巨大生物的头顶上,显现出一些模样奇特的通道,而脸上则分化出眼睛的轮廓,出现了一只鹰钩鼻,随后出现了薄薄的紧闭的嘴唇,和标志着坚定意志的下巴。来人正是黑暗王国的大公——萨塔库纳赫陛下。

"哦,这就是他所说的'爸爸'。"亚历山大阴郁地说道,同时想起了酷似梅杜萨的那个家伙惊恐万状的嘴脸。

声响越来越大,其低沉的音色酷似千百面战鼓齐鸣,它们在亚力山大新的、透明的体内振动不已,把他置于无法忍受的精神痛苦之中。宇宙的流放者想起来,当酷似梅杜萨的生物堕入可怕的恐惧状态时,他也曾听到过一种低沉的、勉强可以捕捉到的哗啦啦的声响。亚历山大直到此时才明白,究竟是什么使得那个家伙感到恐慌了。

那黑色的巨大的怪物的身影彻底显现无遗了,亚历山大感到萨塔库纳赫的步子开始越来越快。可使他奇怪的是，在迎着他走来的同时，这个强大的黑色的身影竟然会越变越小，而声音却越来越大，震动也越来越强烈。亚历山大心想，或许这个庞然大物很难分辨得清楚一只偶然飞进它领地里来的来自太阳系的一只宇宙小飞虫吧，所以，它才决定把自己缩小到自己那么大，以便就近看清他的模样。

萨塔库纳赫的眼睛散发着橙黄色的色彩，两只没有生命感的眼珠子散发着一种极恶的冷光，正仔细而冷酷地盯着地球人，即刻便有一种冰凉的感觉渗透了亚历山大身体的每一个细胞。他那软弱无力的躯体的震动在逐渐加强，直到加强到他能感觉得到自己血液在沸腾。一种野蛮的恐惧感渐渐攫住了他的躯体。

亚历山大实际上在一秒钟内就认识到自己完全处于一种怪异势力的支配之下，而且他的命运就将在此时此刻被决定：他活的时间不是以分钟计，而是以秒计。他忽然感觉到底下有什么东西触动了他，并且紧接着把他抬起来，紧紧地压迫着他的躯干。随后的几秒钟内一切就都彻底明朗化了。亚历山大看见了一双巨大的、五指带有青铜色调的手臂紧紧地搂抱着他的身体，他于是明白了，自己犹如刚刚出生、产科天平称盘上的婴幼儿一般可怜无助地躺在黑暗公爵陛下的巨掌之中。只是今天在正义的天秤并不会衡量躯体的重量，在其上放着的是人类有罪的灵魂。被折磨得筋疲力尽的亚历山大疼痛难忍，他不明白究竟是什么导致他们对他这样一个可怜兮兮的小人物这么关注，只是觉得此时此刻他未来的前途就要被下判决并决定了。

萨塔库纳赫继续看着地球人俘虏，丝毫也不松弛他的困缚，他那一眨不眨的可怕的眼睛似乎能刺透他的身体。亚历山大觉得他的生命能量正在迅速消耗，觉得自己就像被捕获在网里的蠢头巴脑的小甲虫一样，被一根尖利的小针挑着，扎在供陈列用的标本架上，被晾干，丧失掉生命中最后一丝力气。疼痛感使他的理智变得迟钝了，思维能力也开始逐渐减弱，衰竭，并开始慢慢地熄灭。萨塔库纳赫显然同样感觉到，他这个牺牲品的力量正在急遽减弱，并且很快就要衰竭了，于是，便把自己那凶神恶煞一般恐怖骇人的脸凑近前来，并最后一次把他那雷霆震怒的眼神赏给亚历山大。

来客的眼睛里充满威胁地熠熠闪着光亮，眼珠和眼眶睁大到了眦裂的地步，并且更加令人惊奇的是，一股明亮的红光忽然如喷泉一般从其中爆发了出来。在最初一秒钟内，亚历山大甚至觉得在他身边发生了一次强烈的太阳爆炸，爆炸的光线携带着危险得能够致人死命的超量光子刺瞎了宇宙流浪者的眼睛。具有毁灭性力量的能量一旦从发疯的萨塔库纳赫的眼睛里喷发出来，就使得亚力山大的心口受到强烈的震动，把他那刚刚诞生出来的软弱躯体变成上千块由透明物质组成的碎渣和碎块，进而成为向世界的四面八方喷溅的火星星。

亚历山大甚至都不敢于粗略地估计这次在他身上究竟发生了什么事。他突然坠入深渊，身子在螺旋状的旋涡里翻滚着，并且正在急遽地加快速度向深渊底部降落，使他惋惜的只有一件事：在最后关头，竟然没来得及和心爱的蔚蓝色地球，唯一的而如今已经是将要永远失去的地球母亲好好告个别。

在这场为了活下来而进行的令人头昏脑胀的旋转斗争中，亚历山大彻底失去了最后一丝力气，失去了意识，并且在戏剧性生存的最后关头，绝望地说出了一个足以救命的话："天主啊，假如你能听到我的呼喊，快救命呀！"

第一卷结尾

当罗诺醒来时，造访他理智的第一个念头是，他就是古老的阿英格姆家族的代表，消失在神秘的格拉贡大嘴里的兄弟们的命运，对他来说并不是无所谓的。他觉得自己应该是在地球上，在一个堆放着千奇百怪的、奇形怪状的家具的房间里，只有走到窗前，才能亲眼看见地中海熟悉的景致，于是他猜测到，自己正在他叔叔坐落在巴尔塞龙海边的家族公馆里做客，但就连这一推断也很快就引起很大怀疑，因此作为一个年轻人，他居然认不出亨利先生宽敞的工作用的书房里内部装修使用的任何东西。他一边仔细观察着挂在墙上的他所不熟悉的人物肖像，同时飞快地瞥了一眼装有一层层书籍的书橱，但他注意到，其中有一本书被放在了宽大的写字台上。他的眼睛刚一落在这本书上，立刻变得呆若木鸡，脸上泛出白色，而过了一会儿，他才恢复对现实的意识：罗诺一直住在库安德龙，从未当过爱达洪人，他是一个二十四世纪的人，由于命运的捉弄，流落到了另一个世界而已。少年不慌不忙地走到亨利先生的写字台前。现实生活令他感到震惊，慌乱中的他连忙再次坐在安乐椅上，竭力想要搞清楚他现在的生命究竟是在哪里进行的呢。记忆在同等程度上保存着一本讲述亚历山大命运的书里每章的内容，而在这个亚历山大身后，还有一个骇人的黑暗大公的影子，当然还有一个忠实于黑暗大公的帮凶萨塔甘，书里还描写了阿里贡的使命，已经失踪于匪夷所思的黑洞的肚子里的他的亲兄弟弗里贡格和阿玛泰。而至于说他此刻是在库安德龙，这一点是如此之显而易见，犹如他刚从令人难以忘怀的、生气勃勃的爱旦行星上的旅游中回来一样清楚明白。而爱旦行星，这又只不过仅仅是阿英格姆联合文明王国的星球之一而已。事件移位于他的头脑里，所以让他无法准确地确定他自己究竟处于怎样的现实中，并且迫使他深入洞悉其毫无经验的理性那隐秘的层次。大脑由于思维密集而很难受，而这些思绪即刻便会转变成一系列不可能有答案的问题。过去和未来，以及他与之碰撞的那个幻想的世界，无法被容纳在他那人的意识的界线之内，而且直到现在他才记起来了亨利先生警告他的话，说那本书便会是他行将接受的考验。

"天呐！"罗诺感慨道，"要知道我才刚刚上路呀，可这一切都多么复杂呀，复杂得不可思议。"他浑身无力地嘀咕着，于是，他那无目的而又绝望地在屋里游荡的目光碰到了那本打开在他面前的书。

"不要悲伤。"忽然从书房深处传来一个人的声音。罗诺浑身一哆嗦，急忙转回身来，面朝那个男人的声音传来的方向。屋里很昏暗，但他仍然看清楚一个身体强壮、宽肩阔背的男人的侧影，此人正漫不经心地仰靠在写字台旁边的沙发上，就是在这张沙发上，不久前叔叔还曾经犒劳他，请他喝过法国葡萄酒。

"在你的生命中，这还不是最艰难的考验呢，考虑好，别犯急，你应该能够胜任的。"陌生人再次用一种教训人的口气训斥道。

"请原谅，您是什么人？"罗诺问道——陌生人的突然来访使他大为吃惊。

"这不难猜出来，我是你现在正读的这本书的作者幻想出来的果实。"

"可怎么会这样呢？"罗诺感到更加惊奇了。

"这非常简单，难道你不明白，在库安德龙作家的思维会物质化，并且会和你，比方说，生活在马格曼的你一样继续生存下去的。一旦人们不再读书，主人公们就会丧失其生命力,而且再过一段时间就会渐渐死去,可我已经活了将近三百年了,虽然近几年里我的读者剩下的已经不多了。而你是唯一延续了我的生命的人。"

"可这怎么可能呢?"

"人所能幻想出来的一切皆有可能,思维的飞翔是没有界线的。你不信去问问你叔叔,他对此很在行。"

"那你认识他吗?"

"当然了,由于他的帮助我才能活到现在。"

"这看起来实在是太奇怪了,我在和作者思维的化身交谈。你甚至都不是人。"

"非也,你说得不对,我和你一模一样,只不过我生活的那个世界是人类思维创造出来的。"

"那这个世界在哪儿呢?"

"读读这本书吧,一切的一切你慢慢就都知道了。可我来不是为了好奇心的满足,我想帮你的忙。我猜出你觉得本书第一卷的内容稍嫌复杂了一点。难道我说错了吗?"

"不,你说得对,我很难理解事情的本质,我无法分辨哪是现实哪是虚构。而奇特的是,我和在地球上一样,是从不读书的,我只是成为书中人物的影子,并且就在他们身边,从旁边暗暗观察着他们。我呼吸着爱旦的空气，享受着巴特契·李卡宏伟作品的无以伦比的美，但在得知马特维爷爷的死讯后也很哀伤。当来自埃格利斯宫殿黑暗王国的斗士们闯进马格曼的领地里时，我同样感到很可怕。我看见了现实，感觉到了它，但我的大脑拒绝相信它的真实性，并且也不善于思考它。"

"这本书的创作领域很庞大，它是由许许多多的分支和流派组成的，初看上去，它们之间似乎根本没有任何相互关联。只有把书读到最后一页，你才能把作者的逻辑和构思联系起来，从而获得一种已知的圈际现实。阿英格姆那令人震撼的世界，地球的过去和未来都会变成创世领域里的一些和谐的部分，但条件只有一个，即如果你能找到那把钥匙或算法，便拥有了将作者散落在各处，看似散漫无序、混沌紊乱的思维细胞连接成为一个整体成为可能。"

"我认出你来了，"罗诺悄声地，但声音达到足以让交谈者听到，"你就是亚历山大。你的声音我刚一听就觉得很熟悉。"

"你猜对了，"客人嘿嘿笑了。这根本不是什么秘密，但你猜对了，这太好了。我的造访不是偶然的，或许你很快就会需要我的帮助的。你要记住，一旦你突然觉得自己已经走到相互无法理解的边缘地带时，一旦你觉得大脑已经无力猜透秘密时,就请给我发信息。"

"可我怎么告诉你呢?"

"在库安德龙做这件事并不难:你叫一声我的名字,我就会来。但你要记住,只能叫两次。你的生命,罗诺,是未来的人们所非常需要的,亨利先生正在准备让你承担重要的使命,相信我,这使命的重要性丝毫也不亚于阿里贡的。"

"难道阿英格姆世界真的存在吗?"罗诺对于这种十分奇特的比方感到更加惊奇。

"当然存在了,难道你还没有明白这一点吗?"

"这不可能,我似乎觉得这不过是历史的杜撰而已。"

"不是,罗诺,你错了,幻想是不会从虚无之乡来到人们心中的。思维是一种最细腻的能量,它是神祇恩赐给理性生物的一种能力。你即将为自己发现一个新的世界,一个和造物主的构思一模一样的世界的。所有理性生物都在追求认识这个世界的本质,而你不应该成为一个例外。

"我不会对你说'拜拜'的,虽然我们第一次见面的时间已经快结束了——下次见,光明骑士罗诺·莫乌迪!一次复杂的,但也毫无疑问非常迷人的旅行,正在前面等待着你。"

年轻人还什么也没来得及回答亚历山大——就见他倏忽消失不见,融化在书房那昏暗中了。罗诺眼前有什么东西飞速一闪而过,于是他觉得头一阵轻微的晕眩,思维一阵混乱,就好象就在他的身边,刚刚走过一对来自约克-克门行星上的爱好和平而又擅长心灵沟通术的人似的。他回头看了一眼,却什么也没看见,可是,当他的目光回到亨利先生的写字台上时,那本书已经被一种温暖的绿宝石似的光辉照亮了,似乎是在召唤着它唯一的读者向那个神秘俄罗斯人灵魂的世界瞥上一眼似的。一秒钟后,那个放在桌上的发光的物体,那个已经很不像一件艺术作品的物体,忽然火光一闪,焕发出紫罗兰似的光亮来,并且也和上次一样,彻底吞噬了好奇心重的人类意识。

(未完待续)

作者简介

德米特里·弗拉季米洛维奇·沃洛比约夫（普列谢茨基）1967年9月27日出生于阿尔罕格尔洲米尔市一个军事工程师家庭。1984年中学毕业，同年考入列宁格勒的莫扎伊斯科军事学院。高校毕业后被分配到普列谢茨基宇宙火箭发射场工作。苏联解体后于1992年由于军队缩编而退役。

1991年起开始文学创作，处女作是一部单行本《走向不朽之路》。2011年出版作者的第一部大型作品，幻想圈际现实主义体裁的史诗性长篇小说第一卷《阿英格姆》（发行1万册）。有关这部小说的评论文章见载于

《文学报》（俄罗斯）、《文学与社会》和《文化、艺术与文学》（保加利亚），小说的电子版还见之于长篇小说网站。写作评论的作家有沃洛达尔斯基、瓦尼亚·科列娃和弗拉基米尔·斯托亚诺夫（保加利亚）、玛丽亚·阿姆费洛希耶娃、奥尔佳·索科洛娃、娜塔丽娅·邦达列娃、阿列克谢·费里莫诺夫等批评家、文艺学家。小说片段还登载于俄国全球散居者文集《在唯一的天空下》（芬兰，2012）。2012年12月长篇小说《阿英格姆》被推荐给由陀思妥耶夫斯基基金会在莫斯科举办的第四届国际学术研讨会《世界文化语境中的俄罗斯语文》。目前作者正在奋力写作该小说的续集即《阿英格姆》的第二卷，与此同时，这部长篇小说的欧洲语言译本也在翻译中。

图书在版编目(CIP)数据

阿英格姆 /(俄罗斯)普列谢茨基著；张冰译．——北京：新星出版社，2013.3
ISBN 978-7-5133-1151-9

Ⅰ．①阿… Ⅱ．①普… ②张… Ⅲ．①科学幻想小说
－俄罗斯－现代 Ⅳ．①I512.45
中国版本图书馆CIP数据核字（2013）第058879号

阿英格姆

(俄罗斯) 德米特里·普列谢茨基 著；张冰 译

责任编辑：高微茗
特约编辑：贾 骥
责任印制：韦 舰
装帧设计：broussaille私制

出版发行：新星出版社
出 版 人：谢 刚
社　　址：北京市西城区车公庄大街丙3号楼　100044
网　　址：www.newstarpress.com
电　　话：010-88310888
传　　真：010-65270449
法律顾问：北京市大成律师事务所

读者服务：010-88310800　service@newstarpress.com
邮购地址：北京市西城区车公庄大街丙3号楼　100044

印　　刷	北京通州皇家印刷厂
开　　本	787mm×1092mm　1/32
印　　张	12
字　　数	200 千字
印　　数	1-10,000册
版　　次	2013年3月第一版　2013年3月第一次印刷
书　　号	ISBN 978-7-5133-1151-9
定　　价	40.00元

版权专有，侵权必究；如有质量问题，请与印刷厂联系更换。